Alena Dille • Carola P.

Alena Dille

Carola P.

Roman

Bibliografische Information der Deutschen Nationalbibliothek:
Die Deutsche Nationalbibliothek verzeichnet diese Publikation in der
Deutschen Nationalbibliografie; detaillierte bibliografische Daten sind
im Internet über http://dnb.dnb.de abrufbar.

© 2022 Alena Dille

Herstellung und Verlag: BoD – Books on Demand, Norderstedt

ISBN: 978-3-7557-1050-9

Triggerwarnung

Dieses Buch enthält mögliche Trigger.
Eine Liste befindet sich auf der letzten Seite.

Achtung:
Die Hinweise können der Geschichte vorgreifen und ihre
Spannung nehmen (**Spoiler**).

Schule, Sport & Ärger

Eine große, runde Uhr hing über der Eingangstür. Statt Zahlen hatte sie nur Striche, die in ihre Mitte hin ausgerichtet waren. Ihr Blatt war weiß, die Zeiger schwarz. Nach jeder Minute hörte man, wenn es ganz ruhig war – oder man darauf achtete – ein schweres Klacken, wenn der Minutenzeiger zwar nicht zu Boden fiel, sich aber auf den nächsten Strich schmiss.

Die Turnhalle war alt, mit Bestimmtheit älter als Carolas Mutter oder Vater. Alle Mauern waren aus Backsteinen gemacht und diese hatten Löcher. An ihnen und in ihnen hingen Kaugummis auf der Kopfhöhe Heranwachsender. Es waren sehr viele Kaugummis; manche waren weiß, gingen schon in Grau über, einige waren blau – dieses strahlende Blau, das an Türkis erinnert – und ganz wenige hatten rote Farben. Die alten Kaugummis waren bereits hart, aber viele waren noch zäh. Wenn man sie mit dem Zeigefinger berührte, verformten sie sich und manch eine hatte fast den Drang, sie zu kauen, wenn sie nicht so eklig gewesen wären.

Über dem Geschehen gab es auf den langen Seiten der Halle große Fenster, auf denen Vögel aufgeklebt waren, damit solche nicht dagegen flogen. Draußen, das konnte man durch die Scheiben sehen, standen einzelne hochgewachsene Bäume und auf der Südseite erkannte man hinter ihnen die Kirche. Die Turmuhr zeigte die richtige Uhrzeit an – im Gegensatz zur Hallenuhr. Irgendwem war die Zeit wohl egal.

In der Halle machte gerade ein Mädchenvolleyballteam ein Trainingsspiel. Sie waren zu siebt, also drei gegen vier. In der Mitte der drei stand Carola. Sie hatte schwarz gefärbte Haare, die verfettet waren und aussahen, als wären sie von Haarspray auch noch verklebt. In ihrem Gesicht sah man das Ergebnis von zu viel Selbstbräuner, der allerdings von jeder Menge dunklem Make-up verdeckt war. Carola stand breiten Schrittes und nach vorne gebeugt bereit für den Ball. Als dieser langsam auf sie herabfiel, legte sie die linke Hand in die Rechte, drückte die Daumen zusammen, streckte die Arme fast durch und ging tiefer in die Hocke. Als der Ball – er war blau und gelb, außen weich, aber hart aufgepumpt – niedrig genug war, reckte sie ihre Beine und änderte seine Richtung. Der Volleyball flog nach oben und in einer perfekten Kurve auf die gegenüberliegende Seite des Netzes; Carola und alle anderen Augenpaare in der Halle schauten ihm nach.

> *Ich würde schon behaupten, dass ich ein normales Mädchen war. „Normal" natürlich nicht gemeint wie „durchschnittlich", aber im Sinne von: „Von meiner Sorte gibt es noch ein paar."*

Sport nahm in Carolas Leben viel Raum ein. Sie spielte auch Tennis, was sie überhaupt nicht gerne tat. Aber ihre Mutter war zu Jugendzeiten sehr gut darin, also hatte Carola zweimal die Woche ins Tennistraining zu gehen.

Das Dreierteam hatte nun Aufschlag. Carola nahm den Ball, beförderte ihn mit links in die Luft, sprang und versenkte ihn auf der gegenüberliegenden Grundlinie. Ihre Kameradinnen kamen sofort alle auf sie zu und klatschten ihre Hand ab.

Volleyball war die Sportart, die Carola gefiel. Darin konnte sie etwas zeigen, sie war die Beste im Team. Im Training galt die Aufmerksamkeit oft nur ihr, auch die ihres Trainers Steffen. Dieser stand schon während des gesamten Trainingsspiels breitbeinig und mit verschränkten Armen neben dem Netz und verfolgte den Ball mit Augen und Kopf.

Dieser Mann mit dem dunklen Dreitagebart und den muskulösen Armen war Carolas Traummann, den sie später einmal heiraten wollte. Allerdings wusste er nichts davon. Sie hatte noch nie über etwas anderes als über Aufschläge, Stellungsspiel und so ein Zeug mit ihm geredet.

An diesem Tag machte Carola im Training wieder sehr viele Punkte. Sie rettete Bälle, indem sie zu Boden hechtete, sie ging an ihre körperlichen Grenzen. Als Steffen auf den Fingern pfiff, um das Trainingsspiel zu beenden, schritten die Mädchen wie üblich an ihm vorbei und klatschten seine Hand ab. Während Carola das tat, spürte sie ihren Ring. Sie setzte sich auf die Bank, stützte ihre Ellbogen auf die Beine und ließ den Kopf nach unten hängen, um besser Luft holen zu können.

Das Schmuckstück war der Grund, weshalb Carola nie bei einem Punktspiel auflief. Es war ein einfacher, silberner Ring, ohne irgendeine Verzierung, der mehr als nur Schmuck war. Er war Carolas Lebenseinstellung und sie wollte ihn nie abnehmen, also tat sie es auch nicht. Im Training wurde es geduldet, wenn sie ihn mit Tape abklebte, aber im Wettkampf war das verboten, dementsprechend blieb sie fern. Wirklich niemand hatte Verständnis dafür.

Nach seiner taktischen Ansprache – Carola war in Gedanken versunken und hatte kein Wort wahrgenommen – beendete Steffen durch ein weiteres, leiseres Pfeifen das Training und schickte die Mädchen zum Duschen.

Zu Hause dann saß Carola mit ihrer Familie beim Abendessen. Sie hockten zu sechst an einem Tisch, der aus hellem, fast gelbem Holz war, allerdings mit einem durchsichtigen Harz beschichtet, sodass man das Holz nicht anfassen konnte. Über der Mitte der Tafel hing eine niedrige Deckenlampe, die schwaches gelbes Licht abgab. Es roch nach Pizza, denn es gab Pizza. Hauptsächlich roch man das heiße Tomatenmark darauf, beigemischt der Duft von gebackenem Käse und mehligem Teig.

Keiner trug an Kleidung das, was er tagsüber angehabt hatte. Alle hatten sich in bequeme Schlabberklamotten geschmissen – bis auf Alessia. Thomas biss von seinem Stück Pizza ab, das er in beiden Händen hielt und kaute langsam. Der sportlich gebaute junge Mann mit den glatten schwarzen Haaren war der ältere von Carolas Brüdern; sechs Jahre war er schon länger auf der Welt als sie. Er studierte Biomechanik an der Universität. Carola konnte sich nichts Langweiligeres vorstellen, als später einmal zu studieren. Immerhin war die Schule schon zum Kotzen. Dennoch war es eine geplante Etappe auf ihrem Lebensweg.

Nachdem sie fertig gegessen hatten, zog die Familie von der Küche in das Wohnzimmer. Timo saß mit verschränkten Armen auf der Couch, streckte sein Bein aus und ließ es dann immer wieder zurück gegen das Fußteil schlagen. Er ging auch auf Carolas Schule, stand kurz vor dem Abschluss. Er war drei Jahre älter als sie und konnte es nicht erwarten, nach der Schulzeit endlich von zu Hause auszuziehen. Carola verstand das nur zu gut.

Es lag nicht an Alessia. Das kleine, siebenjährige Mädchen mit glattem gold-blondem Haar, blauen Augen und gut sichtbaren Sommersprossen, blickte gerade gebannt auf den Fernseher und lehnte den Kopf an Carolas Schulter. Carola sah auf sie hinab und sagte sich in Gedanken einmal mehr, dass Alessia alles für sie sei – auch wenn, oder vielleicht erst recht, weil die Kleine wie ihr exaktes Gegenstück wirkte: stets fröhlich, nett und zuvorkommend.

Auf ihrer eigenen, kleineren Couch saßen die Eltern der vier Geschwister. Sie lehnten aneinander und sahen dabei nicht so aus, als fühlten sie sich wohl. Carola war felsenfest davon überzeugt, dass die beiden schuld daran seien, dass Timo ausziehen wollte. Die Mutter war gerade in einer Lebensphase, deren physische Auswirkungen ihre Stimmungen mit dem pubertären Verhalten der mittleren Kinder schwer vereinbaren ließ. Das war für alle, auch für sie selbst, sehr anstrengend. Besonders nach strapaziösen Schichten schwankte sie oftmals zwischen wütender Gereiztheit und einer Enttäuschung über eigentlich wenig belangreiche Dinge, die sie den Tränen nahe-brachte. Daher entschuldigte sie sich oft – meistens bei den Mädchen – wenn sie ihren Frust verbal an Unschuldigen aus-gelassen hatte.

In diesem Moment nahm sich die Mutter ein Plätzchen vom Teller auf dem Tisch – die Pizza war ja schon alle. Dann fasste sie die weiße Platte an deren Rand und hob sie hoch, reichte sie anbietend umher. So war sie immer: Trotz allen Stresses dachte sie stets an die anderen. Von ihr hatte Alessia offenbar gelernt sich zu benehmen. Das kam daher, dass Carolas Mama Krankenschwester war. Sie hatte viel mit Menschen zu tun, konnte sich in jeden einfühlen und wusste dann, was zu un-ternehmen war.

Der Vater rollte in jenem Moment mit den Augen. Er rutschte ungeduldig auf der Couch umher, verschränkte die Arme und legte den Kopf in den Nacken. Carolas Papa war anders als ihre Mama. Er war einer der Menschen, die nur ihre eigenen Themen im Kopf haben. Er hatte sich in der Arbeit stets gut eingebracht, daher hatte die Familie auch ein Leben ohne materielle Nöte. Doch sein begrenztes Interesse an den Lebensinhalten seiner Kinder belastete das Familiendasein. Er sprach mit ihnen beinahe ausnahmslos darüber, wie wichtig gute Noten seien, um später einmal eine erfolgreiche Karriere zu haben. Zudem drängte er Carola immer wieder, sich in den Ferien oder für nachmittags einen Schülerjob zu suchen und zu beginnen, Geld zu verdienen. Er verstand nicht, dass sie neben Schule und Sport auch einen Teil ihrer Zeit selbst ge-stalten wollte. Sie hing trotzdem mit ihren Leuten ab.

Am nächsten Morgen war wieder Schule. Eigentlich wäre Carola dort besser gewesen, als es auf dem Papier stand – wenn die Lehrer sie nur gemocht hätten. Ihr verging die Lust am Lernen immer wieder, besonders damals an diesem spezi-ellen Tag, relativ zu Beginn des neuen Schuljahres. Noch in den Ferien hatte sie sich vorgenommen, unentwegt zu lernen und der Schule höchste Priorität zukommen zu lassen. Zwei Wochen lief dieses Schuljahr super, sie machte ihre Hausaufgaben und verhielt sich im Unterricht tadellos; sie meldete sich oft und bekam sogar gute Zusprache von ihren Lehrern.

Wie üblich betraten die Schüler den Klassenraum. Carola legte ihre Tasche, einen schwarzen Sport-Rucksack, auf den Boden neben ihrem Pult in der vorletzten Reihe und setzte sich auf ihren Platz. Die Stühle hatten Sitzflächen und Lehnen aus Holz und Beine aus Stahl, insgesamt waren sie aber viel zu niedrig für Schülerinnen ihres Alters. Als Carola so dasaß, verschränkte sie ihre Arme und blickte teilnahmslos auf die Tischplatte. Darauf stand in blauer Tinte irgendwas gekritzelt, es war aber nicht wichtig. In ihrem schwarzen Pulli, mit der Kapuze auf dem Kopf und den weiten Ärmeln sah Carola sehr klein, aber auch angriffslustig aus.

Der Geografielehrer Herr Kriger kam herein, setzte sich auf das Lehrerpult und betrachtete die Klassenliste auf seinem Klemmbrett. Der Mann war schal und wäre er nicht der einzige Erwachsene im Raum gewesen, er wäre nicht aufgefallen: weiß, mittel-alt, er trug eine Brille mit kreisrunden Gläsern und hatte horizontale Furchen auf der Stirn. In seinem graukarierten Pullunder hätte er auch ein als Spießer getarnter Agent sein können. Herr Kriger rief Carola auf. Sie war an der Reihe, über den Stoff der letzten Stunde ausgefragt zu werden.

Sie war gut vorbereitet, trotzdem schoss ihr das Adrenalin in die Glieder. Es lähmte sie mehr, als dass es sie zur Bewegung motivierte. Aber sie freute sich, denn nach einem Nachmittag voller geografischer Fachbegriffe in der Vorwoche konnte sie jetzt endlich Punkte abkassieren.

Carola stand auf und ging trotz hängender Schultern – was vermutlich daher rührte, dass sie gelangweilt aussehen wollte – auf eine sportliche Art und Weise nach vorne. Sie atmete tief ein.

Nach der Abfrage ging Carola zurück an ihren Platz und hatte dabei ein zufriedenes Lächeln auf den Lippen. Ein Mitschüler – Feliks, ein bebrillter und entspannter Zeitgenosse mit hervorstehenden Schneidezähnen – lehnte sich in ihre Richtung und versteckte sein anerkennendes Kompliment flüsternd hinter verwunderten Worten: „Du Streberin! Das war garantiert die Bestnote, was ist denn los mit dir heute?" Seine Verwunderung hatte aber einen echten Grund: Bisher hatte Carola eine Bestnote nur mal versehentlich nach Hause gebracht, wenn ihr ein Thema ganz gut lag; bestimmt hatte sie nie dafür gelernt.

Der Rest der Stunde verging wie im Fluge, Carola hatte ein großartiges Gefühl. Endlich konnte sie die Ernte einfahren, nachdem sie sich jeden Tag zu Hause hingesetzt hatte. Der Lehrer stellte in dieser Stunde noch einige Fragen, anders als gewohnt war auch manchmal *sie* die Schülerin, die antwortete. Die Jugendlichen schrieben auch Notizen von vorne ab. Herr Kriger war bekannt dafür, ständig Wörter in grüner und roter Farbe zu unterstreichen – und er verlangte von ihnen, das Farbenspiel in die Aufzeichnungen genauso zu übernehmen. Irgendwann meldete sich endlich der Gong.

Alle Schülerinnen packten nach diesem Geräusch aus der grauen Lautsprecherbox zügig ihre Sachen zusammen und verschwanden aus dem Raum in die Pause. Das Treiben war von einem lauten Schnattern begleitet. Carola blieb im Klassenzimmer, sie wollte den Lehrer noch abfangen: „Welche Note bekomm ich denn jetzt auf meine Abfrage?" „Ich gebe dir eine Zwei."

Was für ein Schlag in die Magengrube. Carola hatte größte Mühe nicht zu erbrechen; außerdem viel es ihr schwer einzuatmen. Sie sah in sein Gesicht, aber erst mal bewegte sich dort nichts. Seine Ausdruckslosigkeit verwirrte sie so sehr, dass sie sich plötzlich nicht mehr sicher war, ob sie ihn schon gefragt oder sich das vielleicht nur eingebildet hatte. Für das Folgende nahm sie sich vor, sachlich zu bleiben und ihre Worte sanft in den Raum zu hauchen. Stattdessen jedoch brach es wütend aus ihr heraus und ihre Stimme wurde mit jedem Satz lauter:

„Eine Zwei? Eine Zwei? Wieso eine Zwei? Ich hab alles gewusst, keine Frage offengelassen! Wieso bekomm ich da nur eine Zwei?" Diese letzten Worte waren kein Brüllen mehr, sie waren ein Krächzen. In diesem Augenblick merkte sie, dass sie einem Streit im Moment nicht gewachsen war.

Der Lehrer antwortete darauf ruhig, mit einem belehrenden Unterton: „Damit musst du leben können." Er senkte leicht den Kopf und sah sie über den Brillenrand hinweg an. „Das ist immerhin eine riesige Steigerung, wenn du das mit deinen Leistungen aus dem letzten Schuljahr vergleichst. Und eine Diskussion werde ich mit dir jetzt sicher nicht führen."

Carola bemerkte an seinem Tonfall, dass dieser Mann sie vor seinem geistigen Auge wohl mit irgendeinem widerlichen Kleintier verglich. Er bewertete sie als Person und nicht ihre Leistung.

Fassungslos rannte sie aus dem Klassenzimmer, sie war sehr wütend. Sie schlug die Türe hinter sich mit aller Kraft zu; man sah das Holz fast bersten. Meter für Meter entfernte sie sich eilend auf dem steinig gepflasterten Boden vom Ort der Kränkung.

In der darauffolgenden Chemiestunde wollte es der Zufall, dass sie erneut zur Ausfrage erwählt wurde. „Nein, sicher nicht", war ihre Reaktion, die sie mit trotzig verschränkten Armen und einer weit nach hinten gelehnten Sitzposition untermalte. Der Lehrerin war nicht begreiflich, woher die Weigerung rührte. Doch es blieb ihr nichts anderes übrig, als Carola statt mit der zweitbesten, diesmal mit der allerschlechtesten Note zu versehen. Auch den Mitschülern, die die Szene nach der vorangegangenen Stunde nicht mitbekommen hatten, war es unbegreiflich, was in sie gefahren war. Nicht direkt, aber wahrnehmbar erntete sie Spott und Kopfschütteln.

Nach dieser bitteren Szene saß Carola still auf ihrem Platz, ihre Haare fielen über ihr Gesicht, sodass ihre Augen nicht sichtbar waren. Man konnte – die Mitschüler mussten – ahnen, dass sie weinte. Das tat sie aber nicht; ihr Blick war stattdessen wie versteinert, eisern geradeaus gerichtet.

Carola war derart wütend, dass sie diesen Zustand an diesem Tag und sogar die ganze Woche lang nicht mehr loswurde. Doch so war ihr Leben. Sie wurde nicht akzeptiert von den Leuten, von denen es wichtig gewesen wäre. Auch Erfahrungen wie diese waren insgeheim ein Grund, weshalb sie es nicht wagte, sich um einen Job zu bewerben. Dortige Ablehnungen hätte sie einerseits verkraften, neugierigen Mitmenschen andererseits erklären können müssen. Doch wie erklärt man, warum man ist, wie man ist?

Nick will reden

Einmal saß Carola mit ihren Leuten in der Eingangshalle der Schule. Sie begutachteten die Schülerinnen, die durch den Haupteingang ins Gebäude kamen – und Fred, der Anführer, pöbelte diese an. Die Halle war groß, ungemütlich grau, was an zu viel Stein am Boden und Betonwänden lag. Schräg gegenüber dem Eingang, auf halber Höhe der kurzen Treppe, die auf das eigentliche Erdgeschoss der Schule führte, war eine Art Brunnen gebaut, in dem sich statt Wasser Pflanzen befanden. Auf dessen dicken, steinernen Rand saß die Gang: zwei Jungs, zwei weitere Mädchen und Carola. Sie alle waren etwa gleich alt, allesamt schwarz gekleidet und dunkel geschminkt. Sie waren grundsätzlich ein ausladender Anblick.

Fred, kränklich blass aussehend und von großer, dürrer Gestalt, pöbelte einen dicken Jungen an, der gerade reinkam. „Hey jo, was geht? Du siehst ja gar nicht gut aus heute. Ach ja, das ist ja immer so!" Er lachte aufgesetzt und versuchte dadurch überlegen zu wirken.

Sichtlich getroffen und angewidert drehte sich der Junge sofort weg und floh zügig über die Treppe nach oben. Carola saß auf der Brunnenkante, hatte einen Fuß auf den Steinboden gestellt, den anderen auch auf die Kante und umklammerte das dazugehörige Knie mit den Armen. Sie beäugte die Szene ausgesprochen kritisch. Sie fühlte sich unwohl. Die anderen drei lachten demonstrativ über Freds Spruch, der zweite Junge, Olav, vergewisserte sich stets im Gesicht des Anführers, ob er noch weiterlachen sollte.

Dann kam ein Mädchen rein: groß, schlank, blond und hübsch. Carola wusste in etwa, was kam. Sie blickte auf den Boden. Dass sie sich schämte, konnte sie nicht verbergen –

auch wenn es unbemerkt blieb, weil sich niemand für sie interessierte. Fred legte los: „Hey Schnuckelchen, heute schon was vor? Wir können ja – du weißt schon – rumknutschen." In einer kurzen Pause zwinkerte Fred dem Mädchen zu und fuhr dann fort: „Wir müssen auch nicht reden dabei, wir kennen uns danach auch nicht. Na, was sagst du?"

Carola sah währenddessen nicht auf. Doch aus den Augenwinkeln wurde sie Zeugin, wie das Mädchen stehen blieb und Fred demonstrativ den Mittelfinger zeigte. Dabei huschte Carola ein Lächeln über die Lippen – auch wenn man es durch ihren niedergeschlagenen Gesichtsausdruck nicht vernehmen konnte. Carola redete sich ein, dass es ihr egal war, wenn Fred so etwas machte, solang er mit seinen beleidigenden Worten nicht sie meinte. Doch gerade da drehte er sich zu ihr und fing an:

„Na Caro, weißt du, warum die alle nicht wollen?" Carola blickte Fred finster an. „Ich glaub die haben nur Schiss, weil sie mit meiner Erfahrung nicht mithalten können. Du bist doch heute bereit für mich?" Plötzlich platzte alles aus ihr heraus: „Halts Maul Fred, du Scheißkerl!" Carola war dabei so ungewohnt laut, dass sich tatsächlich ein halbes Dutzend Schüler neugierig nach ihnen umdrehte. Fred schüttelte mit einem verachtenden Naserümpfen den Kopf, bevor Carola ihren schwarzen Rucksack nahm und zügig Richtung Mädchentoilette marschierte.

Als sie sich dort auf ein Waschbecken abstützte und im Spiegel betrachtete, bebten ihre dunkellila geschminkten Lippen. Sie hörte ihre eigene, zittrige Stimme leise zu sich selbst sagen: „Verdammt noch mal!" Carola atmete durch den Mund einmal tief ein, dann tief aus. „Warum muss mir dieser Vollpfosten nur immer so blöd kommen? Und wieso muss ich danach immer fast heulen?"

Doch so weit kam es nicht. Vielmehr sammelten sich ihre Tränen in ihrem Hals und sie schluckte sie allesamt hinunter.

Nachdem sie ihre Gefühle wieder erfolgreich verdrängt hatte, machte sie sich auf den Weg zur nächsten Chemie-Stunde.

Manche Chemie-Stunden hatten sie hier, im Fachraum, der für praktische Experimente ausgelegt war. Jeweils links und rechts des mittleren Durchganges waren in jeder der sieben Reihen zwei Holzbänke fest im Boden verankert. Der Raum wurde in seiner Tiefe immer höher. Er war, sozusagen, eine Zwischenstufe zum universitären Hörsaal.

In der dritten Reihe, vom Pult aus rechts gesehen, war Carolas Stammplatz. Sie nahm ihren Rucksack ab, legte ihn unter den Tisch und setzte sich auf den Stuhl, den sie dafür von der Bank dahinter runterklappen musste.

Chemie war nicht ihr Lieblingsfach, vor allem nicht nach der Nullrunde in der letzten Ausfrage. Aber sie musste auftauchen, sie wollte ja nicht vorsätzlich Ärger mit den Lehrerinnen suchen.

Frau Vendelar stand am Pult und begann den Unterricht mit einer Ankündigung: „Heute machen wir wieder Experimente. Ich les die Gruppen einmal vor..." Während die Lehrerin die Namen der zueinander gehörenden Schülerinnen vortrug, begann Carola damit, konzentriert ihre Sachen auszupacken: Notizen, Stiftmappe, da wurde sie unterbrochen.

„Carola, komm schon, setz dich rüber! Wir haben nicht den ganzen Tag Zeit und du erst recht nicht", forderte die Lehrerin sie auf. Carola blickte von ihren Stiften hoch und sortierte rasch, was die Worte bedeuteten. Dann ignorierte sie die abschätzige Aussage zum Schluss, nahm sich nur die Sachen, die sie schon auf den Tisch gelegt hatte, schaute sich kurz nach ihrer zugewiesenen Partnerin Boni um und ging schließlich über den Gang auf die andere Seite der dritten Reihe.

Dort setzte sie sich direkt neben Boni, die – so wie es schien – für Carola äußerlich extrem leicht einzuordnen war: sehr gepflegt, langes, ordentlich gekämmtes dunkelbraunes Haar. Ihr Gesicht war stark geschminkt; es durfte bezweifelt werden, ob man sie ohne Make-up noch erkannt hätte. Außerdem trug sie ein sehr enges, bauchfreies Top in Rot und dazu einen Jeansrock, der es im Sitzen knapp verpasste, die Hälfte der Oberschenkel zu bedecken. Die Flipflops an den Füßen rundeten das Outfit nicht unbedingt ab.

Carola hatte ihre Mitschülerin sehr genau gemustert und wurde von dieser angesehen, als müsse sie jetzt etwas sagen. Carola selbst waren Äußerlichkeiten unwichtig, umso mehr störte es sie, dass sich ihr Gegenüber derart darüber identifizierte. Also sagte sie ruhig, mit ihrer sanften Stimme: „Na du Lusche, hast du heute schon wieder mit einem aus dem Abschlussjahrgang rumgemacht?"

Damit, dass sie das laut ausgesprochen hatte, hatte sich Carola selbst geschockt. Ihr Gesichtsausdruck schwankte zwischen gespieltem Stolz und ehrlicher Abscheu gegenüber ihrer eigenen Person. Dennoch bereute sie ihre Worte nicht, denn damit hatte sie ihre Mitschülerin nicht allzu hart getroffen. Im Gegenteil wirkte diese daraufhin sogar sehr schlagfertig: „Nur weil du rumspinnst mit deinem Keuschheit-vor-der-Ehe-Ding. Du kannst froh sein, wenn dich überhaupt mal einer heiratet, du Grufti!" Boni deutete durch eine Körperdrehung und die Öffnung ihres Mundes an, sich bei der Lehrerin beschweren zu wollen, doch Carola kam ihr zuvor: Sie sammelte erneut ihre Sachen vom Tisch, stand auf und ging zu Frau Vendelar. Unangenehm war ihr das vorangegangene Gespräch zu dem Zeitpunkt nicht mehr; was sie einschüchterte waren die unzähligen verwunderten Blicke der gesamten Klasse.

Die Lehrerin reagierte genervt, als sie Carola auf sich zukommen sah und realisierte, worum es ging. „Oh man, nicht schon wieder. Komm, setz dich zu Nick, der hat noch keine Partnerin!" Also machte Carola kehrt, noch bevor sie überhaupt vorne angekommen war und begab sich auf den Weg in die letzte Reihe, wo sie mit Nick allein sitzen würde. Auch kein besseres Los, dachte sie sich.

Nick erfüllte aus ihrer Sicht das Klischee eines Computer-Nerds. Carola meinte zu wissen, wie seine Freizeit aussah. Er setzte sich wohl mit literweise Cola und einem Pfund Kartoffelchips vor irgendeine Konsole und ballerte sich mit Gleichgesinnten in einem Kriegsspiel das Hirn aus dem Schädel.

Sie ließ sich auf den Stuhl neben ihm nieder. „Ich mag deine Haare." Er sagte diesen Satz plötzlich und einfach so in den Raum, in einer Lautstärke, in der nur sie ihn hören konnte. Trotzdem klang er in ihrem Ohr intensiv nach. Carola merkte, wie ihr Gesicht warm wurde, wie ihr Herz zu pochen begann. Und sie realisierte, dass Nick mit einem Mal nicht mehr in ihr Klischeebild passte. Verwundert blickte sie ihn an und antwortete schließlich betont unberührt: „Okay... danke."

„Nichts zu danken", antwortete er ohne Zögern und sprach dann sprudelnd-schnell weiter: „Ich find's nur toll, wie glatt sie sind und ich find nicht, dass du sie unbedingt dunkel färben musst. Die sehen auch so ganz toll aus." Tatsächlich hatte Carola ihr Haar heute Morgen sorgfältiger gekämmt als sonst. Dass das außer Alessia noch jemandem auffiel, wunderte sie sehr.

So geschmeichelt sie auch war, so unangenehm war es ihr doch, dass ihr Äußeres das Gesprächsthema mit einem quasi Fremden war. Daher entgegnete sie – etwas giftiger als geplant: „Okay, ich mach aber lieber, was *ich* will. Nichts gegen dich, aber ich find's so besser, okay?" Sie bemühte sich sehr darum, keine Emotionen zu zeigen; Gefühlsregungen passten nämlich nicht zu dem, wie sie auf andere wirken wollte.

Nick ließ sich nicht beirren. Er sprach weiter in einem ruhigen und freundlichen Ton. „Ich mag auch, wie sie riechen. Das ist irgendwas mit Pfirsich oder Kiwi, oder so. Stimmt's?" Ihre Verwunderung darüber, dass er wusste, wie ihr Haar roch, schaffte es nicht in ihr Bewusstsein. Stattdessen sprach sie einen anderen Aspekt an: „Nett... können wir auch über was anderes reden als über meine Haare? Wir sollten dieses Zeug hier destillieren." Carola war nun viel weniger giftig in ihrer Tonlage. In Wahrheit wollte sie auch nicht lieber destillieren als zu reden, aber das Thema ertrug sie schon langsam nicht mehr. Doch Nick sprach weiter. „Klar, wir können über deine Sommersprossen reden, die find ich einfach klasse. Und dein Teint ist sehr schön! Aber den Selbstbräuner kannst du trotzdem weglassen, find ich. Und was ist das für ein Ring? Ich hab mich schon oft gefragt, wieso du ihn trägst."

Carola überging die zahlreichen übergriffigen Kommentare, die die Komplimente enthielten. Sie reagierte auch nicht wie üblich gereizt darauf. Irgendwie freute sie sich, dass sich tatsächlich mal jemand für ihre inneren Beweggründe interessierte. Sie runzelte zwar die Stirn und zögerte erst, doch dann antwortete sie. Sie hatte das Gefühl, vertrauen zu können.

„Der Ring ist ein Zeichen. Ich bin sozusagen in einer Gemeinschaft, in der alle einen solchen Ring tragen. Es hat für mich nichts mit irgendeiner Religion zu tun, aber ich find's richtig, bestimmte Grenzen vor der Ehe nicht zu überschreiten. Alle, die diesen Ring tragen, tun es, um das zu zeigen und sich notfalls selbst daran zu erinnern."

Nicks Gesichtsausdruck, der seine Antwort auf Carolas Erklärung war, konnte sie nicht deuten. Er sah sie einfach an. Sie meinte Verwunderung zu erkennen, aber die hatte sie von ihm nach der Aussage auch erwartet, also bildete sie sich das vielleicht nur ein. Schließlich antwortete er mit Worten, die von Emotionen ungefärbt waren: „Ich glaub nicht, dass du das durchhältst."

Das ärgerte Carola. „Wieso denn nicht, du kennst mich gar nicht! Und es geht dich auch wirklich gar nichts an, ich hätte nicht darüber reden sollen." Sie reagierte gereizter, als sie es wollte und witterte die Gefahr, dass Nick sie an ihrer wunden Stelle – ihrer Gefühlswelt – berühren könnte. Aber er blieb ruhig. „Ich bin froh, dass du mir das erzählst. Ich mein nur, dass einem hübschen Mädchen wie dir noch viele Jungs nachlaufen werden, und irgendwann willst du nicht mehr warten."

Carola war innerlich weit davon entfernt, Nick recht zu geben; schließlich wusste sie, dass sie es durchhalten würde. Um das Gespräch jedoch zu beenden, gab sie nach: „Mag sein."

Nach diesem Schlusspunkt widmeten sich die beiden dem, was die Lehrerin ihnen aufgetragen hatte. Sie destillierten Salzwasser. Ein Gespräch führten sie nicht mehr, erst nach einer Weile begannen sie überhaupt wieder zu sprechen – über den Unterricht, so distanziert wie Carola nun mal war.

Zu Hause aß die vollzählige Familie zu Abend. Carola aß nicht wirklich, sie saß viel mehr gedankenversunken vor ihrem Teller und stocherte mit der Gabel in den Nudeln. Ihre Mutter bemerkte das und meldete sich neugierig und einen Hauch besorgt zu Wort: „Caro, was ist denn los? Du bist heute so anders." Dabei stützte sie ihre Ellbogen auf den Tisch auf, faltete ihre im Gelenk geknickten Hände und blickte – das Kinn knapp über den Fingern sichtbar – zu ihrer Tochter hinüber. Carola war aus ihrer Trance gerissen und rang zunächst innerlich nach Worten. Es war noch nie vorgekommen, zumindest konnte sie sich nicht daran erinnern, dass sich ihre Mutter vor versammelter Mannschaft nach ihren Gefühlen erkundigte und dabei auch ihr Vater mimisch Interesse bekundete.

Carola erwiderte den Blick ihrer Mama mit weit aufgerissenen Augen. Sie wirkte, als sei sie bei etwas ertappt worden; ihre hektischen Worte untermauerten das: „Nix! Wieso? Was soll los sein, ich hab nix gemacht, wirklich nicht!" Mit einem Mal sahen alle zu ihr, denn gegen Ende ihrer Rechtfertigung war ihr die Luft ausgegangen. Plötzlich stieg Alessia mit ihrer kindlich hellen Stimme in das Gespräch ein: „Caro ist verliebt." In der dann folgenden, mit Spannung gefüllten Pause blieb der männliche Teil der Familie unangenehm berührt stumm und suchte mit den Augen einen Fleck in der Küche, an dem es keine Gefühle gab; im weiblichen Teil machten sich unterschiedliche Arten von Aufgeregtheit breit. Dann wiederholte Alessia ihren Satz in einem belustigten Singsang: „Caro ist verlie-hie-hiebt."

„Stimmt doch gar nicht!", rief Carola halblaut und sich selbst nicht glaubend in den Raum, stand vom Tisch auf und eilte aus der Küche. Wieder spürte sie, wie Gesicht und Hals vor Durchblutung ganz warm wurden. Ob sie wütend war oder sich schämte, konnte sie auf dem Weg über die Treppe in ihr Zimmer nicht unterscheiden. Dort angekommen erleichterte sie der Anblick ihres Spiegelbildes: Durch den großzügig aufgetragenen Selbstbräuner konnte man gar nicht sehen, dass sie rotgeworden war.

Mit feuchten Augen starrte sie sich selbst an und versuchte mit offenem Mund ihren Atem zu bremsen. Dann sagte sie sich ins Gesicht: „Die haben doch alle keine Ahnung." Mit „alle" meinte sie eigentlich ihre Familie, doch in ihrem Hinterkopf dämmerte ihr, dass sie selbst inbegriffen war. Damit war das Thema für Carola erst mal vom Tisch.

Das Schicksal schlägt zu

An einem ihrer vielen gewöhnlichen Treffpunkte, zwischen zwei Läden eines Einkaufszentrums, hatte sich die Gang getroffen. Sie saßen dort an die Wand gelehnt am Boden, jeder mit einer Weißblechdose in der Hand. Carola hielt einen gelben Softdrink in ihrer, die anderen Energydrinks und Fred sogar Bier. Er war auch von außen als der Kopf der Gruppe wahrzunehmen. Jeder vorbeigehende Passant, der irgendetwas Auffälliges an sich hatte, wurde aggressiv angepöbelt. Viele wehrten sich gegen seine Worte, indem sie alle fünf verurteilten; alle sahen die Jugendlichen an, als wären sie Aussätzige.

Seit Schuljahresbeginn waren viele Wochen vergangen. Für Carola war die Zeit schnell verflogen, denn der Rhythmus war immer der gleiche: Sie ging an fünf Tagen die Woche zur Schule, hatte nur mittwochs und am Wochenende frei von Volleyball und Tennis und hing dann wie heute mit ihrer Gang herum. Und obwohl sie nie zweimal in Folge am selben Ort abhingen, war es doch immer dasselbe.

Fred zündete sich eine Zigarette an, wie auch Olav, der seine weiterreichte, um sie mit Aneta und Toja zu teilen. In dieser Hinsicht war Carola sogar in dieser Gruppe von Außenseitern die Außenseiterin. Obwohl Fred es besser wusste, hielt er die Packung Kippen vor Carolas Gesicht und bot ihr auch eine an. Sie erwiderte sein Angebot mit einem angewiderten Blick und nahm demonstrativ einen Schluck aus ihrer Dose, woraufhin er mit den Schultern zuckte und sich die Drogen unsanft in die löchrige Hosentasche zurückstopfte.

Die anderen versuchten immer wieder, ihr das Rauchen anzugewöhnen, aber sie wollte es nicht. Sie hat es nie getan und entwickelte zu keinem Zeitpunkt das Gefühl, etwas zu verpassen. Da sich die Gang aus Prinzip nicht über persönliche Dinge austauschte, konnten die vier auch nicht ahnen, weshalb ihre Versuche bei Carola niemals Wirkung zeigen konnten.

Das war unter anderem Timos Verdienst. An diesem Tag war es schon gut fünf Jahre her gewesen, aber sie konnte sich – auch danach – noch genau daran erinnern. Carola saß auf Timos Schoß auf dem quietschenden Drehstuhl vor seinem hölzernen Schreibtisch. Es roch nach Banane, die zwei hatten sich eine geteilt, die Schale lag noch herum. Damals war Carola nicht geschminkt, sie hatte nicht das Gefühl, sich verstecken zu müssen – und sie war noch bunt gekleidet.

Für ein Schulreferat hatte Timo einen Spot erstellt, in dem er unterhaltsam darstellte, was er über die Strategie der Tabakindustrie recherchiert hatte. Die beiden sahen sich das Video auf seinem Laptop an. Es war mit anschaulichen Bildern untermalt, aber was wirklich in Erinnerung blieb, war das, was die roboterhafte Männerstimme am Ende zusammenfassend sagte: „Sie haben genug Geld und können sich ihren Wunschurlaub leisten? Ändern Sie das, das muss nicht sein. Sie machen Sport, fühlen sich dadurch fit und ausgelastet? Es gibt etwas anderes, das Ihnen die Luft nehmen kann! Sie sind zufrieden mit Ihrer Potenz und wollen diese aufgeben, um sich wie ein halber Mann zu fühlen? Sie sind der Meinung, zu viele Steuern zu zahlen und wollen noch mal extra draufzahlen, damit der Staat es auch merkt? Sie hassen die Farbe Weiß und wollen jeden Morgen die gelbe Sonne aufgehen sehen, wenn Sie in den Spiegel lächeln? Die Lösung für all diese Probleme gibt es jetzt in einer Packung: Rauchen Sie wie ein Schlot und es wird sich etwas ändern – versprochen!"

Carola musste unvermittelt lächeln, als sie an diese Szene zurückdachte und daran, dass sie über den infantilen Humor derart lachen musste, dass sie beinahe von Timos Schoß gefallen wäre, hätte er sie nicht festgehalten. Ihr Bruder war auch heute noch ein radikaler Gegner von Industrien, die den Menschen schädliches Verhalten aufschwatzen wollten, um sie –

wie er sagte – zu „melken". Einen Teil davon hatte er seiner Schwester mitgegeben. Und auch wenn es ihr nie gelungen war, ihren Mitmenschen derart nahezukommen, um ihnen das Rauchen ausreden zu können, so hatte sie selbst zumindest niemals damit angefangen.

Wie diese Wochen verging auch der Rest des Schuljahres für Carola sehr schnell, obwohl sie sich dabei nicht minder langweilte. Lediglich das Volleyballtraining machte ihr Spaß und dabei Steffen zu sehen, nährte ihre Hoffnung, dass ihr Leben einmal ein Happy End nehmen könnte. Aber es war auch nur Teil des ewig gleichen Ablaufs, Woche für Woche. Es passierte einfach nichts Außergewöhnliches.

Erst kurz vor Beginn der Sommerferien veränderte sich etwas: Timo schaffte seinen Abschluss. Sein Durchschnitt war außerordentlich gut, aber es reichte für ihn knapp nicht, um sich seinen Traum erfüllen zu können: Medizin studieren. Soweit sich Carola zurückerinnern konnte, war es immer Timos Wunsch gewesen, das Leben von Menschen zu retten, wie ihre Mama das tat. Während er in der Grundschule vorrangig mit Blaulicht durch die Lande düsen wollte, um kranke Personen einzusammeln, wandelte sich seine Vorstellung von seiner Zukunft, als die weißhaarige Doktor Wanin den älteren Bruder Thomas von seiner Schilddrüsenstörung heilte. Seitdem war sie Timos Vorbild gewesen. Und er wäre auch ein guter Arzt geworden, davon war Carola überzeugt. Doch er fand eine Alternative, mit der er seinem Wunsch zu helfen auch nachkommen konnte: Ein Studium der Pharmazie.

Wenige Wochen nachdem Timo sein Abschlusszeugnis feierlich überreicht bekommen hatte, zog er aus, da die Universität weit weg war. Erst nach Wochen realisierte Carola, dass das nicht der einzige, nicht der eigentliche Grund war. Nein, neben seiner neuen Adresse hatte er auch eine neue Telefonnummer und teilte diese seiner gesamten Familie niemals mit. Er war dann einfach nicht mehr da, hatte sich abgenabelt und den Kontakt abgebrochen. Als Carola das viel später als der Rest der Familie realisierte und sich kaum damit abfinden konnte, tat Thomas kurz darauf genau dasselbe.

Zu Hause wurde der Abgang der Brüder totgeschwiegen. Wie Carola auch, waren die Eltern bedrückt von der Dezimierung der Familie, doch niemand fand Worte oder wollte diese aussprechen. Nur Alessia war weiterhin immer fröhlich und unbekümmert.

Dann ging das Schuljahr zu Ende. Carolas Zeugnis war schlecht, aber wie auch die Jahre zuvor, hatte sie keine Probleme dabei, die nächste Klassenstufe zu erreichen.

Endlich waren Sommerferien und für Carola begannen sie grandios: Jeden Tag gingen Alessia und sie an den nahe gelegenen Fluss, spielten und entspannten an dessen Bett und hatten Spaß. Carola trug immer ihre dunklen, für die Jahreszeit viel zu warmen Sachen, Alessia war hauptsächlich in ihrem Badeanzug unterwegs. Der war hellblau und hatte weiße Streifen an der Seite unter den Armen. Die kleine Schwester lächelte immerfort und Carola konnte beobachten, wie sie damit sämtliche Menschen um sich herum ansteckte, egal wie miesepetrig diese zuvor dreingeschaut hatten. Immer wenn ihr das auffiel, fühlte sie sich an ihre eigene Kindheit erinnert, als sie sich keine großen Sorgen um die Zukunft machte und sich an kleinen Dingen erfreuen konnte.

Am Nachmittag eines dieser Ferientage lief ein Film im Fernsehen, den Carola schon lange sehen wollte und ihre Mutter schaute ihn mit ihr. Die beiden saßen bequem auf der Couch und knabberten etwas. Das Haus hatten sie für sich, denn ihr Vater war mit Alessia zu seiner Schwester, Carolas Tante Petra, gefahren.

Da klingelte das Telefon. Carola war schon dabei aufzustehen, um ranzugehen, aber ihre Mama winkte mit der Hand ab und sagte in einem liebevollen Ton: „Ich geh ran, bleib sitzen. Du hast dich schon so auf den Film gefreut." Carola freute sich darüber, ließ sich zurück in die Couch sinken und genoss ihre Dankbarkeit, statt sich voll auf den Fernseher zu konzentrieren. Mama ist immer so lieb, dachte sie sich.

Als Carola dem Film horchte und mit den Augen das Telefonat beobachtete, das ihre Mutter an der Station des Apparats neben der Tür zum Flur führte, veränderte sich alles. Ohne dass sie bewusst interpretierte, was der Gesichtsausdruck ihrer Mutter aussagte, ließ große Angst ihre Brust schmerzen. An die Stelle des Dialogs aus dem Fernseher, trat ihr eigener Puls in die Aufmerksamkeit ihrer Ohren. Ihr Herz pochte gewaltig. Auch ihr Atem wurde lauter, flacher und zitterte. Carolas Zeitgefühl setzte aus. Es war ihr nicht möglich zu sagen, ob das Telefonat kurz oder lang dauerte.

Ihre Mutter verabschiedete den Anrufer und stellte das Gerät zurück an seinen Platz. Als sie ihren Kopf zu Carola drehte, merkte diese, dass jede Bewegung Zeitlupengeschwindigkeit angenommen hatte. Die beiden sahen sich tief in die Augen. Derart durchdringend hatte Carola noch niemand zuvor angesehen. Der Blick allein sagte so vieles aus und doch verstand sie nichts. Nach wenigen Sekunden, vielleicht auch einigen Stunden, in denen Carola alle erdenklichen Szenarien durch den Kopf gegangen waren, wer angerufen haben könnte und was er oder sie berichtet haben könnte, begann ihre Mutter – die inzwischen kreidebleich im Gesicht war – ihre Lippen zu bewegen. So intensiv wie nie, wie diese es davor und danach niemals erlebte, sagte sie den Namen ihrer Tochter: „Carola."

Es war so ankündigend und vielsagend und dabei in gleicher Weise schön. Carola mochte ihren Namen, sie liebte es wie ein gutes Lied, wenn ihn jemand, den sie liebte, aussprach. Sogar in diesem Moment ließ er sie auf einer Wolke der Geborgenheit schweben, auch wenn rundherum ein dunkles Gewitter mit ohrenbetäubendem Donner aufzog.

Als dieser Augenblick schließlich vergangen war, brach alles herein – die Mutter brach zusammen. Zunächst fasste sie sich an die Brust, als wolle sie einen Tiger darin davon abhalten, auszubrechen. Dann sank sie auf die Knie, ihre rosa Jogginghose berührte den dunkelgrünen Teppichboden. Carola konnte in dieser Situation nichts tun, sie war nur Beobachterin, ihr Körper gehorchte nicht, vielleicht war er gar nicht mehr da. Dann kippte ihre Mutter um und blieb reglos liegen. Schon wieder vergingen gefühlte Minuten, Carolas Gedanken drehten sich darum, was ihre Mutter wohl in ihrer Kindheit so unternommen hatte. Dann dachte sie daran, wie Mama ihr das Fahrradfahren beigebracht hatte. Während dieser Erinnerungen saß sie wie hinter einem Vorhang – in Watte eingepackt – sie hörte nichts, sie roch nichts, sie sah nur wie ihre Mutter dort lag und hatte ihre Gedanken.

Plötzlich realisierte sie, dass ihre Mama einen Herzinfarkt hatte. Sie stand von der Couch auf, hastete zu ihr, kniete sich hin, wo zuvor ihre Mutter kniete. Dann legte sie ihre linke Hand auf das Ende des Brustbeins des reglosen Corpus, die rechte auf den Rücken der linken. Ihre Arme streckte sie wie beim Baggern im Volleyballtraining fast durch und massierte das Herz. Ihr Zeitgefühl war immer noch kaputt, sie hatte keine Ahnung, ob sie zu schnell, zu langsam, richtig, zu fest oder zu leicht drückte. Es tat sich nichts, ihre Mutter blieb einfach liegen und sagte nichts und atmete nicht.

Der Telefonhörer war noch warm und leicht feucht von der Hand ihrer Mutter, als sie ihn aufnahm, an ihr Ohr schlug und aus vollem Hals „Hilfe" brüllte. Wieder vergingen einige Momente, bis sie bemerkte, dass sie zunächst eine Nummer wählen musste. Nachdem sie die Tasten gedrückt hatte, machte das Telefon erst quälend lang tutende Töne, bevor jemand ranging. Sie wollte gerade wieder auflegen, als sich die junge Dame der Notrufzentrale meldete und etwas sagte. Doch Carola hörte nicht zu und unterbrach die nichtssagende Stimme: „Schnell, einen Krankenwagen! Meine Mutter... schnell!"

Carola legte auf und warf das Telefon beiseite. Wieder muss sie ihr Zeitgefühl getäuscht haben, denn scheinbar nur einen Augenblick später klingelte und klopfte es wie wild an der Haustür. Carola sprang auf, blickte auf ihre leichenblasse Mutter hinab und flehte sie an: „Halt durch!" Dann rannte sie den Flur entlang und öffnete die Tür zum Hof. Ein Notarzt kam fragenden Blickes hinein, Carola zeigte auf den Durchgang zum Wohnzimmer. Der Mann und ein paar Sanitäterinnen folgten ihrem Finger. Den Retterinnen hinterher kam eine junge Frau zur Tür herein.

Der Anblick dieser Gestalt ließ Carola die dramatische Situation um sie herum schlagartig vergessen. Diese Frau war außerordentlich schön: Sie war größer als Carola, bestimmt einen Meter fünfundachtzig. Sie hatte glattes, glänzend braunes Haar, das bis unter ihre Schultern reichte. Dazu helle, ebenmäßige Haut, bis auf Lachfalten neben den Augen. Ihr Gesicht war absolut symmetrisch; das Kinn, die Wangen und alles andere war klar definiert und mit weichen Kanten versehen. Der Mund war rot, sie schien aber absolut nicht geschminkt zu sein. Dem Anschein nach, den ihr Körper vermittelte, war sie sehr athletisch und gepflegt. Sie trug einen dunkelgelben Wollpullover und eine eng anliegende blaue Jeans. Ihre Schuhe waren weiß und sportlich.

Lächelnd und mit zarter Stimme, aber in einem bestimmenden Ton, sagte sie: „Komm, wir gehen in dein Zimmer." Carola war wie hypnotisiert und ging voraus. Die Frau folgte ihr, sie machte kaum Geräusche beim Aufsteigen der Treppen. Dann betrat Carola ihr Zimmer; es war unaufgeräumt und sie schämte sich ein bisschen dafür. Sie hielt der Frau symbolisch die Tür auf und schloss sie, als diese – es ist nicht anders zu beschreiben – hindurchgeschwebt war. „Gut gemacht, es war alles richtig: die Wiederbelebungsmaßnahmen und dass du uns gerufen hast." Carola war sehr zufrieden in diesem Moment. Einerseits fiel ihr ein Stein vom Herzen, weil sie raushörte, dass sie ihre Mutter gerettet hatte. Andererseits löste die Stimme der Frau selbst bereits ein wunderbar warmes Gefühl in ihr aus. Dann fragte diese: „Wer sollte denn am besten noch von dem Vorfall erfahren?" „Meine Brüder, aber ich weiß nicht, wie ich sie erreichen soll. Und mein Vater kommt mit meiner Schwester erst morgen wieder heim."

Die Frau schloss sanft die Augen und senkte mit einem halben Nicken zustimmend ihren Kopf. Dann blickte sie Carola genau an. „Mein Name ist Mirijam." Carola fand den Namen genauso schön wie die Frau selbst. Mirijam, die nie aktiv lächelte, deren Mundwinkel aber stets nach oben ausgerichtet waren, verwickelte sie in ein Gespräch. Während sich die beiden locker unterhielten, vergaß Carola, was vorhin geschehen war, vergaß, dass es außerhalb ihres Zimmers noch eine Welt gab. Mirijam wollte von ihr wissen, was sie in den Ferien bisher so gemacht hatte und viele andere Dinge, die Carola danach wieder entfielen. Sie war vertieft, hatte zuvor noch nie ein derart gutes Gespräch.

Dann klopfte es an der Tür. Einer der Sanitäter öffnete und streckte seinen Kopf hinein. Er bat Mirijam hinaus, um allein mit ihr sprechen zu können. Sie kam der Bitte nach und wenige Augenblicke, nachdem sie verschwunden war, ging die Tür wieder auf und Mirijam kehrte zurück. Sie setzte sich neben Carola auf das Bett und schaute sie liebevoll an. „Carola, du hast deine Mutter leider verloren. Es ist nicht deine Schuld, der Herzinfarkt war zu schwer." Sie umarmte Carola daraufhin. „Wein dich aus."

Statt sich Trauer und Verzweiflung hingeben zu können kam in Carola das Gefühl auf, sich rechtfertigen zu müssen: „Ich kann schon seit Jahren nicht weinen. Manchmal kommen Tränen, dann schluck ich sie. Wenn ich aber will, dann kommt nix." „Das ist in Ordnung. Irgendwann kannst du alles rauslassen. Ich lass dich nicht allein, ich bleib hier, bis dein Vater mit deiner Schwester wieder heimkommt."

Carola legte sich auf das Bett, ihr Haupt auf Mirijams Schoß. Diese streichelte ihren Kopf, ihr Haar. Die beiden schwiegen, bis es draußen dunkel wurde. Mit der Zeit rutschte auch die Tröstende in eine liegende Position. Eng aneinandergeschmiegt verblieben sie die Nacht über ohne Worte. Carola blieb wach. Ihre Seele brannte. Bis dahin hatte sie nur drei Situationen gekannt, in denen sie sich von Gefühlen voll ausgefüllt fühlte: Dankbarkeit, wenn sie Zeit mit ihrer Schwester verbringen durfte und sah, wie diese wieder allen Mitmenschen gute Laune machte. Wut, wenn sie sich selbst nicht ertragen konnte, weil sie abhängig von Fred und dem Rest der Clique war. Und Sehnsucht, wenn sie Zeit zum Nachdenken hatte und das nächste Volleyballtraining, in dem sie Steffen sehen konnte, fern war.

Nun aber hatte sie zwei deutliche Gefühle gleichzeitig in sich, die beide überall waren, sich jedoch nicht mischten, nicht überlagerten. Sie war traurig, weil ihre Mama nicht da war, todtraurig. Sie hatte noch nicht realisiert, dass sie sie nicht wieder sehen würde. Aber sie war von ihr getrennt, während es ihr schlecht ging und das war schlimm genug. Und das andere, was sie fühlte, war die Dankbarkeit für Mirijam, die einfach da war und verhinderte, dass Carola durch ein Loch fiel, in das sie für immer in die Tiefen der Dunkelheit gestürzt wäre.

Carola versuchte sich in dieser ersten Nacht nicht auf ihre vermisste Trauer, sondern auf Mirijam zu konzentrieren. Das fiel ihr erstaunlich leicht, denn diese Frau zog jegliche Aufmerksamkeit aller Sinne auf sich. Carola wärmte sich an ihrem Körper und fühlte die weiche, makellose Haut. Sie roch ihren Nacken und ihre Haare, die verschieden, aber beide sehr angenehm dufteten. Durchaus hörte man von draußen Geräusche, Autos zum Beispiel, die auf der anderen Seite des Hofs die Straßen entlangschlurften, und den Wind. Doch von Mirijam ging eine Ruhe aus, in der man sogar neben einem bebenden

Presslufthammer hätte schlafen können, wenn man in ihren Armen lag. Die ganze Nacht tat Carola kein Auge zu und beobachtete nur die Schönheit ihrer Trösterin, die im Mondlicht schien, als wäre Tag. Das alles verwirrte das Mädchen, das sich bei Tagesbeginn noch auf einen Fernsehnachmittag gefreut hatte.

Ein furchtbar dröhnendes Klingeln des Telefons durchbrach den Schleier früh am Morgen. Carola dachte, dass sie hingehen sollte, es wäre ihre Pflicht. Aber sie ignorierte es und versuchte das Schellen auszuhalten. Mirijam schwang sich auf und schritt aus dem Zimmer. Sofort war es still. Es dauerte nur wenige Sekunden, da vermisste Carola die Nähe der Frau und die Trauer spürte sie auch wieder stärker.

Dann hörte sie, wie Mirijam auflegte. Sie kam zurück ins Zimmer und setzte sich wieder neben Carola aufs Bett. „Deine Tante hat angerufen. Sie hat von deiner Mutter erfahren." Dann umarmte sie Carola wie am Tag zuvor und verkündete eine erneute Schreckensbotschaft: „Dein Vater und Alessia hatten einen Autounfall, du hast sie auch verloren. Sie haben nicht gelitten." Carola sah von da an keine Farben mehr. Sie konnte sie erahnen, aber deren Intensitäten waren minimal. Es fühlte sich nicht real an. Sie dachte nicht nach, ihr Autopilot sagte nur: „Wenigstens das."

Carolas eigentlich scharfer Verstand bahnte sich mühevoll einen Weg durch die dickflüssige Taubheit in ihrem Kopf. Nach und nach verstand sie, was Mirijam ihr erzählt hatte und dann, was sie selbst darauf geantwortet hatte. Sie war *wirklich* froh, dass Alessia und ihr Vater nicht gelitten hatten. Sie ließ sich weiter von Mirijam halten. Sie wusste, sie wäre sonst einfach abgestürzt, durch den Boden, durch die Welt, sie wäre irgendwo im Nichts gelandet. Sie brauchte lang, um all die Angst und Trauer genug zu sortieren, um das sagen zu können, was sie in diesem Moment wirklich ausmachte: „Ich kann ohne Schwester nicht leben." Mirijam drückte sie noch fester an sich.

Für einige weitere Tage wohnte Mirijam mit in dem Haus, um Carola zu helfen – sie war für sie da. Es gab einige Dinge zu erledigen, die die Vollwaise nicht verstand; es ging um Testamente, um Erbschaft und so weiter. Das machte Mirijam für sie. Ihre Brüder meldeten sich nicht, ihre Tante wollte scheinbar auch nichts weiter von ihr wissen. All die Tage begleitete Carola das Gefühl, dass bald jemand zurück nach Hause kam und machte, dass es wieder normal wurde. Irgendwann aber kam der schmerzhafte Moment, in dem sie begriff, dass ihr Leben von nun an ein anderes war. So sagte sie Mirijam, ohne davon überzeugt zu sein, aber unter dem Druck, ihr nicht weiter zur Last fallen zu wollen, dass sie von jetzt an alles allein auf die Reihe bekomme. Da umarmte Mirijam sie spontan ein letztes Mal, ging zur Haustür hinaus und kam nie wieder.

Unerfüllte Sehnsucht

Eines Mittags saß Carola am Küchentisch. Sie hatte die Ellbogen auf die Platte gestützt und das Gesicht in den Händen vergraben. Dann hob sie den Kopf und ließ den Blick umherschweifen. Das Haus war vom Tageslicht erhellt, dennoch sah sie weiterhin fast keine Farben. Vor allem nachts hatte sie in den vergangenen Tagen immer mehr realisiert, dass sie vor ein paar Wochen eigentlich noch das perfekte Leben geführt hatte; sie wünschte es sich zurück. Da senkte sie den Kopf wieder in die Handflächen und murmelte traurig: „Ich hab gelogen, ich schaff das nicht allein."

Bald würde für Carola das nächste Schuljahr beginnen. Das löste Vorfreude in ihr aus, denn endlich würde sie von ihrer Situation zeitweise abgelenkt sein. Andererseits traute sie sich nicht sich vorzustellen, was die anderen über sie dachten und wie sie sich über sie lustig machen würden. Carola lebte, wie eine böse Hexe aus den Märchen, allein in dem Haus, das nicht mehr ihr Zuhause war und von dem sie erst jetzt merkte, wie groß es war. Sie fühlte sich ohne Heimat.

Sie hatte sich über die Wochen seit jenem Moment einen Alltag eingerichtet, den sie überleben konnte. Regelmäßig ging sie für sich einkaufen. Immer wieder wunderte sie sich, wieso ihr das Geld nicht ausging. Ihr Kopf wusste, dass ihr Erbe noch lange reichen würde, doch ihr Herz teilte ihr mit, wie falsch es war, von etwas zu leben, das sie nicht verdient hatte. Sie kaufte sich Klamotten, aber kleidete sich nicht neu ein – alles war weiterhin dunkelgrau, schwarz. Auf dem Speiseplan standen nur noch Dinge, deren geringen Aufwand der Hunger rechtfertigte: Pizza, Pommes und sonstiges Fast Food. Ihre Freunde, oder besser: die anderen Mitglieder ihrer Clique meldeten sich nicht bei ihr. Irgendwie war sie darüber froh, denn eigentlich wollte sie nur mit zwei bestimmten Personen sprechen.

Während sie immer noch am Küchentisch saß und über all das sinnierte, schrie sie leise und weinend in ihre Hände: „Mama... Alessia..." Da klingelte es an der Tür. Carola schaute erschrocken auf. Ihre Wangen waren nass, aber es kamen keine Tränen mehr nach. Sie erwartete, dass etwas Großartiges passierte, dass Alessia nach Hause zurückkehrte. Sie hatte nie einen Beweis dafür gesehen, dass ihre Schwester wirklich tot war. Sie stand auf und ging Richtung Haustür. Ihre dicken, weißen Socken, die sie aus dem Kleiderschrank ihrer Mutter genommen hatte, sorgten dafür, dass sie ihre eigenen Schritte nur leise hören konnte. Dann stand sie vor der Haustür. Voll Adrenalin und mit schwitziger Hand umfasste sie den kalten, runden Metallknauf und drehte ihn nach links. Sie öffnete.

Zwischen ihr und dem Hof stand nun Tante Petra, die Schwester von Carolas Vater. Eigentlich mochte sie Petra, aber sie war noch nie so enttäuscht sie zu sehen. Sie stand dort, mit ihrer eckigen, hellbraunen Handtasche in ihrer rechten Hand, den schwarzen Locken auf dem Kopf und der dicken Brille in ihrem immer strengen Gesicht. Einige Momente lang verweilte Carola wie versteinert und mit offenem Mund. Schließlich begann Petra ein Gespräch: „Kann ich reinkommen?" Petra sprach betont leise und dennoch war die Strenge in ihrer Stimme nicht zu überhören. Carola nickte fast unmerklich, ihre Tante drängte sich an ihr vorbei. Während sie sich auf der Bank der Garderobe niederließ und ihre Schuhe auszuziehen begann, sprach sie weiter: „Schatz, wieso bist du denn nicht zur Beerdigung gekommen?" Carola starrte nur ins Leere, die Tür hatte sie schon zugemacht. Den Vorwurf in der Stimme ihrer Tante hatte sie hineininterpretiert, weil sie es verdient hatte. Sie schlurfte Richtung Wohnzimmer und während Petra ihr folgte, antwortete sie ganz leise (und ehrlich): „Ich wusste nichts davon."

Petra keifte weiter. „Werd endlich erwachsen, Kind! Und selbst wenn nicht, du hättest mir wenigstens helfen müssen!" Da zuckte Carola nur mit den Schultern. Es war ihr schlicht egal, was Petra sagte. Einer Frau, die sie nur einmal im Jahr zu Gesicht bekam und die nie ehrliche Zuneigung gezeigt hatte, schuldete sie nichts. Da Petra das anders sah, aber auch merkte, dass es nichts mehr zu holen gab, schritt sie hinaus und während Carola immer noch zu Boden blickte, hörte sie, wie die Haustür aufging und Petra sie zuknallte. Sie war wieder gegangen.

Erneut allein zurückgelassen, suchte sie ihre Rolle in der Tragödie. Wie konnte sie das Wichtigste, was es nach dem Tod von Menschen gab, einfach vergessen? Waren Mama, Papa und Alessia enttäuscht von ihr, weil sie ihnen die letzte Ehre nicht erwiesen hatte? Und wieso hatte sie die Person, die noch für sie da gewesen war, nicht festgehalten und um Hilfe gebeten? Dabei ging es ihr nicht um Petra, deren Telefonnummer sie hatte und die sie erreichen könnte. Es ging um Mirijam.

Carola recherchierte die Nummer des Rettungsdienstes, die nicht für Notfälle gedacht war. Als sie sie wählte, klingelte es. Eine junge Frau meldete sich beim Namen und fragte nach Carolas Anliegen. „Ihre Leute waren vor einigen Wochen bei uns... bei mir. Meine Mutter hatte einen Herzinfarkt, und..." Carola fand die Worte nicht. Doch die junge Frau in der Leitung war weiter hilfsbereit: „Ich erinnere mich an den Fall. Mein herzliches Beileid." Als Carola nach einigen Sekunden nicht geantwortet hatte, fuhr die Frau fort: „Sie haben eine Frage? Möchten Sie Kontakt zu den Rettern aufnehmen?" „Nur zu einer, zu Mirijam." „Tut mir leid, eine Mirijam kennen wir hier nicht." „Sie kam nach den Sanitätern zur Tür rein, sie ist einige Tage lang bei mir geblieben."

Durch die Leitung konnte Carola ein Rascheln vernehmen. Nach kurzer Zeit sagte die Frau: „Einen Moment bitte, ich hake mal nach." Dann war es für eine Weile still. Mit jeder Sekunde, die sie wartete, wurde Carola aufgeregter. Vielleicht konnte sie Mirijam noch heute davon überzeugen, ihr weiter beizustehen. Dann war die Frau am anderen Ende der Leitung wieder da: „Zu einer Mirijam finde ich hier nichts, auch die Seelsorger kennen keine Frau mit dem Namen. Vielleicht haben Sie sich beim Namen verhört. Ich hake bei den Sanitätern nach, die bei Ihnen waren." Carola wusste ganz sicher, dass sie den Namen richtig verstanden hatte. Doch sie gab sich erst mal zufrieden: „Danke für Ihre Hilfe." „Kann ich sonst noch etwas für Sie tun?" Wieder ließ Carola eine Pause. Sie überlegte kurz und kam dann zu dem Schluss, dass es unangebracht wäre, die Dame am Telefon zu fragen, ob diese bei ihr wohnen würde. „Nein, das wars, tschüss." „Ich wünsche Ihnen viel Kraft und melde mich. Tschüss."

Carola war enttäuscht, dass es noch dauern würde, bis Mirijam zurückkehrte. Für die Zeit verkroch sie sich in ihrem Bett und grübelte über meist sinnloses Zeug. Am frühen Abend klingelte das Telefon sie aus dem Halbschlaf. Sie schwang sich aus dem Bett und rannte die Treppe hinab. Im Gepäck hatte sie brummende Kopfschmerzen. Sie hob ab und meldete sich:

„Ja?" „Hallo, Radia mein Name, wir hatten heute Mittag telefoniert." „Ja, ich hab nach Mirijam gefragt." „Genau…" Frau Radia machte den Anschein, als müsse sie ihre Worte erst haargenau prüfen. Dann sagte sie: „Ich habe mit jedem Sanitäter und dem Arzt gesprochen. Keiner kann sich an eine Frau erinnern, die ihnen gefolgt ist." „Das kann nicht sein. Einer von ihnen kam sogar hoch und hat ihr vom Tod meiner Mutter erzählt."

Wieder zögerte die Frau; womöglich wägte sie ab, ob sie auf dieses Thema einsteigen sollte. Aber sie blieb im ursprünglichen Gespräch: „Können Sie sich erinnern, wie der Sanitäter aussah?" „Ganz normal, normal groß…" Carola dachte angestrengt nach. Fiebrig suchte sie nach einem Detail, denn es ging um Mirijam. „Er hatte sehr rote Backen." „Das ist unser

Melo, der hat immer rote Backen." Frau Radia klang belustigt. Dann merkte sie, dass das Thema für Carola zu ernst war und bemühte sich wieder um freundliche Nüchternheit: „Ich habe mir von allen und auch von ihm schildern lassen, wie der Einsatz ablief."

Carola wurde ungeduldig. Nach bestimmt zehn Sekunden Pause fragte sie: „Und wie lief der Einsatz ab? Was hat das mit Mirijam zu tun?" Frau Radia zögerte bei jedem Wort und klang sehr vorsichtig: „Nachdem die Maßnahmen eingestellt wurden, ging Melo zu Ihnen hinauf. Er öffnete die Tür, aus der er eine Stimme hörte und steckte den Kopf hinein." „Ich weiß, und dann ging Mirijam zu ihm raus." „Nein", die Dame vom Rettungsdienst klang auf einmal ängstlich. „Ich kann nur wiedergeben, was er mir berichtet hat. Er sagte, dass die Tochter – Sie – ihn angebrüllt habe, er solle verschwinden, sie wolle kein Wort hören und dann schlug Sie ihm die Tür zu und traf ihn damit am Kopf."

Nun schwiegen beide. Carola konnte das alles nicht fassen. Wieso denkt dieser Mann sich so etwas aus, fragte sie sich. Dann dämmerte ihr, dass sie in dieser Ausnahmesituation womöglich nicht alles genauso wahrgenommen hatte, wie es war. Irgendwo musste ihr Verstand sie täuschen. Vielleicht bildete sie sich dieses Telefonat gerade ein...

„Hab ich ihm wehgetan?" Auf diese Frage antwortete Frau Radia mit einem stutzenden Ausruf. Als sie begriff, dass Carola die Tür-an-Kopf-Situation meinte, beschwichtigte sie: „Nein, nein. Er war mehr überrascht, als dass er etwas gespürt hat." „Es tut mir trotzdem leid." Carola klang sehr betrübt, als wäre sie den Tränen nah. „Ausnahmereaktionen in Ausnahmesituation sind normal. Und die Situation ist nicht vorbei. Wenn Sie weitere Hilfe brauchen, melden Sie sich bitte. Wir haben Kontakt zu allen Anlaufstellen, die Sie sich vorstellen können." Carola hatte ihre gesamte Kraft für das Telefonat aufgebraucht. Sie schaffte es nur noch, „Danke" zu sagen und legte dann ohne echte Verabschiedung auf.

In den letzten Tagen der großen Sommerpause änderte sich etwas in Carolas Leben. Sie schminkte sich noch schwärzer als zuvor, benutzte mehr Selbstbräuner und hoffte, sich bald selbst nicht mehr wieder zu erkennen. Die vorausgegangenen Wochen hatten sie gequält. Manche Bekannte und ferne Verwandte schickten ihr Mammon, aber sie dachte nur, dass sie jetzt kein Kind mehr sei, das sein Leben nicht auf die Reihe bekam. Und so beschloss sie, das Geld aufzusparen.

Dann musste sie nur noch einmal schlafen, bis die Schule wieder anfing; sie hatte sich einiges vorgenommen: Sie wollte mit niemandem mehr befreundet sein, damit sie niemanden mehr verlieren konnte. Auch wollte sie das Schuljahr noch bestehen, um ihre Chancen auf einen Job nicht zu vertun, durch den sie sich und Steffen später einmal ein unbeschwertes Leben leisten könnte. Und sie wollte niemanden an sich heranlassen, niemandem erzählen, was passiert war. Sie war fertig, hatte ein Kapitel ihres Lebens abgeschlossen und war bereit für ein neues.

An diesem Abend tat Carola nichts weiter, als sich einmal auf die Waage zu stellen. Sie hatte acht Kilogramm zugenommen, seit Mirijam nicht mehr da war. Danach legte sie sich ins Bett und schlief – anders als an den Tagen zuvor – sofort ein.

Kontrollverlust

Am ersten Tag ihres neuen Schuljahres verschlief Carola. Ob sie den Wecker überhört hatte oder gar vergessen hatte, ihn zu stellen, wusste sie nicht mehr, als sie aus dem Schlaf schreckte. Als sie schon mit ungutem Gefühl auf die Zeiger blickte, saß sie mit einem Mal aufrecht im Bett. Es war keine Zeit übrig zu duschen, nicht einmal, um einen kleinen Bissen zu essen. Sie zog sich an, schnappte ihren Rucksack und verließ mit unwohlem Gefühl direkt das Haus. Dass sie auf der Vollgas-Fahrt zur Schule auch noch so stark schwitzte, dass ihr die Tropfen vom Kinn fielen, machte es nicht besser.

Während sie durch die taufeuchte Morgenluft düste, stellte sie sich vor, dass die Tür des Klassenzimmers gleich offenstehen würde, manche Mitschülerinnen zwar schon brav auf ihren Stühlen saßen, die Atmosphäre aber noch hektisch genug war, sodass sie unbemerkt hereinschleichen konnte. Die Jugendlichen würden sich aufgeregt von den Ferienerlebnissen erzählen und sich zur Begrüßung gegenseitig in die Arme fallen. In dieser Fantasie betrat die Lehrkraft den Raum erst, als sich Carola schon auf ihrem Platz zurückgelehnt hatte und einen Moment verschnaufen konnte. Wenn sie Glück gehabt hätte, wäre das so passiert.

Doch das Glück hatte Carola schon Wochen zuvor verlassen, es war kein Teil mehr ihres Lebens. Und dazu kam dann noch Pech: Als sie endlich verschwitzt und außer Puste vor dem Klassenraum stand, die Türklinke drückte und öffnete, glotzten sie alle an. Und bevor sie ihn sah, spürte sie den Feind. Herr Kriger war in diesem Schuljahr ihr Klassenlehrer.

Das Starren der gut fünfundzwanzig Augenpaare übte eine vermeintlich mechanische Kraft auf den Körper der jungen

Zuspätkommenden aus. Es war ihr für einige sich quälend lang anfühlende Momente nicht möglich, sich von der Stelle zu bewegen. Sie fühlte sich schutzlos und ausgeliefert. Im Grunde genommen kam sie sich nackt vor. Sie spürte ihren Herzschlag in ihrem Kopf, zu jedem Takt sah sie pochende Kreise, die überblendeten, was ihre Augen eigentlich wahrnahmen. Ihr war schwindelig.

Als ihr klar wurde, dass die Aufmerksamkeit so lange auf sie gerichtet bleiben würde, wie sie in der Türschwelle stand, schaffte sie es endlich, sich auf einen freien Stuhl in der letzten Reihe zuzubewegen. Auf dem Weg kam sie an Fred vorbei, der genau eine Reihe davor saß. Er fragte dumm: „Na, gut gebimst?" Ein versierter Beobachter konnte ihre Wut erkennen, denn als sie ihr Gesicht zu ihrem Gangleader wandte, ballte sie zwei Fäuste. Allerdings verzog sie keine Miene und schaffte durch das Beibehalten ihres flotten Ganges auch, dass ihre eigentliche Reaktion unbemerkt blieb. Quer durch den Raum hallten die Worte des anderen Jungen aus ihrer Kleingruppe, Olav: „Da biste ja endlich. Auch kein Bock auf Schule, ne?" Inhaltlich registrierte sie gar nicht, was er gesagt hatte. Sie wusste nur, dass es ein weiterer dummer Spruch aus derselben geistigen Ecke war. Sie blieb bei ihrer Strategie, konzentrierte sich auf den Stuhl und darauf, sich auf ihm niederzulassen. Zeit und Strecke dorthin waren über alle Maßen ausgedehnt, aber schließlich schaffte sie es. Sie konnte loslassen und wieder ausatmen.

Nahezu gleichzeitig, als wäre es ihnen befohlen worden, drehten alle Mitschülerinnen ihre Köpfe nach vorne und blickten zur Tafel. Nur Herr Krigers Augen blieben noch einen kurzen Moment auf Carola fixiert. Schließlich hob er seinen rechten Mundwinkel, runzelte die Stirn, blickte auf die Uhr, atmete dann seufzend aus und drehte sich letztendlich unter abfälligem Kopfschütteln ebenfalls zur Tafel. Da entfuhr es ihr: „Arschloch!"

Carola selbst war darüber erschrocken, dass sie das gesagt hatte. Um sie herum wandten sich einige Nasen erneut in ihre Richtung. Wer sich nicht zu ihr drehte tauschte entweder vielsagende Blicke mit dem Sitznachbarn aus, klotzte gebannt auf Kriger oder war Kriger selbst. Die Lautstärke ihres Auswurfs ließ es eigentlich nicht zu, dass man die Beleidigung hätte überhören können. Doch der Lehrer begann just in diesem Moment in aller Ruhe seine erste Überschrift des Jahres am Kopf des Klassenzimmers zu präsentieren, „Albedo", einen Fachbegriff der Geografie. Es war, als hätte er die Aufmüpfigkeit seiner Schutzbefohlenen gebilligt. Es war, als wäre der Feind menschlicher als Carola selbst es ihm zugestanden hätte. Oder er war schwerhörig.

In der Pause nach dieser aufregenden Unterrichtsstunde war die verwaiste Carola gerade dabei, ihre Lernausrüstung am Spind auszutauschen, als Fred sie in seiner üblichen, leiernden Stimme von der Seite ansprach: „Was los mit dir?" „Nichts, wieso?" Und sie fügte ihrer knappen Gegenfrage noch giftiger und mit noch mehr Nachdruck hinzu: „Ich will jetzt nur mein eigenes Leben leben und brauch dich dafür nicht mehr." Sie kam einer Erwiderung zuvor, die Fred durch das langsame Öffnen seines Mundes andeutete, indem sie sich abwandte und davonschritt.

Es hatte Carola unwahrscheinlich gutgetan, diesem Dummkopf mal ehrlich die Meinung zu sagen. Ihn hatte es aber scheinbar nicht berührt, denn als sie über die Schulter auf den Schauplatz zurückblickte, ging Fred ohne Gesichtsregung einfach weg. Selbst in den Tagen und Wochen danach respektierte er ihre Entscheidung dem Anschein nach: Er grüßte sie nicht mehr, schien sie aber auch nicht demonstrativ zu ignorieren. Die beiden koexistierten schlicht, wie Carola es mit dem Rest der Welt ebenfalls tat. Sie war allein und das tat ihr gut.

Einmal saß Carola auf ihrem Platz in der hintersten Reihe im Klassenzimmer, legte ihren Kopf nachdenklich auf ihren rechten Arm, der als Kopfkissen auf dem Tisch fungierte, und dachte nach:

Die letzten Wochen waren gut vorübergegangen. Sie hatte es geschafft, nur noch zum Schlafen nach Hause zu müssen. Die meiste Zeit lebte sie in der Schule. Wenn sie Hunger hatte, dann gab es im Schulviertel ungesundes Essen um jede Ecke. Ihre Hausaufgaben durfte sie bis um 18 Uhr in der Bibliothek erledigen. Sie machte ihre Aufgaben zwar fast nie, aber unter diesem Vorwand konnte sie zumindest bis abends niemand rauswerfen. Danach war sie beim Volleyballtraining, mittlerweile ging sie jeden Schultag dorthin. Das war möglich, weil Steffen es ihr gestattet hatte, auch mit dem Damenteam zu trainieren, das die Halle an den beiden anderen Tagen belegte. Den Tennisball hatte Carola fallen gelassen.

Wenn jemand sie ansprach, seien es Schüler in der Schule, Leute rund um die Sporthalle, denen auffiel, dass Carola oft zugegen war, oder Menschen auf der Straße, dann schaffte es Carola durch Ignorieren allein zu bleiben. Nur in hartnäckigen Fällen musste sie reagieren – wenn auch sehr knapp und äußerst unfreundlich. Nicht selten wies sie Gespräche eröffnende Mitmenschen darauf hin, dass diese ihr Maul halten oder sich verpissen sollten.

Es war nicht gerecht, wie sie die Leute behandelte. Es interessierte sie aber auch nicht, was diese über sie dachten. Carola genoss es, kalt zu sein. Allein zu sein war das, was sie brauchte. Ihr war bewusst geworden, dass es weniger schmerzhaft war, keinen Kontakt aufzubauen, als Kontakt zu verlieren.

Die Lehrkräfte bemerkten das veränderte Verhalten der jungen Waisen. Ihre Wortkargheit kam bei ihnen nicht gut an. Zwar behielt Carola ihre Beleidigungen Menschen außerhalb des schulischen Lehrkörpers vor, trotzdem spürte sie Konsequenzen: Ihre Mitarbeitsnoten waren die einer Person, die niemals anwesend war. Noch konnte sie verweigerte Antworten mit überdurchschnittlichen Leistungen in schriftlichen Tests ausgleichen. Offenbar half es doch, sporadisch und nur als Alibi in die Bücher zu lesen, um die Anwesenheitsberechtigung in der Bibliothek aufrecht zu halten.

Trotzdem ärgerte es sie jedes Mal, wenn eine Bewertung ihrer Leistung ihre Mitarbeit und nicht ihre tatsächlichen Fähigkeiten spiegelte. Durch das sture Durchziehen dieser Taktik reizten sie die Lehrer bis aufs Blut. Anmerken ließ sie sich das natürlich nicht; zumindest gelang ihr das eine lange Weile.

Doch dann kam der Moment, in dem Carola die Hass-Strategie ins Fleisch übergegangen war. Zunächst harmlos kritzelte sie verträumt auf einem Blatt Löschpapier vor sich hin. Sie folgte dem Unterricht nicht. Die Lehrerin redete so vor sich hin und beendete den letzten Satz des Monologs mit Carolas Namen, um diese zu einer Antwort aufzurufen. Noch mehr überrascht als über diesen Aufruf war Carola über ihre eigene Entgegnung, die sie ohne emotionale Betonung, aber doch kräftig und laut genug über die Lippen brachte: „Halts Maul." In diesem Moment riss es sie aus ihrem trance-artigen Tagschlaf.

In einer irrsinnigen Geschwindigkeit rasten ihr Gedanken durch den Kopf. Was hatte sie da gerade gesagt, wo kam das her und was passierte jetzt mit ihr? Sie hoffte sich die Szene nur eingebildet zu haben. Gleichzeitig wusste sie, dass ihr Wunsch nicht erhört werden würde, und sie dachte an den Moment, in dem sie Kriger das „Arschloch" zurief. Beide Male war das nicht sie, es war irgendein vergifteter Teil ihrer Seele, der sich durch ihre anständige Schutzbarriere gekämpft hatte. Aber es passte doch zu dem, wie ihre Mitmenschen sie wahrnehmen sollten: abschreckend. Carola hatte Angst, dass die Lehrerin – wie ihr Vater es so oft getan hatte – nach dem Fehler schnurstracks auf sie zuschreiten würde und ihr eine ins

Gesicht verpasste. In einer anderen Hirnregion errichtete sich ein letzter hoffnungsvoller Gedanke, der letzte Strohhalm, an den sie sich zu klammern wagte: Auch Frau Genova hätte etwas krigerisches in sich, auch sie könnte die derbe Bemerkung überhört haben.

Carola hatte es wirklich getan. Carola hatte ihrer Lehrerin auf unflätige Weise den Mund zu verbieten versucht, wie es kulturell einfach nicht zu dulden war. Doch der Horror würde sich auf eine andere, perfidere Manier zeigen als durch körperliche Gewalt. Ja, die Lehrerin war wütend. Mehr als der Hass sprach aus ihr jedoch der eben gerissene Geduldsfaden: „Carola, das geht nicht! Du bekommst jetzt einen Brief nach Hause; mal sehen, was deine Eltern dazu sagen." Wie einen Magneten anderer Polung drückte es Carolas Blick aus dem Fenster, wo sie nichts fokussierte und ins Leere starrte.

Es war unglaublich schmerzhaft. Die Unterschriften zu fälschen war nicht das Problem, vor dem sie stand. Das hatte sie sogar schon mehrmals gemacht. Doch diesmal fühlte es sich so an, als würde sie ihre toten Eltern dadurch betrügen. Sie wusste, dass die beiden ihr Verhalten genauso beschissen gefunden hätten, wie die Lehrerin und Carola selbst. Da wäre an Strafe bestimmt noch etwas dazugekommen, vor allem von Papa. Aber es erleichterte sie nicht, dass die Peinigung ausbleiben würde. Ihre Wahrnehmung der Szene im Klassenzimmer verschwamm vollständig und sie vertiefte sich in den Schmerz ihrer Verluste. Ihre gesamte Familie hatte sie innerhalb kürzester Zeit im Stich gelassen. Sie fühlte sich klein und dreckig. Nicht liebenswert und abgetrennt von der Welt. In jenem Moment war die Sehnsucht nach Nähe so groß, dass sie überlegte, ob sie sich öffnen sollte – ob sie alles erzählen sollte. Doch das ging nicht. Sie wollte nicht. Den Rest dieses Tages verblieb Carola in diesem Sumpf des Schmerzes und nahm nichts mehr bewusst wahr, auch nicht ihren automatisierten Heimweg.

Kein Unfall

Zäh wie ein fast ausgehärteter Kaugummi vergingen die Wochen. Alles lief immer gleich ab und die Monotonie barg die Gefahr, dass die Verdrängung nicht mehr funktionierte.

Das erste Mal nach langer Zeit brachen wieder starke Emotionen aus Carola hervor, als die Schülerinnen das erste Zwischenzeugnis des Schuljahres erhielten. Sie sah es schwarz auf weiß: Trotz grundsolider Ergebnisse in den schriftlichen Tests würde der Notendurchschnitt in sechs Monaten nur knapp zum Bestehen dieser Klassenstufe reichen. Weil es zum Sitzenbleiben lediglich die Verschlechterung einer einzigen Note brauchte, und weil Carolas Leistungen im Vergleich zum Vorjahr abgesackt waren, wurde sie schulisch eingestuft, wie es um ihr Leben nicht präziser erkannt werden konnte: „gefährdet".

Sie war erstaunt, wie leicht sich die Wut über die unfair empfundene Einordnung ihrer Fähigkeiten unter die Oberfläche drücken ließ, wie wenig diese sich wehrte und versuchte wieder aufzutauchen. Nicht einmal Bläschen stiegen auf. Es war ihr schnell wieder egal, welche Zahlen auf diesem Papier standen. Ihren Abschluss würde sie trotz allem schaffen, da war sie sicher.

Carola war derart erfolgreich darin, ihren Alltag einseitig zu gestalten, dass sich nur ein Ereignis der dann folgenden Wochen klar in ihrer Erinnerung manifestierte. Allerdings wäre es sogar in einem normalen Leben so einschneidend gewesen, dass es wohl niemand vergessen würde.

Da Carola ohne Ausnahme täglich mit dem Rad zur Schule fuhr, war sie auch an diesem sonnigen Frühlingsvormittag auf ihrem Drahtesel – so konnte man das schlecht instandgehaltene Mountainbike durchaus nennen – unterwegs. Unter der vor Staub ergrauten Dreckschicht des Rahmens konnte man das leuchtende Rot ihres Zweirads erahnen. Rot war einmal Carolas Lieblingsfarbe – damals, als sie Farben in ihrem Leben noch zuließ. In ihrem tristen Outfit, von Kopf bis Fuß in schwarz gekleidet – nur ihre Hose war ausgeblichen und man hätte das Dunkelgrau für Absicht halten können – war es *sie*, die nicht in die Szene passte. An den dunklen Wintervormittagen der vergangenen Monate noch reflektierte ihr durch die Witterung ansatzweise gereinigtes rotes Gefährt das Licht und störte das Gesamtbild, nun hatten die beiden einvernehmlich die Rollen getauscht.

Durch die täglichen Fahrten und das enorme Bewegungspensum, das sie in der Volleyball-Halle ableistete, um dem Zuhause nicht nah zu sein, war sie in guter konditioneller Verfassung und daher zügig unterwegs. Wie einem Cowgirl hätte ihre Mähne im Wind flattern müssen, um stimmig für den Beobachter zu wirken. Ihr Haar war aber verklebt und drahtig und neigte sich lediglich als geschlossene Einheit um fast unmerkliche Zentimeter, wenn Fahrtwind und Frühlingshauch in Einklang frontal auf sie trafen.

Viele Hundert Meter legte sie so zurück, auf dem Radweg, der nur wenige Meter neben der Auto-Straße verlief, abgetrennt durch mal zwei, mal vier Baumreihen. Immer wieder blitzte die Sonne zwischen den Baumsilhouetten, die noch eher nackt waren als vom Blattkleid bedeckt, hindurch. Als der Radweg abrupt wie stets endete, war nicht mehr Wald um sie herum, sondern der große Verkehrsplatz vor der Schule. Radler sollten dann hinter der Busbucht vorbeifahren, die dem Gebäude gegenüber lag, um sodann durch den Tunnel unter der Straße auf das Gelände zu gelangen. Wie so oft und noch verstärkt durch den milden Morgen herrschte großer Tumult auf den beschriebenen Wegen.

Die Menschenmengen erinnerten Carola an das Blinken völlig übertrieben kitschig gestalteter Vorgärten zur Weihnachtszeit. Aus jeder Ecke bettelte sie etwas an, ihm die volle Aufmerksamkeit zu schenken. Sie war nicht in der Lage, solch eine Flut an Reizen zu bewältigen. Deshalb hatte sie auch schon vor Längerem ihre persönliche Abkürzung gefunden: Noch vor der Busbucht bog sie ab und überquerte die Straße direkt – ganz ohne Menschen, die auf dem Weg zu passieren sein würden. Das funktionierte auch immer – bis dahin – problemlos.

Heute war das anders. Natürlich sah sie den Bus, der auf dem Weg war und schon bald dasselbe Stück Teer überrollen würde wie sie. Doch bereits im nächsten Moment, quasi im nächsten Bild, das ihr Auge an das Gehirn weitergab, befand sich das Gefährt direkt neben ihr. Er war gigantisch groß geworden; es war, als stünde sie vor einer steilen Wand, die bis in den Himmel ragte. In ihrem Sichtfeld war nichts anderes mehr als der Bus. Sie wusste, wo er war, aber nicht wie schnell. Da er sich aber so prompt angenähert hatte, musste er schnell genug gewesen sein, um nichts mehr von ihr übrig zu lassen.

Und dann war er wieder weg. Carola stand mit dem Rad auf dem Weg, den sie erreichen wollte. Sie hörte ein Hupen, ein Reifenquietschen, einen Busfahrer, der „Spinnst du?" und „Bist du verrückt?" rief. Als sie über ihre rechte Schulter blickte, um die Szene, der sie gerade entkommen war, zu betrachten, sah sie, wie alle zu ihr glotzten. „Alle" bedeutet, dass es wahrscheinlich Hunderte Menschen waren, deren Aufmerksamkeit sie erregt hatte. Aber es störte sie nicht.

Scheinbar völlig unbeeindruckt vom gerade Geschehenen stieß sich Carola vom Boden ab, bis sie wieder oben auf ihrem Sattel saß, trat mit hoher Frequenz in die Pedale und rollte gemächlich – sie fuhr offenbar in einem niedrigen Gang – auf das Schulgelände zu. Als sie um die Ecke bog, um die Fahrradständer im Schulhof zu erreichen und die meisten dort Anwesenden noch nichts von dem Vorfall mitbekommen hatten, begann sie zu lächeln. Es war ein fröhlicher Gesichtsausdruck, bei dem nur ein Mundwinkel nach oben gezogen war und der Blick zu Boden ging. Für Außenstehende nicht wahrnehmbar und ohne Druck in den Stimmbändern murmelte sie: „Ich war gerade ganz nah bei euch."

Herr Kriger, an den der Vorfall herangetragen wurde, hatte recht, als er zu Beginn der ersten Stunde vor der Klasse zu Carola sagte: „Es hätte alles vorbei sein können." Er hielt ihr gerade eine Standpauke. Indem er fragte, ob sie im Augenblick etwas brauchte, und damit vermutlich etwas für das Seelenwohl meinte, offenbarte er seine bislang unbekannte, menschliche Seite. Angeblich sei er außerdem froh gewesen, dass ihr nichts passiert sei. Auch wenn seine Frage, ob das mit ihrer Unversehrtheit stimme, offenbarte, dass er gar nicht genau wusste, was vorgefallen war. Unter gespieltem Bedauern verkündete er ihr, dass er ihr für „diese Aktion" einen Verweis nach Hause schicken „müsse". Gegen Ende seiner Ansprache bemerkte er, dass er von Carola überhaupt keine Antwort, ja keine Reaktion zu erwarten hatte, wandte sich genervt ab und begann seinen Unterricht.

Ver(w)irrt

Die Schule hatte eine Erweiterung bekommen. Zwischen das Hauptgebäude und die Straße war – direkt neben die Fahrradständer – ein großer weißer Klotz betoniert worden. Im Kontrast zur Schule war der Bau viel zu modern und fügte sich nicht in das Bild des Straßenzuges ein. Der hauptsächliche Zweck der neuen Räume war nicht der reguläre Unterricht; darin sollten vor allem an den Nachmittagen „schwächere" Schüler ihre Nachhilfestunden bekommen.

Das Ding sieht ätzend aus, dachte Carola, als sie zum ersten Mal auf das nach langer Zeit fertiggestellte Häuschen blickte. Die Baustelle, die in den Wochen zuvor an seinem Platz gewesen war, hatte ihr bei Weitem besser gefallen. Jetzt wirkte es steril. Vielleicht hätte das Militär darin Experimente an genveränderten Tieren durchführen sollen oder die Polizei schwere Straftäter verhören, das wäre stimmiger gewesen.

Carola war gerade wieder mit dem Fahrrad auf das Gelände gerollt und suchte nach den nächstbesten zwei Metallstäben, zwischen denen sie den Vorderreifen den Vormittag über einquetschen konnte. Immer wieder blickte sie auf den Neubau und kniff unwillkürlich die Augen zusammen. Nachdem sie provisorisch die dicke Metallkette, die sie als Schloss zu nutzen pflegte, irgendwie über den Sattel gelegt hatte, – mehr zur Abschreckung, als echter Diebstahlschutz taugte das Darüber-Hängen nichts – ging sie zunächst wie üblich auf den Haupteingang zu. Plötzlich aber änderte sie ihre Richtung – so willkürlich, dass zwei hinter ihr gehende Schüler der Oberstufe stehen bleiben mussten und sich für einen Moment fragend anschauten. Wenige Schritte später befand sie sich vor der verdunkelten Glastür des weißen Quaders.

Irgendwie sah das Gebäude von außen so mysteriös aus, dass sie unbedingt wissen wollte, wie es innen war. Die Türklinke war schon keine normale: Angebracht war eine Metallstange – so breit wie die Tür selbst – die an zwei eisernen Gelenken hing. Erst dachte sie, das Ding sei abgesperrt, denn Druck gegen die Stange bewirkte nichts. Nachdem sie aus Ungeduld etwas daran gerüttelt hatte, bemerkte sie, dass sie mit Ziehen auf einem besseren Pfad war. Die Stange ließ sich wenige Zentimeter nach oben bewegen, bis die Gelenke einrasteten und der Schließmechanismus den Widerstand aufgab. Sie öffnete die Tür und fragte sich noch währenddessen, was sie erwarten würde. Eine fliegende Untertasse hätte sie nicht überrascht.

Dahinter befand sich die gleiche Tür noch einmal. Der Raum dazwischen – vermutlich als Windfang gedacht – war quadratisch in der Fläche, dafür aber recht hoch. Ein Basketball-Profi hätte aufrecht hindurchgehen können, ohne dass sein Reflex des sich Duckens ausgelöst worden wäre. Beengend war neben der dunkelgrauen Betonwände jedoch die Tatsache, dass die Breite des Raums die der Tür nur um wenige Zentimeter übertraf. Um hindurchgehen zu können, musste Carola die ursprüngliche Eingangstür nach außen wieder öffnen und einen Schritt hinaustun. Erst als sie durch die zweite hindurch war, konnte sie beide gleichzeitig zufallen lassen. Die Konstruktion war merkwürdig.

Nun fand sie sich in einem fahlen, komplett weißen, quadratischen und leeren Raum wieder. Die Fläche entsprach vermutlich in etwa der eines Klassenzimmers. Die Beleuchtung wurde passiv durch Neonröhren sichergestellt, die nah an den Wänden durch Aussparungen in die Decke eingelassen waren. In der Mitte jeder der vier Seiten waren exakt die gleichen Türen zu sehen. Nach ein paar Drehungen im Kreis war es Carola nicht mehr möglich zu wissen, durch welchen Zugang sie den Raum betreten hatte.

Sie sah zwar nirgendwo Kameras, aber fühlte sich beobachtet. So, als würde ihr gerade eine anonyme Ansammlung von Menschen zusehen und ihr alsbald Hinweise zurufen, was sie tun sollte. Trotz dieses beklemmenden Gefühls der Aufmerksamkeit ging sie von einer Ecke in die nächste, um zu finden, wonach sie nicht suchte. Sie klopfte sogar die Wände ab und erwartete aus irgendeinem Grund, dass eine davon hohl und dahinter ein geheimes Fach zu entdecken war. Erst viel zu spät realisierte sie, dass sie die Orientierung nun tatsächlich verloren hatte und nicht mehr wusste, durch welche Türe sie hereingekommen war. Also nahm sie irgendeine Tür – und fand sich offenbar im selben Raum wieder.

Sie fragte sich auf einmal, woher wohl die Frischluft kam – wenn es denn welche gab. Es waren keine Lüftungsschächte zu sehen und Fenster waren ja auch nicht verbaut. Bei dem Gedanken, dass sie ersticken könnte, wenn sie nicht bald wieder hinausfand, krampfte sich ihr Magen zusammen. Sie suchte genauso in diesem Raum die Ecken und Wände ab, wenn auch etwas schneller und nervöser als zuvor. Sie fand wieder nichts und ging wieder durch eine Tür. Schon wieder war sie im selben Raum! Irgendwie waren aber die Wände näher bei ihr, das Zimmer musste also kleiner sein als die beiden zuvor.

Carola hatte keine Zeit mehr, sie musste wieder an die frische Luft. Da zog sie wie der Läufer beim Schach quer nach links durch die nächste Tür. Der neu betretene Raum war noch kleiner und ansonsten wieder völlig identisch. So langsam kam echte Panik in ihr auf und sie machte nach dem Betreten der Zimmer nicht einmal mehr eine kurze Denkpause, sondern hastete jedes Mal auf irgendeine weitere Tür zu. In ihrer Hilflosigkeit schossen ihr Tränen in die Augen, sie bekam fast keine Luft mehr. Vielleicht waren es fünf, sechs oder sieben weitere Zimmer, irgendwann waren sie jedenfalls so klein, dass Carola, wenn sie in der Mitte stand, von dieser Position aus alle vier Türen mit der Hand berühren konnte, ohne einen Schritt auf sie zuzumachen.

Ich komme hier nicht mehr raus und das wird mein Ende, dachte sie sich in ihrer Verzweiflung. Ihre einzige Hoffnung war, dass es nicht allzu qualvoll sein würde, wenn sie erstickte. Sie setzte sich auf den Boden, der sie in seiner Beschaffenheit an den geliebten Turnhallenboden vom Volleyball erinnerte. Sie zog ihre Knie heran, umfasste selbige mit ihren Armen, senkte den Kopf. Diese Pose war schon immer ihr letzter Anker. Sie gab ihr Sicherheit, wenn sie über eine Situation überhaupt keine Kontrolle mehr hatte.

Da hörte sie Alessia lachen. Sie blickte auf und fand sich gemeinsam mit ihrer Schwester auf dem grünen Teppichboden vor dem Fernseher im Wohnzimmer wieder. Das blonde Mädchen schaute belustigt auf den Bildschirm. Dort waren Menschen zu erkennen, die sich in einem Irrgarten verlaufen hatten. Eine künstliche Hecke war zu sehen, und diese war derart verzweigt, dass es so noch Stunden dauern konnte, bis die Leute da raus waren. Die beiden Schwestern verfolgten die Fehlversuche der Eingesperrten aus der Vogelperspektive.

Dann gluckste Carolas süßes kleines Schwesterherz und sagte: „Das ist doch so einfach. Die müssen nur immer rechts gehen, dann finden sie bestimmt raus." Dieses Lachen durchströmte Carolas Körper förmlich mit Energie, sie stand wieder auf. Da war sie wieder, stehend, in dem kargen Raum mit den vier Türen. Die Panik war einem Brennen gewichen. Ein inneres Höllenfeuer wütete in ihr und ließ sie einmal mehr spüren, wie sehr sie ihren kleinen Engel vermisste. Alessia war so klug und so lieb gewesen.

Bevor die Wut, weil man sie ihr genommen hatte, das Ruder übernehmen konnte, erinnerte sie sich an die entscheidenden Worte: „Immer rechts gehen." Carolas Intuition sagte ihr, dass die Tür, die sich in diesem Augenblick hinter ihr befand, die rechte war. Sie drehte sich um und ging geradewegs auf sie zu.

Als sie die Klinke schon nach unten gedrückt hatte, wartete sie einen Moment mit dem Öffnen. Dann fühlte es sich richtig an. Sie lehnte sich dagegen und fand sich im selben Raum wieder. Sie schritt zur Tür zu ihrer rechten, öffnete sie und traute ihren Augen nicht: Sie stand im Windfang. Ein letzter Schritt auf den Ausgang zu brachte sie ans Ziel.

Nachdem Carola die metallene Barriere hinter sich hatte und im befreienden Freien stand, schloss sie die Augen, legte den Kopf in den Nacken, breitete die Arme aus und nahm einen tiefen Atemzug. Ihre Glieder entspannten sich, sie hatte nun sichtbare Schweißflecken unter den Achseln. Sie öffnete die Augen und behielt ihre Blickrichtung einen weiteren Moment bei. Der strahlende Sonnenschein von vorhin war einer traurigen grauen Wolkendecke gewichen.

Während sie los und erst einmal grob auf den Haupteingang zuging, wunderte sie sich und dachte: Moment mal. Alessias Tipp hätte mir eigentlich nur aus einem Irrgarten raushelfen können. Aber das war keiner gewesen. Ihre Schwester musste ihr auch noch auf eine andere Weise da rausgeholfen haben. Mit fester Stimme und einem erschöpften Lächeln in den Wangen sagte sie, ganz knapp, vor sich hin: „Danke." Dann wurde sie schneller und ihr Gang begann, einer fixen Richtung zu folgen. Sie machte sich auf den Weg zu den naturwissenschaftlichen Räumen, denn inzwischen waren unglaubliche zwei Schulstunden vergangen und als Nächstes hatte sie Physik.

Sie kam auf ihrer Abkürzung am Sportplatz vorbei. Sie ging über die Laufbahn am Rande des Rasens und hatte freien Blick auf vor allem jüngere Schüler, die sich dort austobten. Mittendrin stand Nick. Er fiel Carola auf, denn auch wenn er nicht weit über die Kleinen hinausragte, so nahm er doch einen größeren Teil ihres Blickfeldes ein als die Kinder. Er stand nicht sehr fern, es waren vielleicht fünfzehn Meter. Er befand sich am Rande des Gewusels, die Arme verschränkt und ließ seinen

Blick mehr schweifen, als dass er den Fußball oder einzelne Köpfe konzentriert verfolgte. Während sie ihn mit den Augen fixierte, wurde ihr klar, dass er die Kleinen offenbar betreute. Ein solches, freiwilliges Engagement hatte sie ihm noch nicht zugetraut, bevor die beiden damals im Unterricht miteinander sprachen.

Während Carola ihren Blick auf Nick fixiert hielt, wurde sie langsamer. Die Eile verschwand für diese kurze Zeit auch aus ihrem Gesicht und wich einem neugierigen Ausdruck weiter Augen und leicht geöffneten Mundes. Dann bemerkte er sie. Er war anscheinend gar nicht überrascht sie zu sehen, zunächst folgten ihr nur seine Augen. Erst wenige Augenblicke später drehte sich auch sein Kopf in ihre Richtung. In einer Mischung aus lautem Sprechen und leisem Rufen richtete er Worte an Carola: „Na, hast du auch Freistunde?"

Danach lächelte er sie an. Wie selbstverständlich öffnete sie ihren Mund, um zu antworten. Doch sie war nicht in der Lage, einen Gedanken zu fassen, geschweige denn ihn auszusprechen. Sie stand da wie ein Dummkopf. Nach einem kurzen Moment des Luftanhaltens kam ihr der Gedanke, dass sie ja etwas gegen das dumme Rumstehen tun konnte. Leider sah es wahrscheinlich nicht viel geschickter aus, als sie den Mund abrupt schloss, während sie den Kopf wieder in Marschrichtung wandte. Sie ging einfach weiter und schämte sich. Ihr Herz schlug wieder viel fester. Aber diesmal war darin keine Schwere, es war, als hätte es Flügel und würde umherflattern, als hätte es heute schon seinen dritten Kaffee gehabt.

Einige Meter ihres Weges lang wusste Carola anscheinend nicht, was sie fühlen sollte. Ihr Gesichtsausdruck wechselte im regelmäßigen Takt einer Pendeluhr zwischen gerunzelter Stirn mit zusammengepressten Lippen und einem Anflug von Lächeln mit großen Augen und schwärmendem Blick gen Himmel. Dann schien sie plötzlich wieder an Physik zu denken, ihre Verspätung und die Strenge ihrer Lehrerin, denn mit dem schockierten Ausdruck ihrer Augen zog auch das Tempo ihrer Schritte weiter an.

Am Physikraum angekommen, klopfte Carola an die Tür. Die Lehrerin schien nur unweit entfernt gestanden zu haben, denn schon nach wenigen Sekunden öffnete sie. Carola sah niemanden an, sie starrte lediglich auf ihren leeren Platz und begann stracks darauf zuzusteuern. Sie wollte sich einfach ohne Aufsehen hinsetzen. Nicht mal einen ganzen Meter kam sie an der Lehrerin vorbei, da hielt diese sie mit ihren Worten in einem unangenehm grellen Tonfall auf: „Stopp!" Carolas Körper gehorchte dem Befehl. Sie stand da wie versteinert, aber drehte sich nicht zur Quelle des Rufes um, sie sah die aufgeschreckten Blicke der Mitschülerinnen in den Augenwinkeln, aber verlor das Ziel, den abgesessenen Holzstuhl, nicht aus den Augen. Es hatte den Anschein, dass sie sogar die Luft anhielt, bis die Lehrerin weitersprach.

„Nicht nur mir ist dein Fehlverhalten aufgefallen", fuhr diese fort. Sie war dabei wieder etwas leiser, jedoch nicht weniger schrill. „Sämtliche Kollegen beschweren sich über dich. Du antwortest auf keine einzige Frage und hältst damit jeden Unterricht auf. Und dann musst du auch noch über die Straße fahren, wo es verboten ist. Gerade wenn ein Bus kommt. Es gibt doch eine Unterführung. Was denkst du, was das für eine Riesen-Szene gewesen wäre, wenn er dich erwischt hätte? Caro, du musst–"

Da unterbrach die Beschimpfte den Anschiss: „Carola! Für Sie heiß' ich Carola." Es tat ihr gut, sich endlich mal zu wehren. Das brachte sie der Augenhöhe mit ihren Mitmenschen wieder etwas näher, sie fühlte sich nicht mehr so klein. Auch die Botschaft war angekommen, denn die Lehrerin setzte ihre Tirade zwar fort, allerdings in normaler Lautstärke und einem passenden Tonfall. „... na gut, Carola." Die Worte klangen eindringlicher und Carola drehte sich zur Lehrerin um. „Es wäre jedenfalls ein Riesen-Papierkram, wenn dich der Bus erwischt hätte. Keiner will das und überleg mal wie sich deine Eltern sorgen machen würden, wenn dir was passiert."

Die Worte waren derart unpassend gewählt, dass sich Carolas linke Hand mal wieder ohne ihr Zutun zur Faust ballte. Allerdings sah das Gesicht der Lehrerin ernstlich besorgt aus. Mit emotionalem Abstand betrachtet, war Carola dieser Frau wohl wichtiger, als sie zu träumen gewagt hatte. Letzterer war jedoch offensichtlich nicht klar, dass sie mit einem dreckigen Stock in Carolas offener Wunde herumpulte, wenn sie auf die Eltern zu sprechen kam. Der Spruch mit dem Papierkram war nur unüberlegt und dumm, auch den meinte sie nicht so, jedenfalls empfand Carola außerhalb ihrer Hand deswegen keinen Groll.

Nach einer kurzen Sprechpause, in der zu sehen war, dass sich die Lehrerin nun Mühe gab, ihre Worte zu bedenken, bevor sie diese zum Besten gab, fuhr sie in Ruhe fort: „Wir haben uns eine neue Methode überlegt, dich zum Nachdenken anzuregen, nachdem Verweise bei dir offensichtlich keine Wirkung zeigen. Ich suspendiere dich. Du gehst jetzt nach Hause und kommst erst morgen wieder. Diese Stunde und auch der Rest des Schultages, sind für dich gelaufen!"

Die letzten Worte hatte sie mit nachdrücklicher Ernsthaftigkeit ausgesprochen, umso bizarrer wirkte das heitere Lachen, das in der Klasse einsetzte. Die Leute fingen an miteinander zu tuscheln und Carola war klar, was sie sich in etwa sagten. Sie könne doch froh sein, der Unterricht sei doch eh für'n Arsch. So war es aber nicht für sie. Sie wendete sich um und ging – ohne eine weitere Szene zu machen – nach Hause.

Das Wiedersehen verdienen

Das mit der Suspendierung ging weit. Carola war die Einzige, die damit bestraft wurde. Wahrscheinlich war sie auch die Einzige, der diese Strafe etwas ausmachte. Beinahe jeden Tag wurde sie von einer ihrer Lehrerinnen nach Hause geschickt, meist, nachdem sie auf eine Frage mit Schweigen antwortete. Carola merkte selbst, dass sie in diesen Wochen viel zu viel Zeit daheim verbrachte. Auch wurden ihre Noten erneut spürbar schlechter, denn sie verpasste viel Unterricht und wusste in Tests auf manche Frage nicht einmal das grobe Themengebiet der Antwort.

Da saß sie nun wieder auf ihrem Holzstuhl am Fensterplatz im Klassenraum, das Kinn auf die linke Handfläche, den Ellbogen auf die Tischplatte abgestützt. Sie sah nach draußen, dicke Wolken veränderten ihre Erscheinung und verlangten nach träumender Aufmerksamkeit verzweifelter junger Frauen.

„Carola." Herr Kriger hielt ein Blatt Papier in seiner Rechten und wedelte kaum merkbar damit. In seiner anderen Hand, die er bequem auf seinem Oberschenkel abgelegt hatte, während er lässig auf dem Pult saß, befand sich die Klassenliste. Kriger war bereit, den Namen der nächsten Mitschülerin, ‚Rosenbusch', vorzulesen. Auf diese Weise verteilte er nämlich die Arbeiten der Schülerinnen, nachdem er sie korrigiert hatte: Er rief eine nach dem anderen auf und erwartete, dass diese bereits anstanden, um sie abzuholen. Doch nachdem er seinen Mund öffnete, aber bevor sein Gaumen den ersten Buchstaben formte, bemerkte er, dass seine Hand noch wedelte. „Carola, kommst du?"

Carola ließ ihren Blick von der wie eine Gitarre geformten Wolke ab und drehte schreckhaft ihren Kopf zur Tafel. Kriger und eine Handvoll Mitschülerinnen, die noch nicht damit beschäftigt waren, die an sie ausgeteilten Papiere zu studieren, sahen sie an. Es war ihr unangenehm, Aufmerksamkeit geschenkt zu bekommen und es wurde nicht besser, als sie mit ihrem Stuhl nach hinten rutschte und aufstand.

Das Gleiten des Sitzmöbels auf dem Boden war nicht zu hören, vor Staub ergraute Filzgleiter auf den Unterseiten der Beine fraßen jedes Geräusch, bevor es entstand. Carola schlurfte flach atmend die Sitzreihe entlang, nahm kaum das Chaos auf Loras Tisch wahr, der der Füller ausgelaufen war. Den Mittelgang erreicht, drehte sie sich gen links Richtung Klassenzimmerkopf und bemerkte, wie der schmaler und länger wurde, als würde jemand am Ende dieses Kaugummis ziehen. Kriger wedelte, Carola ging ihre Schritte, Schülerinnen glotzten, das Herz pochte und dann war sie da.

Sie nahm ihr Papier entgegen, sprach keinen Ton, machte auf der Ferse kehrt und mühte sich den ganzen Weg zurück. An ihrem Platz angekommen, ließ sie das Schriftstück mit dem Gesicht zur Tischplatte wenige Zentimeter über dieser los, sodass es, wie ein Kastanienblatt im Wind, schaukelnd auf die Oberfläche sank. Sie setzte sich, niemandes Augenpaar interessierte sich mehr für sie. Kriger las noch die wenigen letzten Namen auf der Liste vor und ließ sich in seiner Hand wedelnde Zettel abnehmen. Carola schwitzte. Sie schabte das Blatt – es war das einigermaßen dicke Papier einer Urkunde – vom Tisch, drehte es und hielt es mit beiden Händen auf Brusthöhe vor sich, die Ellbogen auf der Platte abgestützt.

Dieses zweite Zwischenzeugnis war beschissen. Entsetzt klappte ihr der Kiefer herunter. Natürlich hatte sie die einzelnen schlechten Noten im Laufe der Wochen auf sich herabregnen spüren. Doch auf diese pfützenhafte Ansammlung des Misserfolgs war sie nicht vorbereitet. Jetzt bleiben mir zwei Möglichkeiten, dachte sie: die Schule beenden und eine Ausbildung beginnen, oder das Schuljahr wiederholen. Unweigerlich erinnerte sie ihren Wunsch zu studieren und es damit ihren Brüdern gleichzutun. Dieser Traum war in diesem Moment in unerreichbare Ferne gerückt, denn über Menschen, die sitzen blieben, hatte ihre Familie stets Witze gemacht. Carola wollte keine Witzfigur sein. Eine Ausbildung ohne Ansprüche an den Schulabschluss schien ihr Weg zu werden. „Ach Papa...", flüsterte sie so leise vor sich hin, dass es selbst der Sitznachbar nicht vernehmen konnte. „... jetzt werd ich deinen Wünschen doch noch nachkommen."

Irgendwann im Laufe der darauffolgenden Wochen bemerkte Carola, dass sie sich auch einfach in die Bibliothek setzen konnte, anstatt nach Hause zu gehen, wenn sie mal wieder suspendiert wurde. Denn niemand kontrollierte, niemanden interessierte es, wo sie sich aufhielt. Und die Bibliothekarin und Schülerinnen anderer Klassen und Jahrgangsstufen wussten nicht, dass die, die sie dasitzen sahen, nicht dasitzen durfte.

So verbrachte sie zahlreiche Stunden jener Wochen im Raum der Bücher, am Computer sitzend oder lesend, in dem Bewusstsein, dass sie noch keinen Plan hatte, was sie nach diesem – für sie letzten – Schuljahr mit sich anfangen sollte. Hauptsache, sie musste diese Zeit nicht zu Hause totschlagen.

Einmal, inmitten dieser Wochen, kam Nick. Er spazierte zielstrebig in die Bücherei, schritt direkt auf Carolas Platz zu und setzte sich neben sie. Sie saß zurückgelehnt im Stuhl, mit den Füßen im Schneidersitz auf der Sitzfläche, ein Buch in den Händen, das auf den Oberschenkeln abgelegt war. Sie war verwundert und ihr Gesichtsausdruck verbarg es nicht. Nick wusste offenbar, was sie ihn fragen würde, wenn er ihr die Gelegenheit dazu gab und begann das Gespräch damit, die Frage zu überspringen und antwortete: „Ich fand's voll unfair, dass die dich schon wieder rausgeschmissen hat" – er drehte seine Handflächen nach oben, wurde mit einem Mal aufrechter in seiner Körperhaltung und lauter – „obwohl du gar nix gemacht hast."

Carola hörte nur zu; ob ihr innerliches „Mhm" den Weg in ihren Hals gefunden und für Nick hörbar gewesen war, wusste sie nicht. Aber sie war aufmerksam und genoss es irgendwie, dass mal jemand persönliche Worte an sie richtete, die nicht der Herabwürdigung oder Bestrafung dienten. Er fuhr fort: „Ich hab als du raus bist dann jedenfalls gesagt: ‚Das ist doch keine Strafe!' Da hat sie dann gesagt: ‚Du kannst es ja ausprobieren, wenn du willst', und dann durft ich gehen." Dabei imitierte er seine Stimme und die der Lehrerin und begleitete es mit Gesten. Seine eigene Tonlage gestaltete er dabei künstlich etwas tiefer; das fand Carola süß.

„Bin gleich zu dir, weil ich dachte, du fühlst dich ein bisschen allein." Das rührte sie, innerlich quollen ihr Tränen unter die Lider, äußerlich blieb sie versteinert. Sie hatte den Drang ihm zu erwidern, dass er sich irrte. Dass sie sich nicht ‚ein bisschen' allein fühlte, sondern so allein, als wäre sie die Einzige ihrer Art. Doch mit diesen Worten wären tatsächlich die Tränen gekommen und das galt es zu vermeiden. Denn Verletzlichkeit führt zu Verletzungen, das hatte sie für sich erkannt. Statt ihre Gedanken auszusprechen, löste sie die Situation dadurch auf, dass sie zügig aufstand, dabei „Danke" murmelte, ihre Tasche über die rechte Schulter warf und sich fortmachte.

Auf dem anschließenden Nachhauseweg, den sie versuchte in Zeitlupe anzutreten, um erst möglichst spät an ihrem Haus anzukommen, ging sie mit sich ins Gericht. Ich hab den, der Liebe gezeigt hat und mein Alleinsein beenden wollte, allein gelassen, dachte sie sich. Und sie hasste sich dafür.

Nach endlosen, monotonen Wochen, war nun der letzte Tag des Schuljahres gekommen, der Tag, an dem es die Zeugnisse gab. Carola ging völlig demotiviert in die Schule. Eigentlich wollte sie nur hin, den Wisch abholen und wieder weg. Allerdings gab es da die Schulpflicht und wie immer auch organisatorische Dinge zu klären. Also saß sie auf ihrem Platz, stützte die Ellbogen auf den Tisch und vergrub das Gesicht in die Hände. Vermutlich war sie dabei eingedöst, denn tatsächlich hatte sie das Gefühl, dass die Zeit einigermaßen schnell verging.

„Carola, komm! Wach auf, hol dein Zeugnis!" Sie war aufgeregt. Denn nach diesem Moment, nachdem Herr Kriger sie aufgerufen hatte, wollte sie nach vorne gehen, das Zeugnis entgegennehmen und es auf dem Rückweg zu ihrem Platz symbolisch zerreißen. Doch als sie es in den Händen hielt, einen ersten Blick darauf geworfen hatte, auf dem Rückweg und bereit für ihre Aktion war, da meldete sich ein Jucken in ihrem Gehirn. Es zwang sie, den Satz, den sie nur flüchtig gesehen, nicht mal bewusst gelesen hatte, anzustarren. Es vergingen Sekunden, bis sie seinen Sinn begriffen hatte: „Die Schülerin hat die Erlaubnis zum Vorrücken in die nächste Jahrgangsstufe erhalten."

Seit ihr das Schicksal mit der Faust ins Gesicht geschlagen hatte, war es ihre oberste Direktive, keine Emotionen zu zeigen. Es gelang ihr hierbei nicht. Mit einem lauten und lang gezogenen „Jaa!" bejubelte sie diese unerwartete Wendung und ließ dabei jede Menge angestauten Druck heraus. „Nächste Klasse, ich komme!"

Die Klassenkameradinnen starrten sie allesamt an. Carola erinnerte sich, wie sie solche Situationen regelmäßig lähmten und sich in ihr Gedächtnis einbrannten. Diesmal brannte sich die Begebenheit aus einem anderen Grund ein: Sie genoss es. Sie hatte es geschafft – und sie hatte Zeuginnen. Sie hatte es allen gezeigt. Allen, die noch da waren...

Carola hatte immer das Gefühl, dass sie in der Klasse unwahrscheinlich unbeliebt war. Trotzdem schienen sich alle mit ihr zu freuen, oder es ihr – ihren Gesichtern nach – zumindest zu vergönnen. Weil alles möglich war, blickte sie erwartungsvoll über die Schulter zu Herrn Kriger, der in diesem Moment den Mund öffnete. Aber er sah nicht auf, er murmelte nur, allerdings für alle hörbar: „Herzlichen Glückwunsch." Aber er sagte es sarkastisch. In diesem Moment wurde Carola bewusst, wie sehr sie Menschen verachtete, die Dinge äußerten, die sie nicht auf diese Art meinten. Carola drehte sich zu ihm um, so, dass Kriger es merkte und nun doch aufschaute. Sie sah ihm in die Augen. Aus seinem gelangweilt-überheblichen Stirnrunzeln entwich jegliche Entspannung. Binnen Sekunden rutschte ihm sämtliche Farbe aus dem Gesicht, über den Hals unter seinen dunkelbraunen Woll-Pullover. Seine Lippen bebten fast unmerklich und in Rekordzeit bildeten sich Schweiß-Tröpfchen zwischen Haaransatz und Augenbrauen. Er schluckte.

Carola beschloss, dass es ihr für dieses Schuljahr reichte, sie wollte gehen. Sie schritt zügig zu ihrem Platz, auf dem Weg stellte sich jemand vor sie. Da sie ihre Emotionen wieder unterdrückte und dafür auch körperliche Anstrengung erforderlich war, sah sie zu Boden und erblickte erst mal nur schwarze Stiefel. Sie hatte keine Lust auf das, was sich gerade ankündigte. Sie hob ihren Kopf und sah eine schwarze Hose, dann schwarzes Leder einer Jacke, die Fred über seinem Rollkragenpullover trug. Aber er wollte keinen Ärger. Er lächelte sie freudestrahlend an und stand mit weit ausgebreiteten Armen da, um sie zum ersten Mal jemals zu umarmen. Er war bereit, ihr Liebe zu zeigen.

Da übernahm Carolas Autopilot. Sie schwang schwungvoll um ihn herum, bog in die letzte Sitzreihe ein, ging bis an ihren Fensterplatz, um kurz ihre noch offene Tasche über die rechte Schulter zu werfen. Auch auf dem Rückweg schritt sie einfach so an Fred vorbei, der resigniert die Arme und seinen Blick fallen gelassen hatte. Zu seiner Erscheinung hätte es in diesem Augenblick gepasst, wenn es im Klassenzimmer geregnet hätte.

Carola dachte nicht darüber nach, sie ging einfach hinaus und schloss die Tür mit Schwung, jedoch ohne sie zuzuknallen. Dann legte sie erst mal ihre Tasche ab, bückte sich und steckte ihr Zeugnis in eine Mappe. Anschließend zog sie den Reißverschluss zu und schlupfte nun mit beiden Armen durch die Trageriemen. Sie stand aufrecht, die Daumen auf der jeweiligen Seite im Riemen und starrte die Mauer vor sich an. Ihre Augen weiteten sich und sie begriff, dass sie überhaupt keine Ahnung hatte, was sie jetzt tun sollte oder gar wollte. Aber sie wusste, dass sie nicht mehr in der Schule sein wollte, also setzte sie sich wieder in Bewegung.

Carola war in Feierlaune. Deshalb machte sie sich, sobald sie ihr Fahrrad losgebunden hatte, auf den Weg zum Bäcker um die Ecke. Sie gönnte sich zwei Schokodonuts, die sie – nachdem sie genüsslich an ihnen gerochen hatte – auf der Strecke nach draußen zügig verschlang. Das mit dem Genießen muss ich noch üben, dachte sie sich. Dann verband sich erstmals nach ihrem Schicksalsschlag ihre Sehnsucht mit Tatendrang. Sie schwang sich auf ihr Bike, das sie für den Moment diesmal nicht abgeschlossen hatte, und radelte los.

Der äußere Fahrtwind spiegelte sich in ihr wider, ein aufgeregtes Kribbeln fuhr ihr durch die Glieder. Je näher sie anrückte, desto wilder klopfte ihr Herz. Es war nicht weit, nach wenigen Minuten kam sie an, stieg vom Rad und lehnte es an die Außenmauer. Sie nahm ihren Schlüsselbund aus der dafür vorgesehenen Tasche ihrer schwarzen Jeans, wählte den kleinen mit dem schwarzen Griff und steckte ihn in das Schloss. Dieses schlang sie um den Rahmen und in die Speichen des Hinterreifens und zog den Schlüssel wieder ab. Dann machte sie sich auf den Weg zum Eingang.

Ein Tor aus Metall, größer als sie, breiter als ein Handballtor, ließ sich unter merkbarem Quietschen leicht öffnen. Sie trat von Asphalt auf Kies, beobachtete ihre eigenen Schritte. Sie wusste in etwa, wo sie hinmusste; auf dem Papier, das Tante Petra bei ihrem Kurzbesuch dagelassen hatte, war ein Lageplan skizziert. Als sie näherkam, begannen ihre Knie zu zittern. Nicht aus Angst oder Nervosität, aus Wiedersehensfreude. Tränen quollen ihr in die dunkel umrandeten Augen.

„Hallo Mama, hallo Papa. Hallo Alessia." Carola ließ sich zu Boden fallen, kniete in der Erde, ihre Hände hingen schlaff herunter und berührten die Ansätze des Grünzeugs, das zu wachsen begonnen hatte. Ihr Haar fiel in ihr Gesicht und bedeckte ihre Augen. Sie war nicht hörbar, aber ihr Oberkörper hüpfte regelrecht vom Schluchzen und Tränen tropften von ihrem Kinn. Es war ihr egal, wie sehr sie ihre Mascara verschmierte, als sie mit den Fäusten ihre Haare in die Augen rieb.

„Ich habs geschafft." Sie sprach sehr leise, die leichte Windbrise, die ihr antwortete, übertönte sie. „Mirijam sagte mir, das Leben würde weitergehen. Jetzt weiß ich, dass sie recht hatte. Ich habs aus eigener Kraft in die Oberstufe geschafft. Sie hat auch gesagt, dass ihr zwar nicht mehr da, aber auch nicht weg seid. Jetzt komm ich euch besuchen und endlich versteh ich, was sie damit meinte." Sie beugte sich vor und stützte sich auf ihren Fäusten ab. „Ich denk dauernd an euch. Und wisst ihr was? Ich versprech euch was: Ab sofort werd ich mit allen wieder reden und mich richtig reinhängen. Ich mach den Abschluss mit Bestnote und dann studier ich, wie ich es geplant hab."

Carola blieb an diesem Nachmittag noch lange auf dem Friedhof. Oft schwieg sie für viele Minuten, dann erzählte sie ihren Liebsten wieder von den Dingen, die sie erlebt hatte. Sie schüttete ihr Herz aus. Nur den Teil ihres Herzens, der Stefan gehörte, verbarg sie.

Die Einladung

Auch in den Ferien besuchte Carola das Familiengrab. Nachdem das Eis gebrochen war, zog es sie fast täglich dorthin. Sie erzählte all die Dinge, die ihr noch einfielen, einige auch mehrmals, und vergoss etliche Tränen. Sie verbrachte Stunden im Schatten des Baumes, der dieses Fleckchen vor der erbarmungslos heißen Sonne schützte.

Einmal, nachdem sie sich verabschiedet hatte, aufstand und das schwere Metalltor hinter sich geschlossen hatte, hörte sie nach den ersten Metern, die sie ihr Fahrrad Richtung nach Hause geschoben hatte, jemanden ihren Namen rufen: „Carola!" Als sie verwundert aufblickte, sah sie auf der anderen Straßenseite Nick, wie er ihr zuwinkte. Als er sicher war, dass sie ihn erkannt hatte und wartete, was er als Nächstes tat, eilte er mit wuchtigen Schritten über die Straße und stellte sich neben sie auf den Gehweg. Etwas aus der Puste fragte er: „Kann ich dich ein Stück begleiten?" Und nach einem Moment des tiefen Durchatmens, in dem er sich mit den Händen auf seinen Oberschenkeln abstützte, fügte er hinzu: „Ich würd dir gern den Weg verschönern." „Klar" antwortete sie. Ihre innere Freude schaffte den Weg in ihre Stimme nicht. Aber sie musste ihn ja nicht einladen, das hatte er schon selbst übernommen.

Da sie das Fahrrad schob, statt darauf zu fahren, dauerte der Nachhauseweg viel länger und die beiden hatten jede Menge Zeit zu reden. Sie unterhielten sich auch viel, blieben inhaltlich aber an der Oberfläche. Nick erkundigte sich nicht danach, wen Carola am Friedhof aufgesucht hatte oder wieso sie in der Schule des Öfteren dieses auffällige Verhalten an den Tag gelegt hatte. Das nahm er einfach hin und berichtete darüber, dass er sich die Ferien damit vertrieb, viel spazieren zu gehen und Verwandte, vor allem seine Großmutter mütterlicherseits, zu besuchen. Die Dame war mittlerweile pflegebedürftig, hatte aber ein beeindruckendes Leben geführt.

Carola fiel auf, dass Nick nicht den ganzen Tag am Computer saß, Onlinegames zockte und sich dabei von Cola und Chips ernährte. Er war etwas unsportlich, ja; aber damit, ihn in diese Schublade zu stecken, hatte sie es sich zu leicht gemacht. Auf die Erkenntnis, dass ihr negatives Bild von der Welt ihr inneres Gefühlsleben all die Zeit getrübt hatte, kam sie zu diesem Zeitpunkt noch nicht.

Zu Hause angekommen, stellte sie ihm eine Frage, für die sie eigentlich viel Mut gebraucht hätte. Nachdem sich die Worte den Weg aus Carolas Mund aber von selbst bahnten, konnte sie erst in den Stunden danach überlegen, wie viel Überwindung sie das gekostet hatte: „Willst du mit mir vielleicht mal ins Volleyballtraining gehen?"

Als sie sich in ihrem Zimmer auf das Bett gelegt hatte und die Sonne durch das offene Fenster auf ihr Gesicht scheinen ließ, dachte sie nach. Nick diese Frage zu stellen, wäre ihr eigentlich nie in den Sinn gekommen. Wie selbstverständlich stellte sie sich dabei vor, wie er rot wurde und sich für seine Unsportlichkeit schämte, das Gefühl bekam, dass sie ihn veralbern wollte und sich erzürnt von dannen machte. Dem Universum sei Dank hatte ich vorhin nicht genug Zeit, mir darüber Gedanken zu machen, dachte sie sich. Sonst wäre es womöglich noch tatsächlich so gekommen.

Am Montag darauf klebte sich Carola gerade ihr silbernes Schmuckstück am linken Ringfinger ab, da blickte sie auf, weil das Schnattern der Teamkolleginnen abrupt abebbte. Durch die geöffnete Fluchttür – es war heiß und das sollte für Durchzug sorgen – marschierte Nick mit einem fetten Grinsen zwischen den Backen in die Sporthalle und kam direkt auf Carola zu. Da musste sie unweigerlich auch grinsen.

„Du bist ja wirklich gekommen," bemerkte sie in einem Tonfall, aus dem ganz schwach ihre Freude herauszuhören war. „Du hast mich eingeladen. Und ich möchte dir natürlich auch meine geheimen Volleyballtricks verraten", erwiderte Nick. Darauf musste Carola unweigerlich herzhaft loslachen. Auch die um das Netz herumstehenden Damen ersetzten ihre grimmig-kritischen Blicke durch heitere Entspanntheit. „Na dann, zeig mal!", forderte ihn Carola auf, als sie den letzten Zipfel Tape am Finger festzog, sich einen Ball vom Boden unter den rechten Arm klemmte und auf die rechte Spielfeldseite ging. Neben sie gesellten sich zwei Mitspielerinnen, genauso stellten sich auf der anderen Seite zwei auf – in den Ferien waren sie so gut wie nie vollzählig, auch Steffen fehlte. Sie winkten Nick heran und er nahm auf seiner Hälfte die hintere rechte Position ein.

Carola rollte den Ball durch eine ausholende Bewegung wie eine Fußballtorhüterin unter dem Netz zu Nick. „Du hast Aufschlag", forderte sie ihn auf. „Dann macht euch mal auf was gefasst", drohte er mit halb scherzendem, halb ernstem Unterton. Nick legte sich den Ball auf die linke Handfläche, machte mit hüftbreit stehenden Füßen eine Kniebeuge, streckte seine Beine wie eine eben losgelassene Spannfeder, schlug sich die Kugel mit der rechten Faust selbst aus der Hand und landete einen Treffer am Fenster. Die vier Damen fingen lauthals an zu lachen; Carola blickte zu Boden und merkte, wie ihr Gesicht heiß wurde. Sie schämte sich.

Was hatte sie sich und Nick da bloß angetan? Doch Nick löste die Situation souverän, indem er erneut einen scherzhaften Spruch losließ: „Wo der herkam, gibts noch mehr". Wieder lachten die Damen. Carola sah ihnen nacheinander ins Gesicht und merkte, dass sie ihn tatsächlich gar nicht auslachten, sondern einfach Spaß miteinander hatten.

Noch einige Male ließen sie Nick aufschlagen und zeigten ihm in einer knappen Stunde einige Handgriffe und Bewegungen, die ihn befähigten, bereits am selben Abend aktiv an einigen echten Ballwechseln mitzuwirken. Beim Abbauen des

Spielfeldes nach der Einheit waren alle verschwitzt, wenn auch mehr vom Lachen als durch die eigentliche körperliche Betätigung. Und Carola wagte es, die Souveränität vom letzten Spaziergang, die sie durch Nicht-Nachdenken gewonnen hatte, erneut auszuspielen: „Hey Nick, kommst du mich am Samstag besuchen?" „Klar," antwortete er knapp mit einem Lächeln und trug das aufgerollte Netz in den Geräteraum. Veronica, die gerade aus diesem herausging, hatte wohl mitgehört und zwinkerte Carola, die Nick hinterher sah, lächelnd zu.

Besuch aus der Hölle

Als der Samstag gekommen war, bereitete Carola Küche und Wohnzimmer für ihren Gast vor. Sie wischte und saugte die Böden, staubte Regale und andere Möbel ab; ja, sie putze sogar die Fenster. Auch wenn es Carola zu großen Teilen egal war, was Nick von ihr und ihrer Ordentlichkeit hielt, und auch wenn es ihr selbst wirklich völlig egal war, wie ihr Zuhause aussah, wollte sie dennoch nicht, dass ein schlechtes Licht auf ihre Familie fällt. Also gab sie sich Mühe.

Sie bereitete auch etwas zu essen vor. Dafür kochte sie Nudeln aus der Tüte auf, wobei sie zunächst das Salz vergaß, dann als Ausgleich viel zu viel hineinschüttete, weil die Öffnung der Großpackung plötzlich nachgab und sich ein ganzer Schwall hinein ergoss. Aber sie war zu aufgeregt, als dass sie sich wirklich darüber echauffieren hätte können.

Es klingelte an der Tür. Das musste Nick sein. Carola lief zügig zum Eingang und dachte sich dann, dass es wohl eigenartig wäre, wenn sie binnen Sekunden öffnete. Also wartete sie einen Moment, atmete ein paar Mal tief durch, auch um ihren Puls zu beruhigen, der sich nach dem Sprint durch hohes Tempo bemerkbar gemacht hatte. Dann hatte sie Bedenken, dass Nick gleich vielleicht ein zweites Mal klingeln würde und öffnete rasch die Tür.

Von ihrer überstürzten Handlung erschrocken schaute sie ihn mit weit geöffneten Augen an, während sie die Hand an der Türklinke behielt. Lange konnte sie sein Gesicht nicht mustern, um herauszufinden, ob ihm ihr eigenartiges Verhalten aufgefallen war. Dafür sprang ihr sein Outfit zu sehr in die Augen. Er war schick angezogen; er trug eine kurze schwarze Stoffhose, ein knallblaues Hawaii-Hemd mit gelben Blitzen und anderen bunten Elementen. Carola musste sich eingestehen, dass ihm das gut stand. Dann kam ihr in den Sinn, dass sie sich überhaupt keine Gedanken über *ihre* Kleiderauswahl gemacht hatte. Sie trug wie fast immer eine lange schwarze Jogginghose und einen dunkelblauen, viel zu großen Kapuzenpulli. Für diesen Kontrast zwischen sich und ihm schämte sie sich.

Nach einer Weile unterbrach Nick Carolas Gedankengänge, indem er sie erwartungsvoll anblickte und fragte: „... darf ich?" Er meinte damit, ob er reinkommen dürfe. Und natürlich durfte er; ohne Worte zu finden hob Carola ihren freien Arm und hieß ihn damit einzutreten. Sie blickte dabei zu Boden. Dann schloss sie die Haustür und Nick ging vorsichtig in Richtung Wohnzimmer, da diese Tür die einzig offene war. Wortlos folgte sie ihm.

Er blieb in der Mitte des Raumes stehen und schaute sich um. Er sah sich die Bücherregale an, er lugte aus dem Fenster und schließlich blickte er auf die Couch. Noch immer zu beschämt, um reden zu können, zeigte Carola – wieder mit ihrem rechten Arm – zum Sofa und bot ihm damit an, sich zu setzen. Darin willigte er dankend ein.

Für eine kurze Pause zog sich Carola in die Küche zurück, wohin sie durch eine Tür gelangte, die die beiden Räume direkt verband. Sie stützte sich auf der Kochfläche ab und atmete erneut tief durch. Ihr erster klarer Gedanke war, dass ihre Reaktion auf diese stressige Situation sie daran erinnerte, wie sie sich immer fühlte, wenn sie die Aufmerksamkeit der ganzen Klasse auf sich gebündelt hatte. Vielleicht lag es daran, dass Nick in manchen Fächern in ihrem Kurs war, oder sie konnte einfach generell mit der Aufmerksamkeit von Menschen nicht mehr umgehen. Jedenfalls entschloss sie sich nun, sich der Situation zu stellen und das Essen ins Wohnzimmer zu tragen. Sie machte die Kochplatte aus, die sie auf niedrigster Stufe hatte laufen lassen, damit die Nudeln nicht kalt wurden. Dann nahm sie den Topf in beide Hände, ging zur Tür, öffnete sie mit ihrem linken Ellbogen, betrat den Raum und merkte, dass sie das Nudelwasser nicht abgegossen hatte. Sie sah Nick an, der sie freundlich und erwartungsvoll anlächelte.

„Eine Sekunde, ich hab was vergessen." Nachdem sie sich mit diesen Worten erklärt hatte, schritt sie zurück durch die Küchentür, stellte den Topf wieder auf die noch warme Platte, um die Hände dafür frei zu haben die Tür nochmals zu schließen. Dann versetzte sie den Deckel um wenige Zentimeter, um das Wasser über der Spüle ausschütten zu können. Leider machten sich auch einige Nudeln auf denselben Weg und Carola kippte den Topf zurück in die Waagrechte.

Sie fragte sich, ob sie die Nudeln wieder in den Topf werfen solle. Nach einigen Sekunden Bedenkzeit bemerkte sie, dass die Art, wie sie den Topf hielt, eine ganz andere war, als die mit der sie einen Volleyball anfasste. Es wurde nämlich anstrengend. Mit den Daumen schob sie den Deckel wieder weiter vor, um den Spalt zu verkleinern und keine weiteren Nudeln an die Spüle zu verlieren. Dann kippte sie den Rest des Wassers aus, was jetzt viel zäher ging, denn der Schlitz war nun eher etwas zu eng geraten.

Als es endlich geschafft war, machte sie sich wieder auf den Weg zum Wohnzimmertisch. Sie drückte abermals die Türklinke mit ihrem linken Ellbogen, huschte ins Wohnzimmer, direkt zum Tisch und stellte den Topf ab. Jetzt bemerkte sie, dass das erhitzte Gefäß auf dem ungeschützten Holz stand und griff nach dem grün-weißen Plastikuntersetzer – die farbigen Linien sahen denen eines Mühle-Bretts ähnlich – auf der Abstellebene unter der eigentlichen Tischplatte, legte ihn oben hin, platzierte den Topf darauf. Es hatte immer Ärger gegeben, wenn sie heiße Dinge auf das Holz gestellt hatte. Den Ärger machte sie sich jetzt selbst und sie bemerkte, dass sie damit einen Teil ihrer Mutter in sich trug.

Nach all dem Nudel-Stress hatte Carola nun endlich Zeit für ihren Gast. Sie blickte auf, und Nick in die Augen. Er lächelte sie an, sein Gesicht war entspannt vor Geduld. Er hatte bemerkt, was für einen fürchterlichen Druck sich seine junge Gastgeberin machte und nahm die nächste Hektik von ihr. Denn sie hatte kein Werkzeug, um weder die Nudeln aus dem Topf noch das Fertig-Pesto aus dem Glas zu holen. Kurzerhand nahm er den Deckel ab, kippte den Topf und verteilte die Pasta hälftig auf den Tellern, schraubte dann das kleine Behältnis auf und ließ auf beide Portionen etwas von der halbdickflüssigen grünen Masse fließen. Als er damit fertig war und nun wiederum ihr in die Augen sah, blickte Carola blitzschnell verschämt zu Boden. Ihr Kopf wurde warm. Auch wenn sich Nick offenbar wohlfühlte, wollte Carola der Stille keine Gelegenheit bieten, peinlich zu werden: „Ich hoffe das Essen ist okay für dich, ich bin keine große Köchin." „Nein, das ist wunderbar, vielen Dank für die Einladung."

Aus Gewohnheit vergewisserte sich Carola, ob ihr Gegenüber seine Aussage auch ernst gemeint hatte und schaute Nick abwechselnd auf die Augen- und Mundwinkel. Sein Lächeln blieb, er schien aufrichtig gewesen zu sein. Um nicht des Starrens bezichtigt zu werden, nahm sich Carola schnell ihre Gabel und versuchte eine Nudel aufzuspießen.

Die Pasta war durch das lange Bad so weich geworden, dass sie an den Zinken nicht halten wollten. Davon geschockt blickte sie vor sich auf den Tisch – eigentlich *durch* den Tisch, denn was sie sah passierte vor ihrem inneren Auge – und sie schämte sich dafür, solch ein einfaches Gericht so tölpelhaft zubereitet zu haben. Wieder wurde ihr ganz warm und sie spürte, wie sich der Schweiß unter ihren Armen, in ihrem BH und ihren Kniekehlen sammelte.

Die nassen Stellen sorgten nicht unbedingt dafür, dass sie sich in ihrer farblosen Tracht wohler fühlte. Dann bemerkte sie, dem Universum sei Dank: Sie hatte vergessen, etwas gegen den Durst bereitzustellen. „Ich hol uns mal was zu trinken," warf sie gehetzt und mit erhöhter Stimme in Nicks Richtung und eilte – sie joggte fast – in die Küche.

Nachdem sie die Tür hinter sich geschlossen hatte, öffnete sie die andere und ging hinaus in den Gang. Sie stürzte die Treppe hinauf, zog dabei ihren Pulli und ihr T-Shirt aus. Am Absatz schmiss sie die Kleider nach rechts auf den Teppichboden des Ganges und wandte sich nach links zu ihrem Zimmer. Auf dem Weg hinein zog sie ihre Jogginghose hinunter und entledigte sich dieser, indem sie das Beinkleid über das Bett und auch dort auf den Boden warf. Dann riss sie, mit beiden Händen je einen Griff packend, ihren Kleiderschrank auf.

Alles schwarz, grau, dunkelblau. Als hellstes Oberteil machte sie ein graues T-Shirt aus, das sie schon lange nicht getragen hatte. Da es keine Zeit für weitere Recherchen gab, warf sie es sich über. Als Hose hielt eine schwarze Jeans her. Sie schlüpfte mit den Füßen hinein, auf dem Weg zur Treppe zerrte sie sie bis zur Hüfte. Auf den untersten Stufen zog sie ihren Bauch ein, ihre letzte Hoffnung, den Knopf schließen zu können – nicht vergeblich.

Dann rannte sie in die Küche und öffnete den Schrank über der Spüle. Auf den ersten Blick fand sie keine zwei gleichen Becher. Ob Nick darauf Wert legen würde? Da stellte sie sich kurzerhand auf die Zehenspitzen und nahm sich zwei bauchige Gläser. Für welche Sorte von Alkohol die eigentlich gedacht waren, wusste Carola nicht, aber sie verband diese Art von Trinkgefäß mit der edleren Manier zu speisen.

Nachdem sie eines der Gläser unter dem Wasserhahn auf nur noch halb-leer gefüllt hatte, kam ihr der Gedanke, dass neben ihr nicht auch noch das Getränk still sein sollte. In der Kühlschranktür fand sie eine Flasche, in der das Wasser durch den Automaten in der Küche mit Gas versetzt worden war. Sie füllte beide Gläser bis zum Äquator, nahm in jede Hand eines und wollte gerade die Tür aufmachen, da roch sie spontan am Trinkwasser.

Wie ihr soeben gekommen war, stand es nämlich auf diese Weise schon einige Tage, wenn nicht Wochen im Kühlschrank. Und tatsächlich, es roch auch etwas abgestanden, zumindest meinte Carola das feststellen zu können. Sie drehte sich um, um frisches zuzubereiten, da fiel ihr auf, dass sie schon lang genug gebraucht hatte, um sich verdächtig zu machen.

Entschlossen drückte sie kurzerhand ihren Ellbogen auf die Türklinke und verlor dabei einen winzigen Schluck des Wassers, der durch die schwungvolle Schieflage über den Rand hinausschwappte. Um keine Spur zu hinterlassen, glitt sie mit dem linken Socken über die Pfütze und schritt auf den Wohnzimmertisch zu. Da Carola irgendwie das Gefühl hatte, dass es die Verzögerung rechtfertigen würde, ging sie – statt sich direkt zur Rechten auf ihren Couch-Platz zu setzen – auf der linken Seite hinter Nick herum und reichte das Glas über dessen Schulter neben seinen Teller auf den Tisch. „Ihr Wasser mein Herr." „Oh, wie im Restaurant!", würdigte er ihren Auftritt.

Weil ihr Plan aufgegangen zu sein schien, beendete sie den Tischrundgang mit einem zufriedenen Lächeln auf den Lippen. Als sie saß, erhob Nick das Glas und hielt es auf sie zu. Ihres hatte Carola noch gar nicht abgestellt und so stießen sie an. Nick formulierte dazu einen Trinkspruch: „Auf die Ferien und einen wundervollen Nachmittag!" Carola war danach, innerlich zuzustimmen und ihr zufriedenes Lächeln zu intensivieren.

Als sie das Glas zu ihrem Mund geführt und einen Schluck hinausgenippt hatte, hielt das Wasser eine schlechte und eine gute Nachricht für sie bereit: Man sah zwar noch etwas von dem Sprudel, es schmeckte aber elend fad – Carola war Softdrinks gewohnt. Allerdings hatte sich der Geruch als Täuschung herausgestellt und sie vermutete, dass auch ihr Gegenüber die fehlende Frische nicht herausschmecken konnte.

Carola konnte mit Nick gut schweigen. Sie aßen ihre Nudeln auf, nahmen zwischendurch einen Schluck aus den edlen Gläsern und sahen sich immer wieder, meistens lächelnd, an. Zum ersten Mal seit Langem fühlte sich Carola in dem viel zu großen und viel zu leeren Haus wieder ein klein wenig heimisch. Diese Geborgenheit verkürzte auch ihren Anflug von Panik auf den Bruchteil einer Sekunde, als ihr klar wurde, dass Nick natürlich bemerkt haben musste, dass sie nicht nur Wasser geholt hatte, wenn er nicht kurzfristig erblindet war. Sie war dankbar, dass er bereit war, dazu zu schweigen.

Als die Teller leer waren, wusste Carola nicht so recht, wie sie als Gastgeberin weiter verfahren sollte. Da ihr auf die Schnelle nichts anderes einfiel, schlug sie vor: „Lass uns doch ein Brettspiel spielen. Was hältst du von Mühle?" Nick reagierte nicht, er lächelte sie einfach nur an. „Das ist ein Taktikspiel mit Steinen. Aber ich kann dir auch zeigen, was ich sonst noch da hab." Als Nick auch darauf keine Reaktion zeigte, bekam die Situation für Carola eine unangenehme Komponente. Sein Lächeln wirkte immer noch echt, aber die Stille legte etwas Unheilvolles in die Luft.

„Willst du mir mal dein Zimmer zeigen?" Carolas Bauchgefühl wollte sie zu einem „Nein" als Antwort veranlassen. Andererseits war ihr auch danach, die Situation positiv aufzulösen und weiterhin einen einigermaßen guten Eindruck zu machen. Sie entschloss sich, es ihm zu zeigen. „Okay", aber den Widerwillen in ihrer Antwort konnte sie nicht verbergen. Sogleich stand er vom Hocker auf, drehte sich zur Tür und blickte sie über die Schulter an, wie ein Herrchen seinen Hund, der noch etwas fertig machen muss, bevor es endlich weitergeht. Carola stand nun auch auf und merkte ganz deutlich, dass diesmal ihr eigenes Lächeln kein echtes war. Sie ging an ihm vorbei und öffnete die Tür zum Gang.

Als sie hinausgeschritten war, bewegte auch er sich. Sie ging nach rechts und dort die Treppe hinauf, er folgte ihr, etwa drei Stufen dahinter. „Wunderst du dich eigentlich nicht, dass ich ganz allein bin in diesem großen Haus?", fragte sie, um die Stille zu besiegen. Eigentlich wollte sie über dieses Thema überhaupt nicht reden; sie wollte es, wenn möglich, bis an ihr Lebensende totschweigen. Aber noch verwunderlicher als ihre Gesprächsinitiative war für Carola Nicks Antwort: „Ne, ich kenn deine Geschichte ja." Das wunderte sie sehr. Ihre Mischung aus Verwunderung und Unbehagen machte sofort der Sorge Platz, dass Nick die Klamotten sehen könnte, die sie vorhin überstürzt in den Gang geschmissen hatte. Sie versuchte seine Aufmerksamkeit gezielt davon wegzusteuern: „Mein Zimmer ist gleich hier oben links".

Es schien zu funktionieren, denn als sie am Ende der Treppe direkt nach links weiterging, folgte er. Doch dann blieb er kurz stehen, als sie soeben eingetreten war, und schaute sich mit einer Drehung nach rechts im Gang um. Danach drehte er sich zurück und trat mit einem Lächeln in ihr Zimmer ein.

Da standen die beiden nun in Carolas Gemach und es war die gleiche Situation wie vorher, als sie das Brettspiel vorgeschlagen hatte: Sie musterte ihn, was wohl sein nächster Schritt sein würde und er lächelte sie einfach an. In die unangenehme Stille hinein begann Carola zu improvisieren: „Ähm, also, das ist mein Schreibtisch", sie zeigte auf den Holztisch zu seiner Linken an der Wand, der unordentlich war, denn es hatte sich Papierkram aus der Schule gehäuft, ohne bearbeitet zu werden. „Das ist mein Schrank." Sie wies für ihn nach rechts, auf das wenig mächtige Möbelstück, aus dem sie vorhin ihr Outfit gekramt hatte. „Und hier ist natürlich mein Bett."

Nick schien nicht beeindruckt zu sein, nein, es wirkte sogar so, als sei das alles nicht neu für ihn. Aber Carola bemerkte, als sie selbst auf ihr Schlaflager blickte, dass ihr Pyjama unvorteilhaft zerknittert darauf herumlag. Sie kniete sich mit dem linken Bein auf die Matratze und streckte sich nach dem Kleidungsstück, um es unter die Bettdecke zu wühlen. Schließlich richtete sie sich auf und betrachtete ihr Bett noch einmal als Ganzes, um etwaige weitere Sittenverstöße aufzuspüren.

Dann spürte sie seine Hände an ihren Lenden. Er stand ganz dicht hinter ihr und lehnte seinen Kopf nach vorne, sodass sie seine Atemzüge an ihrem Ohr fühlte. Carolas Herz pumpte kraftvoll Blut durch ihre Glieder, blitzschnell breitete sich das aufgeregt-kribbelige Gefühl des Adrenalins in ihr aus. Sie würde ihn gleich anschreien. Sie drehte ihren Kopf nach hinten, ahnte ihn lediglich in ihren Augenwinkeln und fragte leise flüsternd: „Was soll das denn?" Sie fürchtete, ihm ein falsches Signal gegeben zu haben. Aber eine bleierne Schwere hatte sich in jeder ihrer Zellen eingefunden. Auch die anderen Bilder, die ihr im Kopf herumschwirrten, wie sie sich vehement umdrehte und ihn wegstieß oder ihr Knie in seinen Schritt rammte, konnte sie nicht umsetzen.

Stattdessen musste sie anhören, was ihre Angst vervielfachte: „Du willst es doch auch. Ich weiß es, du hast dich doch extra umgezogen." Seine Stimme klang tiefer als sonst und leider sehr entschlossen. Etwas lauter als zuvor konnte Carola erwidern: „Nein, will ich nicht." Aber das beeindruckte ihn nicht. Er schob sie nach vorne, bis sie lag und drehte sie auf den Rücken. Er umklammerte dabei ihre Handgelenke und drückte sehr fest zu. Carola fühlte sich so schwach und hilflos; sie wusste gar nicht, ob sie sich überhaupt wehrte, ihr Körper setzte einfach nicht um, was sie von ihm brauchte. Ihr war klar, dass er stärker war als sie und wenn sie schrie, würde es niemand hören. Es waren die schrecklichsten Stunden ihres Lebens.

Neues Leben

Carola verblieb die ganze Nacht so, wie er sie hinterlassen hatte. Sie saß mit angewinkelten Beinen in ihrem Bett, die Arme um die Knie geschlungen, sich gegenseitig an den Ellbogen festhaltend. Das Fenster war offen, kalter Wind wehte durch das Zimmer, sie fror. Sie trug nur noch ihren BH und das, was von ihrem zerrissenen T-Shirt übrig war. Auf dem Laken war Blut.

Die ganze Nacht hatte sie so ausgeharrt, ihr Körper war kalt, aber sie hatte keine Gänsehaut mehr. Für diesen Moment empfand sie als das Schrecklichste, dass sie nicht weinen konnte. Ab und an blickte sie in den Spiegel, der gegenüber ihrem Bett neben dem Schrank an der Wand hing. Sie sah darin die gespenstische Gestalt einer gebrochenen Frau, die teilnahmslos vor sich hinschaute.

Irgendwann, im Laufe des Tages – oder der Nacht – stand sie auf, schloss das Fenster, griff nach dem erstbesten Pullover im Schrank, streifte ihn sich über, tat dasselbe mit der erstbesten Hose und verließ diesen Raum. Als sie im Gang weilte, erblickte sie die Kleidung, die sie zum Wechseln im Eifer des Gefechts dorthin geschmissen hatte. Sie fühlte sich in dicke, graue Watte gepackt; hinter diesen Empfindungen verknotete sich ihr Magen. Sie konnte keine inneren Bilder finden, die mit dem Gefühl verknüpfbar waren. Da waren nur sie, die Klamotten und die Watte.

Träge löste sie sich von diesem Anblick und begann Stufe um Stufe die Treppe hinunterzuschleichen. Sie fühlte sich nicht sicher in diesem Haus, hatte allerdings auch keine Angst mehr. Sie ging in die Küche und schaltete das Licht ein. Draußen dämmerte es, Abend oder Morgen kündigten sich an. Sie griff in eine Tüte vom Bäcker und fischte sich ein halbes Brötchen heraus. Dann schritt sie an die Spüle heran, klopfte den Wasserhahn mit ihrer Faust nach oben und tauchte ihr Gesicht in den Strahl. Haare glitten vom Kopf, fielen über ihre Augen und wurden nass, einzelne Strähnen wurden durch den viel zu starken Druck in ihren Mund gespült. Nur sehr wenig des Wassers konnte sie tatsächlich schlucken, doch der Schatten des Gefühls, das sie für Durst hielt, wurde schwächer.

Als sie dem Wasserhahn ein weiteres Mal einen groben Hieb versetzt hatte, ging sie mit ihrem halben Brötchen ins Wohnzimmer. Sie schob den Tisch zur Seite und ließ sich auf die Couch fallen. Für einige Sekunden starrte sie das Gebäck an, während sie es sich direkt vor die Nase hielt. Dann bemerkte sie in ihren Augenwinkeln die Teller auf dem Tisch, von denen zuletzt noch Nudeln gegessen wurden. Sie stand auf, nahm sie in die Hände und beschloss, sich ihrem Impuls, das Geschirr quer durch den Raum an die Wand zu werfen, nicht hinzugeben. Stattdessen ging sie genau dorthin, stellte die Teller auf den Boden und kehrte zur Couch zurück.

Nach einigen Minuten des geistig abwesenden Herumliegens biss sie in das Brötchen. Es war steinhart. Statt eines vollen Mundes hatte sie wenige Brösel auf ihrer Zunge, auf denen sie dann aber nicht weniger als geplant energielos herumkaute. Wieder vergingen Minuten, vielleicht Stunden.

Irgendwann – die Tageszeit konnte Carola nicht wahrnehmen oder sich danach nicht mehr daran erinnern – hievte sie sich von der Couch und schlenderte die Treppe hinauf. Wie ein gegensätzlich gepolter Magnet stieß der linke Teil des Ganges sie ab, als sie die oberste Stufe erreicht hatte. Ohne lang darüber nachzudenken, ging sie nach rechts in Alessias Zimmer. Sie legte sich in das schmale Bett, deckte sich mit der hellblauen Decke mit den gelben Sternen ihrer kleinen Schwester zu und schlief ein.

Als Carola wieder aufwachte, war sie kein Bisschen erholter. Sie hatte überhaupt kein Zeitgefühl mehr. Eine gewisse

Zeit lang lag sie noch im Bett, die Decke bis an ihr Kinn gezogen, und starrte die Zimmerdecke an. Ihr Kopf war zwar nicht gedankenleer, aber einen solchen vermochte sie nicht zu greifen. Was sie dachte, schien jenseits des Horizonts vorbeizuziehen. Irgendwann deckte sie sich auf und setzte sich an die Bettkante. Das früher farbenfrohe Zimmer ihres Sonnenscheins war grau geworden. Carola ärgerte sich, dass sie nichts fühlen konnte. Sie vermisste es, Alessia zu vermissen.

Dann ging Carola wieder nach unten, nahm irgendwoher einen Schluck Wasser, einen Bissen zu essen und verbrachte Zeit auf der Couch. Wenn ihr das reichte, ging sie wieder hoch ins Bett. Das lief viele Tage so, vielleicht auch Wochen.

Diesen Kreislauf des Elends, ihren Körper gerade so am Leben zu halten und durch das Haus ihrer Familie zu schleppen, durchbrach Carola zufällig.

Sie schritt in jenem Augenblick wieder die Treppe hinauf und in das Zimmer, um sich ins Bett zu legen. Als sie bemerkte, dass sie versehentlich in das Schlafzimmer der Eltern gegangen war, stand vor ihr ihre Mutter.

Mama stand da, mit offenem Mund, offenbar völlig überrascht, dass die Tochter im Haus war. Carola selbst schlug ihre Hände vor den Mund, womit ihr Körper ausdrücken wollte, dass sie es nicht fassen konnte. Und dann wurde ihr klar: Es war nicht ihre Mutter. Ungeschminkt und mit von der unfreiwilligen Diät verschmälertem Gesicht erkannte sie, dass sie definitiv nicht adoptiert war. Carola war bewusst, dass die Ähnlichkeit stärker wirkte, als sie war. Ihr Delirium, in dem sie sich seit geraumer Zeit befand, sowie ihr Wunschdenken hatten das Überraschungsmoment ermöglicht.

Ihre Enttäuschung darüber, dass kein Wunder passiert war, hielt sie nicht davon ab, sich im Schneidersitz vor den Spiegel zu setzen und in Erinnerungen zu schwelgen. Vor ihrem geistigen Auge liefen Szenen ab, in denen sie mit ihrer Mutter auf dem Tennis-Court war, mit ihr spielte und anschließend zusah, wenn sie mit einer anderen Erwachsenen trainierte. Carolas Mama war wirklich sehr sportlich gewesen. Trotzdem hatte sie einen Herzinfarkt. Die anfängliche Traurigkeit, die sie bei diesem Gedanken empfand, wandelte sich in einen Schock, als sie in die Episoden von vor einem Jahr fiel. Sie durchlebte den Schmerz noch einmal, den sie fühlte, als ihre Mutter zusammengebrochen unter dem Telefon lag, als die Sanitäter um ihre Leben kämpften und schließlich die Nachricht über den Tod überbrachten.

Gequält durch das Erinnerungskabinett, in dem sie gefangen war, kniff sie ihre Augen zu und ließ den Kopf in den Nacken fallen. Sie öffnete ihren Mund ganz weit und schrie ihre Verzweiflung stumm hinaus. Erst als sie ihre Augen aufmachte und im Spiegel wieder die junge Version ihrer Mutter erblickte, konnte sie sich in die Gegenwart, in die Realität retten, in der sie schon ein Jahr lang Übung darin hatte, die Vergangenheit tief in den Hinterkopf zu rücken.

Carola war stolz, ihrer Mama ähnlich zu sehen. Und ihr fiel ein, dass sie ihrer Familie beim Besuch auf dem Friedhof etwas versprochen, etwas geschworen hatte. Es ging ihr zwar schlecht, aber bald fing die Schule wieder an und Versprechen sind da, um gehalten zu werden. Sie richtete sich mit geradem Rücken vor dem Spiegel auf, atmete tief ein und veränderte mit stolzgeschwellter Brust auch ihren Gesichtsausdruck zu einem entschlossenen.

Erfüllt mit neuer Kraft, die sie mindestens schon lange nicht, wenn nicht noch nie gespürt hatte, stand sie vom Boden auf und ging aus dem Schlafzimmer.

Das Versprechen an ihre Familie versorgte Carola mit frischer Energie. Schleppte sie sich in den vergangenen Wochen noch von Couch zu Bett und zurück, brach sie nun mit diesem Verhalten, das wie dem eines Zombies angemutet hatte.

Zunächst ging sie ins Badezimmer, das durch das sommerliche Licht, welches sich den Weg durch das Dachfenster bahnte, größer und wärmer zu sein schien als noch zuvor. Aber in Wahrheit hatten sich nicht die Räumlichkeiten geändert. Die Veränderung war in der jungen Frau passiert, die dem schweren Schicksalsschlag und nun auch dem widerwärtigen Übergriff trotzte.

Als sie da auf dem hell-orangen, runden und flauschigen Badteppich stand, streifte sie sich als Allererstes die ungewaschenen Lumpen ab. Die Entledigung der Klamotten befreiten sie nicht vom unreinen Gefühl; der Schmutz war keiner, der in Textilien hängen konnte. Sie öffnete die Acrylglastüre und schritt in die ebenerdige Duschkabine. Nachdem sie zugemacht hatte, stellte sie, ohne die Brause in die Hand zu nehmen, das Wasser an. Ein eiskalter Schwall erfasste sie. Caros Herz, das die letzte Zeit eingeschnürt, gar zerquetscht und bedrückt in ihr den Laden am Laufen gehalten hatte, raste in einer in Vergessenheit geratenen Geschwindigkeit los. Wie ihr Innerstes mussten sich Entfesselungskünstler fühlen, wenn sie ihre zusammengebundenen Gliedmaßen am Grund eines Wassertanks von den verknoteten Tauen befreiten.

Nachdem sie im ersten eisigen Moment gar nicht geatmet hatte, schaffte sie den Sauerstoff für einige Sekunden durch kurze, gepresste Atemzüge in ihre Lunge. Als das Wasser etwas wärmer wurde, entspannte sich alles in ihr. Caros Puls beruhigte sich, sie atmete in normaler Geschwindigkeit und die Gänsehaut, die sie erst jetzt durch einen Blick auf ihren Unterarm bemerkte, bildete sich zurück. Dann stützte sie sich mit beiden Händen an der weiß gefliesten Wand ab und spürte in gebückter Haltung, wie das Wasser an ihren Haaren in ihr Gesicht floss und von dort auf den Boden fiel. Sie genoss die Wärme für einige Minuten. Es war wunderbar, wieder ganz bewusst ihren Körper zu spüren. Auf dem Boden der Kabine befanden sich in der Mitte ein kleiner quadratischer Gullydeckel und drumherum schwarze Noppen aus Gummi, die der Vorbeugung des Ausrutschens dienten. Jeden einzelnen Zentimeter fuhr sie mit ihrem rechten Fußballen ab und spürte, dass sie etwas spürte.

Als sie aufblickte und – nach einer Kopfdrehung – durch die Glaswand im angelaufenen Badezimmerspiegel erahnte, dass ihr Gesicht ein lachsfarbenes Rosa angenommen hatte, stellte sie das Wasser ab und begann sich nach Aprikose duftendes Shampoo in die Haare zu massieren. Die Reinigung ihrer Mähne mündete in Arbeit, als sie zum zweiten Mal eine neue Portion aus der Flasche drücken musste, um die verknoteten und verhärteten Stellen ihres Schopfes zu entwirren. Nachdem sie Level eins endlich erfolgreich abgeschlossen hatte, seifte sie sich vollständig mit einem großen, weißen Seifenstück ein. Kein Millimeter ihrer Haut konnte dem schaumigen Film entkommen.

Während sie anschließend nach dem Duschkopf greifen wollte, fiel ihr in der Ablage ihr blauer Rasierer auf und sie beschloss, auch ihn noch zu verwenden, weil sie sich danach sonst immer wohler gefühlt hatte. Nach dann nicht mehr ganz so vielen Minuten unter dem heißen Wasser, fühlte sie sich äußerlich besser.

Sie öffnete die Kabine und schritt aus ihr heraus, ging zum Spiegel und wischte sich in dessen Mitte mit der Außenkante ihrer linken Faust ein klares Sichtfeld frei. Zuerst blickte sie sich tief in die Augen, dann betrachtete sie ihre Gesichtszüge. Zufrieden lächelte sie dem Anteil ihres Gesichts, der ihrer Mutter so ähnlichsah, entgegen.

Caro beschloss, ihre Haare nicht zu föhnen, wie sie es nach einer Dusche im Badezimmer eigentlich immer getan hatte, sondern sie wie nach dem Volleyballtraining an der Luft trocknen zu lassen. Nachdem sie ihren Schopf mit der großen Bürste einmal grob durchgekämmt und sich ein frisches weißes Handtuch um den Körper gebunden hatte, ging sie zum ersten Mal nach dem Vorfall wieder in ihr Zimmer. Sie würdigte das Bett keines Blickes, schritt sofort ans Fenster und ließ die schwüle Sommerluft herein. Die Wand, die in ihrer Erinnerung dunkelgrau war und schwarze Stellen hatte, entfaltete eine warmweiße Atmosphäre. Caro machte die rechte Schranktür auf und öffnete die oberste Schublade im unteren Drittel. Nachdem sie ihren hellblauen BH herausgeholt hatte, suchte sie in der Lade darunter ein passendes Gegenstück für unten heraus.

Zurück im Schlafzimmer legte sie die beiden Teile an und öffnete die Schranktür, hinter der sich die schicksten Klamotten ihrer Mutter befanden. Sofort stach ihr ein knallrotes Kleid in den Blick, nach dem sie dann griff. Sie klemmte den Kleiderbügel unter dem Kinn ein, hielt es sich vor den Leib und zog es mit den Händen oben links und in der Mitte rechts straff. Im Spiegel erkannte sie, wie großartig das Kleid an einem Körper aussah. Gleichzeitig fiel ihr auf, dass sie die Robe nie an ihrer Mutter gesehen hatte. Und nachdem Caro ein Outfit für den Schulalltag, der morgen wieder beginnen sollte, und nicht für den Abschlussball suchte, legte sie das Kleid vorsichtig auf das Bett und widmete sich der Teile, die säuberlich zusammengefaltet in den Fächern lagen. Bevor sie nach etwas griff, um es auszuprobieren, wollte sie sich optisch einen Überblick verschaffen und bemerkte, dass es dafür zu leise war. Es bedurfte Musik, lauter Musik.

Sie ging an den Nachttisch neben der Bettseite ihrer Mutter heran und stellte den Radiowecker an. Der noch eingestellte Sender traf Caros Geschmack grundsätzlich nicht. Sie drückte insgesamt zweimal auf „Weiter" und war mit dem Pop-Song einer australischen Künstlerin sehr zufrieden. Sie drehte die Lautstärke noch etwas auf und bewegte sich dann mit Kopf und Schultern im Rhythmus wippend und pulsierend zurück zum Schrank.

Über zwei Stunden verbrachte Caro daraufhin mit einer Modenschau für sich selbst, bei der sie verschiedenste Hosen mit Blusen, T-Shirts und dünnen Jacken kombinierte, sich laut singend, tanzend und drehend vor dem Spiegel durchs Zimmer bewegte und in Erinnerungen an die Momente, die mit ihrer Mutter in den Kleidungsstücken verbunden waren, schwelgte.

Auch nach dem Kleidertanz hatte sie noch Energie übrig. Sie hatte ein leichtes hellblaues T-Shirt und eine schwarze Stoffhose anbehalten und ging als Nächstes in ihr Zimmer. Sie packte Kissen und Decke, die auf ihrem Bett lagen und warf sie in den Flur. Dann riss sie energisch das blutige Laken samt Unterlage von der Matratze und machte sich damit auf den Weg in den Waschkeller. Unterwegs nahm sie das Bettzeug mit, indem sie es treppab, alle paar Schritte ein weiteres Stück nach unten kickte.

Als sie am untersten Grund des Hauses angekommen war, ließ sie die Sachen los, um die Tür öffnen zu können. Sie schaltete das Licht an, wodurch der Raum hellgelb aufleuchtete. Dann stapfte sie über den kleinen Wäschehügel zurück hinter diesen und schob den Haufen wie ein Schneeräumer durch die Tür vor die Maschine. Mit etwas grober Kraft gelang es Caro, alles auf einmal in die Trommel zu stopfen und das Bullauge zu schließen. Durch einen Knopfdruck weckte sie das Gerät aus dem Ruheschlaf, durch die Betätigung eines anderen Knopfes schaltete sie durch die Waschprogramme, bis das besonders wohltuende Kürzel HYG für „Hygiene" auf dem schwachen Display aufblitzte. Dann änderte sie die Temperatur von 90 auf 95 Grad und ließ die Maschine die Sache reinwaschen.

Anschließend ging sie die Treppen wieder nach oben, um aus dem kleineren Kleiderschrank im elterlichen Schlafzimmer, der etwas unscheinbar hinter der Tür parkte, neue Bezüge zu beschaffen. Nachdem sie die Matratze frisch bezogen hatte, deponierte sie den Rest darauf und holte aus Alessias Zimmer das Kissen und die Decke, die sie in den letzten Wochen beschützt hatten. Im Flur zog sie sie ab, ließ die Hüllen auf dem Boden liegen und brachte sie in ihr Zimmer. Nachdem

sie die beiden restlichen Bezüge darübergestülpt und zuge-
knöpft hatte, war ihr Bett wieder ein Ort der Entspannung:
Auf einem hell-lilafarbenen Laken lag eine knall-orangene
Stilleoase, gefüttert mit künstlichen Federn.

Caro war noch nicht müde. Sie ging in die Küche und machte sich einen Kakao mit zwei aufgebackenen Brötchen, die sie
noch im Tiefkühlfach gefunden hatte. Wäre es ihr möglich
gewesen, vorher einzukaufen, sie hätte sich nichts anderes
ausgesucht. Zusätzlich mit Honig und Marmelade bewaffnet
brachte sie das Abendmahl auf einem Tablett ins Wohnzimmer
und stellte es auf den kleinen Beistelltisch. Dann zog sie diesen
vor den Kamin, holte außerdem den dicken Sessel heran, holte
den Hocker für die Füße und machte sich ein Feuer an. Auch
wenn es draußen weiterhin über zwanzig Grad hatte, war es
jetzt diese Art von Wärme, die ihre Seele brauchte. Zu guter
Letzt schaltete sie noch die Musikanlage an und ließ ruhige
Instrumentalmusik laufen.

Schule, Sport & Freude

Als Caro am nächsten Morgen aufwachte, erinnerte sie sich, dass sie nach dem gemütlichen Abendessen und Musikhören mehrmals vor dem Kamin eingedöst war, sich dann irgendwann hinauf in ihr Bett geschleppt hatte und unter dem Genuss des frischen Bezuges kuschelig eingeschlafen war.

Nachdem die Sonne vor das Fenster gezogen war – sie stand noch nicht weit oben am Himmel – und Caro ins Gesicht schien, streckte diese sich und fühlte sich gut erholt. Bei dem Gedanken, diesen Tag aktiv zu gestalten, war ihr sogar nach einem Lächeln zumute, während sie sich mit ihren Fäusten über dem Kopf von der Wand wegdrückte, sodass sie Richtung Fußende rutschte.

Langsam stützte sie sich ab, setzte sich auf und ließ erst das linke, dann auch das rechte Bein zur Schrankseite aus dem Bett hängen. Einige kurze Momente starrte sie auf ihre Füße, während ihr Kopf zwar arbeitete, sie aber keinen der vorbeirauschenden Gedanken zu Ende denken ließ. Dann streckte sie wiederum ihre Arme und landete mit einer Art Hüpfer auf dem Teppich. Nach einem kurzen Blick aus dem Fenster und die saftig-grün erstrahlenden Bäume davor drehte sie sich zur Zimmertür und ging um ihr Bett herum. Auf dem Weg erblickte sie sich im Spiegel. Sie sah gar nicht so verschlafen aus, wie sie sich fühlte, dafür brachte sie mehr dieser Anblick als ihre Körperwahrnehmung auf den Gedanken, den sie leise flüsternd vor sich hinsprach: „Ich sollte duschen."

Gesagt, getan. Auf dem Weg aus dem Zimmer ins Bad entledigte sie sich ihres angewärmten Pyjamas und ließ, bevor sie die Duschkabine betrat, zunächst für einige Sekunden das Wasser warmlaufen. Schließlich sollte es diesmal eine morgendliche Routinedusche werden und nicht wie gestern ein größer angelegtes Hygieneprojekt, vor dem sie sich erst wach-schocken musste.

Als sie sich zweimal abgeduscht und zwischendrin einmal zügig eingeseift hatte, bereute sie beim Austritt aus der Kabine, dass sie die Tür zum Flur nicht geschlossen hatte. Denn es wurde ihr kalt. Umso mehr genoss sie, als sie sich dann in ein dickes, flauschiges Badetuch wickelte, das sie sich wie ein Cape über den Rücken geworfen hatte. Weil die offene Türe dem Wasserdampf einen Fluchtweg bot, war der Badezimmerspiegel nicht beschlagen. Caro betrachtete sich und stellte sich vor, das Handtuch wäre ihr Umhang und sie die Königin ihres Reiches, das sie wohlwollend regierte. Dieser Gedanke ließ sie kichern.

Nachdem ihre Hoheit das Bad verlassen und sich wie am Tag zuvor in ihrem Zimmer mit Unterwäsche ausgestattet hatte, ging sie wieder ins Schlafzimmer und stellte sich zur Kleiderwahl vor die Garderobe ihrer Mutter. Da es ihr das rote Kleid gestern so angetan hatte, entschied sie sich für ihren ersten Schultag des Jahres für ein fast ebenso knallrotes T-Shirt. In Sachen Beinkleider musste sie Abstriche machen, da ihr ein schöner, dunkler Rock für ihren Fahrstil auf dem Mountainbike nicht geeignet erschien. Stattdessen durfte eine tiefblaue Jeans ihre Beine nach etwas Krempelarbeit am unteren Bund zu drei Vierteln bedecken.

Danach ging Caro in die Küche und überlegte, was sie frühstücken solle. In einem Unterschrank fand sie eine ungeöffnete Packung Orangensaft, deren Mindesthaltbarkeitsdatum seit gut zwei Monaten überschritten war. Woher sie den Optimismus nahm, war ihr selbst nicht ganz klar, aber sie machte sich ein Glas damit voll. Nach dem ersten – tatsächlich genießbaren – Schluck schritt sie durch die offene Tür ins Wohnzimmer, um sich anzusehen, ob sie gestern schlaftrunken Chaos hinterlassen hatte. Aus der Ferne war dem nicht so. Zwar standen da noch ihr leerer Teller und ihre Tasse, aber ansonsten hätte man von perfekter Ordnung sprechen können. Zu einer Betrachtung von Nahem kam sie zunächst nicht mehr. Auf dem Weg zum Kamin blieb nämlich ihr Blick, wie so oft in dieser Zeit, an ihrem Spiegelbild hängen.

Durch die Größe des Spiegels und die zwei Meter Abstand zu ihm, konnte sich Caro vollständig betrachten. Irgendetwas war nicht stimmig. Es war nicht die Kleidung ihrer Mutter. Sie ging näher ran und vergewisserte sich durch das Umwickeln ihres rechten Zeigefingers mit einer Strähne davon, dass es auch nicht ihr Haar war, was sie stutzen ließ. Dieses war zwar ausgeblichen und mittlerweile fast mittelblond, nachdem sie seit Wochen keine schwarze Farbe mehr hinaufgepinselt hatte. Aber der Fehler lag woanders.

Dann ging sie noch näher an ihr Abbild heran und strich sich mit den Handaußenseiten über die Wangen. Was sie sah gefiel ihr, ein leichtes Lächeln zeichnete sich ab und sie kniff die Augen etwas mehr zusammen. Durch den Selbstbräuner, den sie ebenfalls weggelassen hatte, war ihre Haut nahezu weiß und ihre Sommersprossen sehr gut sichtbar.

Sie nahm wieder ihr Glas Saft, das sie für den Moment im Regal abgestellt hatte, in die rechte Hand, hielt es sich ans Kinn und fasste mit der anderen Hand an den rechten Arm. Dann fiel es ihr auf: Es lag an einem Schmuckstück, das sie trug. Sie stellte das Glas wieder ab und streckte den rechten Arm zum Spiegel. Dann sah sie sich den Ring genauer an und hielt ihn sich direkt vor die Augen.

Entschlossen, den folgenden Schritt zu gehen, huschte sie zum Kamin, legte ein neues Scheit auf die noch arbeitende Glut und pustete Flammen hervor, die das Holz zu fressen begannen. Dann stellte sie sich aufrecht vor die Feuerstelle und zog sich den Ring vom Finger. Mit einem lauten, bestimmten, wütenden, aber auch freudigen „Ihr könnt mich mal!" warf sie das Metall in die Glut. Der Anblick des zu schmelzen beginnenden Ringes genügte ihr, um sich davon abzuwenden und sich wieder dem Frühstück zu widmen.

In der Küche fand sie nichts Essbares mehr. Deshalb ging sie in den Flur und öffnete die Tür zur Vorratskammer. Ihr fielen sofort noch verpackte Reiswaffeln in die Augen, die sie sich griff und damit in die Küche zurückkehrte. Sie schnitt die Folie mit einer Schere auf und nahm einen Bissen davon. Das Zeug war allerdings so trocken, dass Caro das Gefühl bekam, ein Sandsturm wäre durch ihren Mund gezogen. Mit einem letzten, kräftigen Schluck Orangensaft spülte sie es hinunter und beschloss, dass sie wohl satt war.

Sie war jetzt bereit für die Schule, der Tag konnte kommen.

Als Caro nach ihrer Fahrradfahrt am Klassenzimmer ankam, war dessen Tür bereits offen und offenbar fast alle Mitschülerinnen schon darin. Zu vernehmen war nur ein Gewusel der Jugendlichen, die freudig von Platz zu Platz waberten, sich mit coolen Sprüchen, kreativen Handschlägen und Umarmungen begrüßten. Es klang wie ein Rauschen, als die kurzen Konversationen durcheinander drangen und die eine den anderen übertönen musste, um sich selbst zu verstehen.

Auch wenn ihr optimistisches Gefühl Caros Magengegend überlagerte, zog sich dort in Anbetracht der zahllosen sozialen Berührungspunkte dennoch alles zusammen. Sie fasste sich Mut und überschritt die Schwelle zum Lernraum. Nicht so offensichtlich wie erwartet, jedoch wahrnehmbar, sank der Geräuschpegel ab und vereinzelte Blicke fixierten sich auf die ausgeblichene Waise, andere schauten hin und wieder verstohlen zu ihr rüber.

Statt der abwertenden Ignoranz mit offenen Mündern und bösen Mienen, von der Caro ausgegangen war, brachten ihr die Kameradinnen allerdings Freundlichkeit entgegen. Sehr viele Augenpaare entwickelten Lachfältchen, Mundwinkel hoben ab wie Heliumballons und warme Begrüßungsfloskeln landeten, sanft wie Schneeflocken, auf ihr. Und das Beste:

Niemand verlangte auf die ein oder andere Weise, dass Caro mit ihr oder ihm sprach.

Ihre Gedärme verließen die Formation des Angelknotens und zur weiteren Entspannung trug bei, dass Caro durch die Rastlosigkeit der Mitschülerinnen noch nahezu freie Platzwahl hatte. Auf dem Weg zu ihrem angestammten Sitz am Fenster in der letzten Reihe, fühlte es sich nicht mehr richtig an, sich dort hinten zu verstecken. Als sie den Blick auf die Plätze ganz in der Mitte des Raumes warf, fühlte sich das zwar weniger falsch, aber auch nicht optimal an. Sie entschied sich für die vorletzte Reihe und einen Ort in der rechten Hemisphäre. Als sie sich niederließ, war ein erster großer Schritt getan.

Noch immer blitzten Blicke wie Katzenaugen im nächtlichen Park zu ihr rüber, noch immer nahmen dieselben Leute wie vor den Ferien wie ausgetauscht durch Lächeln und Nicken zwanglos Kontakt zu ihr auf. Caro war positiv beunruhigt.

Plötzlich betrat hektisch ein brauner Wollpullover den Raum. Die Schülerinnen wurden stiller und sortierten sich auf Sitzplätzen ein. Auch Herr Kriger nahm Platz, für ihn typisch auf der Ecke des Lehrerpults. Ohne Begrüßung oder zu zögern, zog er ein Klemmbrett aus seiner eckigen Tasche und hakte per Kuli leise murmelnd Anwesende darauf ab. Als er vermeintlich fertig war, hob er den Kopf und ließ den Blick über den Hühnerhaufen schweifen. Dabei nahm sein Gesicht die maximal mögliche Asymmetrie an: Eine Augenbraue ging nach oben, das nicht dazugehörige Auge weitete er, die Nase bog sich in dessen Richtung und der Mundwinkel auf der Seite der noch schlafenden Braue glich durch Anheben aus, was andere Gesichtsteile sonst völlig aus dem Gleichgewicht gebracht hätten. Offenbar gruselte es nicht nur Caro, was sie da sah; auch andere beobachteten wachsam das Schauspiel. Dann erschlaffte das krigerische Gesicht wieder und widmete sich erneut abhakend der Liste. Offenbar waren auch Leute anwesend, die außer ihm niemand sehen konnte. Oder er war langsam.

Durch die dadurch hervorgerufene Langeweile entspannte sich die Atmosphäre in der Klasse und der Geräuschpegel stieg wieder. Irgendwann unterband der Lehrer dann doch jeden verbalen Austausch durch etwas krächzende Worte: „Ruhe bitte, ich habe noch etwas zu klären. Zum einen die Frage, ob jemand die Carola gesehen hat. Und zum anderen..." Beim Ertönen ihres Namens erschreckte sie sich. Dann schaute Herr Kriger sie direkt an und lächelte – und Caro fragte sich, mit welchem üblen Satz er ihr diesen Tag doch noch vermiesen würde. Anschließend fuhr er in reduzierter Lautstärke und mit mildem Unterton fort: „... wie ist denn dein Name? Du stehst gar nicht auf der Liste."

Jetzt war sie völlig perplex. Wenn es ein übler Witz hätte sein sollen, wären einige Mitschüler in Gelächter ausgebrochen. Aber auch diese versammelten ihre Blicke fragend auf ihr. Tom, ein sportlicher Junge aus der ersten Reihe, meinte aufmunternd: „Na komm schon." Und Caro ließ sie alle warten. Fred war schließlich der Erste, der es merkte. „Ist nicht wahr, oder? Alter, das gibts nicht, Caro wie siehst du denn aus?" Es ging ein Raunen durch die Klasse und damit fing für Caro ein tolles Schuljahr an.

Beflügelt von einem genugtuenden Schultag packte Caro sofort ihre Tasche für das Training, als sie nach Hause kam. Sie freute sich darauf, diese Energie in Kraft zu verwandeln und den Ball durch die Halle zu feuern. Sie freute sich darauf, die Teamkolleginnen zu sehen und auch diese mit ihrem neuen Äußeren zu verblüffen. Und sie freute sich darauf Steffen zu begegnen, der ihr den ganzen Tag schon durch den Kopf ging und sich darin immer dann meldete, wenn sie sich gut fühlte.

Auch jetzt war er wieder sehr präsent. Nachdem Sportschuhe, Handtuch und Co. in der Tasche verstaut waren, brach sie auf, um den dringend notwendigen Einkauf zu unternehmen.

Sie stopfte zwei Stoffbeutel in einen großen schwarzen Rucksack und schnallte sich diesen auf den Rücken. Dann ging sie vor die Tür, schloss sie, sperrte sie zu und setzte sich auf ihr feuerrotes Fahrrad, das sie nach dem Heimweg von der Schule sporadisch an die Hauswand gelehnt hatte. Schließlich rollte sie über den Parkplatz vom Hof, sprang mit einem explosiven Anziehen ihrer Arme und Beine vom Gehweg auf den Asphalt und zischte die Straße entlang Richtung Supermarkt, während ihr (nach Wochen endlich wieder sauberes) Haar peitschend im Fahrtwind flatterte.

Im Laden dann suchte sie sich allerhand Zeug zum Essen zusammen und machte den Einkaufswagen ganz schön voll. Caro hatte genug von Cola und Kartoffelchips, sie genoss es ganz bewusst sich kraftvoll zu fühlen und griff gezielt nach Dingen, die ihr das auch für die Zukunft versprechen konnten. Als sie bezahlt hatte und den Laden wieder verließ, blitzte in ihr erstmals der Gedanke auf, dass die Vorräte vielleicht gar nicht alle in ihre Taschen passten. Sie hing die Beutel links und rechts an den Lenker und befüllte sie gleichmäßig mit den Einkäufen, um beim Fahren nicht aus dem Gleichgewicht zu kommen. Beim Packen schon lief ihr das Wasser im Mund zusammen. Ihr Körper schien sich ganz deutlich zu erinnern, was sie ihm in letzter Zeit alles vorenthalten hatte.

Schließlich passten die übrigen Einkäufe doch mühelos in den Rucksack, der sie beim Aufschnallen allerdings beinahe nach hinten umkippen ließ. Zu Hause schloss sie das Fahrrad ab und ließ es wieder an der Hauswand stehen. Die Einkäufe packte sie gleich an die richtigen Orte in Vorratskammer, Kühlschrank und Küchenschränken. Und endlich war Zeit wie auch Substanz vorhanden, um sich ein gutes Essen zu gönnen.

Als sie mit der Zubereitung fertig war, setzte sie sich im Wohnzimmer auf die Couch, ließ aber ganz bewusst den Fernseher aus. Stattdessen ließ sie die Unterhaltung im Kopf abspielen. Sie rief sich noch einmal in Erinnerung, wie ihre Mitschülerinnen sie nicht erkannt hatten und wie aufgeregt sie sich den ganzen Vormittag deswegen gefühlt hatte. Und dann kam ihr wieder Steffen in den Sinn. Obwohl ihr der Salat, den sie sich gemacht hatte, sehr gut schmeckte, spielte der nur eine Nebenrolle. Die Hauptbesetzung gehörte Caros Volleyballtrainer. Sie erinnerte sich an Momente, in denen er sie für ihr gutes Spiel gelobt hatte. Auch Szenen von Partien, bei dem sie ihm zugesehen hatte, wenn er selbst aktiv war, kamen ihr in den Sinn. Und sie malte sich aus, wie es wohl sein könnte, wenn er ihre Zuneigung erwiderte.

Als sie das letzte Stück Gemüse verzehrt hatte und mit der Gabel nichts mehr zu holen war, kam sie auch gedanklich wieder in den Raum zurück. Sie spürte deutlich ihre Ohren, die vor Wärme glühten und ihr Herz pochte ganz aufgeregt. Ein bisschen schämte sie sich für ihre letzten Gedanken und es erleichterte sie, dass sie niemandem davon erzählen musste. Umso mehr Vorfreude empfand sie auf das Training.

Den Rest des frühen Nachmittags verbrachte Caro damit, hin und wieder durch das Fernsehprogramm zu schalten, auf der Terrasse Sonne zu tanken und ungeduldig durch das Haus zu irren, wobei sie ab und an Kleinigkeiten fand, die sie umräumen oder sauber machen konnte. Schließlich konnte sie ein Platzen vor Nervosität ihrerseits nur verhindern, indem sie sich eine halbe Stunde eher als sonst und notwendig auf ihrem Drahtesel auf den Weg zur Sporthalle machte.

Dementsprechend war Caro auch dreißig Minuten zu früh und erst mal allein an der Halle. Die Gruppe, die vorher sonst immer darin sportelte, fehlte ebenfalls. Wahrscheinlich fingen die nicht gleich zu Schuljahresbeginn mit dem regulären Training an.

Um wenigstens irgendetwas zu tun zu haben, ging sie in die Umkleide und warf sich sehr gemächlich für den Volleyball in Schale. Besonders lange dauerte das allerdings nicht. Da entschloss sie sich kurzerhand das Spielfeld schon mal allein auf-

zubauen. Das war gar nicht kompliziert, nur körperlich anstrengend. Erst nahm sie die Deckel aus dem Boden, um die
Stangen, die das Netz hielten, darin verankern zu können.
Dann ging sie in den Geräteraum und holte das Netz. Das legte
sie zwischen die Löcher für die Stangen und ging wieder in
den Geräteraum, um diese zu holen. Das wochenlange Hun-
gern hatte Caro schwach gemacht. Sie merkte, wie es sie viel
mehr anstrengte, die große Eisenstange hochzuheben und sie
in den Armen zu balancieren. Auf dem Weg zum Netz kam sie
mehrmals ins Torkeln, konnte sich aber fangen. Plötzlich ertönte hinter ihr eine rufende Stimme: „Hey Caro!" Sie erkannte Steffens Stimme und wandte sich reflexartig zu ihm,
wodurch sie dann doch das Gleichgewicht der Stange verlor
und diese mit einem lauten, gong-artigen Ton auf dem Boden
aufschlug.

Man, war das Caro peinlich. Sie merkte, wie ihr Gesicht
warm wurde und es wurde auch rot. Sie ließ die Stange erst
mal am Boden liegen und blickte auf eine leere Stelle dessen.
Steffen merkte, dass sie die Situation als peinlich empfand und
lockerte sie, indem er ein Gespräch begann: „Du bist aber früh
hier." Caro blickte verschämt auf und nickte. „Sonst bin ich
immer der Erste." Caro rang so schnell es ging nach Worten,
sie wollte ihm begründen, wieso sie derart früh da war und
nicht zu lange warten, um die Szene nicht noch unangenehmer
für sie zu machen. „Ja, sonst bist du immer vor mir da." Ihre
Aussage brachte ihr keine Erleichterung. Sie hatte nur wiederholt, was ihr Trainer schon gesagt hatte und kam sich doof
vor. Also legte sie nach: „Ich konnt's nicht erwarten dich zu
sehen." Sie blickte Steffen an, um aus seinem Gesicht ablesen
zu können, ob sie etwas Sinnvolles gesagt hatte. Er war für
einen Augenblick verdutzt, grinste dann aber, vor allem mit
seinen Augen. Und als Sekunden vergangen waren, dämmerte
ihr, was sie da von sich gegeben hatte. „Und die anderen",
fügte sie in sich überschlagender Stimme hinzu. „Ich wollt das

Team und alles, was dazugehört, wieder sehen." Caro bezweifelte, dass sie die Kurve noch souverän kriegte. Aber sie hängte sich rein. „Und zu dem Team gehört ja auch das Netz, und die Stangen und du. Deswegen hab ich das gesagt."

Caro fühlte sich so, als hätte sie ihrem heimlichen Schwarm gerade erklärt, dass man nach dem Einatmen wieder ausatmen müsse. Sie sah nun keine andere Möglichkeit mehr, die Situation aufzulösen, ohne sie zu verschlimmern, als unter einem Vorwand zu fliehen. „Ich muss pinkeln", schloss sie das Gespräch und fasste es nicht, dass sie nicht mal eine banale Umschreibung dafür hatte finden können. Sie machte sich sofort zügig aus dem Staub und ging zurück in die Umkleide. Dort schritt sie in den Duschraum zum Waschbecken, stützte sich mit den Händen darauf ab wie auf einem Rednerpult und schaute sich im Spiegel an. Ihr Kopf war gar nicht so tomatenrot, wie er sich anfühlte. Viel mehr waren es eigentlich nur ihre Wangen, und die waren eher blass-rosa. Das bot einen guten Kontrast zu ihren Sommersprossen und Caro befand deshalb, dass sie Steffen heute wieder unter die Augen treten konnte. Allerdings nicht sofort, denn ihre Lippen bebten noch vor Adrenalin.

Da hörte sie die Tür zur Umkleide auf- und zugehen. Oh Schreck, war Steffen eben hereingekommen? Waren die beiden jetzt allein und wollte er ihr gleich beichten, dass auch er sie seit Langem heimlich liebte? Diesen Moment hatte sich Caro schon oft ausgemalt und sie fühlte sich so bereit dafür, wie es nun einmal möglich war. Eigentlich traute sie sich nicht, aus dem Duschraum zu gehen, aber sie traute sich noch weniger, die Chance ihres Lebens zu verpassen.

Sie schritt hinaus, ihr Herz drohte aus ihrer Brust zu springen, sie drehte sich nach rechts und da stand Birgith, ihre Teamkollegin. Caro war überrascht und enttäuscht und sah die Frau an, als sei sie ein Unfall. „Hi Caro, alles klar?" Jetzt redete schon wieder jemand mit ihr! Aber das war nicht schlimm;

Biggi, wie sie genannt wurde, war eine herzliche junge Frau, der man alles anvertrauen konnte. Nur hatte das Caro nie getan. „Ja, alles klar. Ich bin nur so aufgeregt." „Denkst du, du hast das Spielen verlernt?" Himmel, war Caro dankbar für diesen Vorschlag einer Ausrede. „Ja, so ungefähr." Sie lachte kurz leise auf, es klang nicht so gezwungen, wie es war. „Ich hoff zumindest, dass ich die Aufschläge noch übers Netz bring." „Bestimmt Caro, darin bist du Profi!" Jetzt überzog ihr Gesicht ein unwillkürliches und breites Grinsen. Auf die Anerkennung, die sie für ihre Skills in diesem Team bekam, war sie immer mächtig stolz; und endlich war Raum in ihren Gefühlen, um das einmal auszuleben.

Während Biggi ihr Shirt wechselte, führte sie das Gespräch weiter, denn Caro blieb einfach vor ihr stehen und wirkte so, als erwarte sie noch etwas. „Du hast dich ganz schön verändert. Du bist schmaler und...", mitten im Satz hörte sie auf. Sie suchte noch das richtige Wort, aber ihr fiel offenbar keines ein. „Heller?" Biggi nickte. „Ja, ich hab aufgehört meine Haare zu tönen und benutz weniger Kosmetik." „Ich find, das steht dir auch gut." „Danke." Caro fühlte sich gerade sehr wohl, denn sie fühlte sich gesehen. Und es schien, als schaue ihre Veränderung für andere genauso gut aus, wie für sie. Das Aussehen ihrer Mutter, das nun in ihr durchschien, war schon immer positiv angekommen.

„Ich geh mal weiter aufbauen", sagte Caro und ging Richtung Tür. Sie vernahm noch ein „Bin auch gleich da" und lief dann hindurch in den Gang und weiter in die Halle. Dort war das Spielfeld schon aufgebaut und auch Steffen war nicht mehr allein. Stephenie, eine weitere Athletin, spielte einen Ball immer wieder gegen die Wand, um sich aufzuwärmen. Offenbar war sie bereits umgezogen zur Halle gekommen. Steffen saß auf einem der Kästen, die er zur Begrenzung der Spielfläche an die hinteren Ecken gestellt hatte und las sich Notizen durch.

„Stephenie, spiel rüber!", forderte Caro sie auf, um sich mit ihr gemeinsam einspielen zu können. Die Sportlerin, die etwas kleiner war als Caro, ging von der Wand in die Spielfeldseite, die Caros gegenüber war und rollte das Spielgerät unter dem Netz zu ihr durch, um sich dann hinzuknien und sich einen Schuh zu binden. Caro griff den Ball vom Boden, drückte ihn mit beiden Händen zusammen, um den Luftdruck zu prüfen und war sofort in ihrem Element. Sie schlug die Kugel wie eine Basketballspielerin mehrmals auf dem Linoleum auf, nahm ihn dann in die linke, offene Hand. Anschließend warf sie ihn über ihren Kopf und als er wiederkam, da preschte sie ihn mit der Rechten kraftvoll über das Netz. Der Ball schlug direkt auf der Grundlinie auf und erzeugte dabei einen unüberhörbaren Knall.

Stephenie, die sich gerade wieder aufgerichtet hatte, stand mit offenem Mund da und schaute dem Runden hinterher. „Hast du in den Ferien heimlich trainiert?" Caro antwortete mit einem Lachen, das Bescheidenheit ausstrahlte, aus dem man aber auch den Stolz wahrnahm.

„Hey Caro", Steffen meldete sich von schräg hinten. „Hast du gar keinen Ring am Finger?" In ihrer Fantasie antwortete sie: „Nein, aber du darfst mir gerne einen anstecken." Da war sie von sich selbst genervt, sie war heute unglaublich auf ihn fixiert, mehr als jemals zuvor. Dann antwortete sie tatsächlich: „Nein, den trag ich nicht mehr." „Dann kannst du ja an den Spieltagen mitmachen.", stellte Steffen mit leicht fragendem Unterton fest. „Ja, wenn ich darf...?"

Hinter Caro rief Biggi, die gerade in die Halle kam, zurück in die Umkleide: „Hey Mädels, Caro spielt in der Liga mit!" Aus der Umkleide waren zwei oder drei Jubelschreie zu vernehmen. Das Team war bald komplett und das Training konnte dann losgehen. Und Caro versuchte die Anerkennung, die sie noch nie so direkt aufgesogen hatte, einzusortieren und irgendwo innerlich abzuspeichern.

Nach wenigen Minuten standen sieben Frauen in Vereinsmontur auf dem Feld und das Training begann. Steffen brachte die Damen mit unterschiedlichsten Lauf- und Technikübungen zum Schwitzen und äußerte sich immer wieder wohlwollend darüber, dass man keiner einen Trainingsrückstand durch die Ferien anmerkte.

Wie in jedem Training spielten die Sportlerinnen zum Abschluss ein Trainingsspiel. Steffen stand in seiner typischen Pose – verschränkte Arme, breitbeiniger Stand – neben dem Netz und rief ihnen Anweisungen zu. Neben ihm befand sich die Siebte, auf dem Feld spielten drei gegen drei. Caro hatte wieder Aufschlag. Wie zuvor beim Einspielen mit Stephenie, knallte sie das Spielgerät auf der anderen Seite fest auf den Boden, direkt auf der Linie. Alle Trainingskolleginnen jubelten, Caro lächelte und schaute zu Steffen, um sich eventuell einen Tipp abzuholen. Dieser blickte sie an und lächelte warm zurück in ihre Richtung. Verlegen schaute sie sofort wieder weg und zu Boden, bis ihr im Augenwinkel der Ball auffiel, der erneut zu ihr rollte, damit sie den nächsten Aufschlag machen konnte.

Das Training ging noch kurze Zeit so weiter. Caro fand an diesem Tag keine Gelegenheit mehr, mit Steffen unter vier Augen zu sprechen. Aber sie suchte diese auch nicht, das war bis dahin schon genug Aufregung für heute. Insgeheim traute sie sich außerdem nicht – sie wollte nichts kaputtmachen.

Caro öffnet sich

Fast genauso aufregend wie dieser erste Tag setzte sich das Schuljahr in den folgenden Wochen und Monaten fort:

Caro nahm offen und aktiv am Unterricht teil, fiel den Lehrern auf, staubte dabei sehr gute Beitragsnoten ab und lernte auch fleißig. Als sie in allen Fächern die ersten ein bis zwei Bewertungen gesammelt hatte, zeichnete sich ab, dass sie wohl einen Abschluss mit einer Bestnote erreichen konnte. In den schriftlichen Tests gelang es ihr, stets unter den drei führenden Schülerinnen der Klasse zu landen, häufig sogar die beste Zensur einzufahren. Diese Ergebnisse beflügelten sie und motivierten sie, sich weiter so reinzuhängen.

Beinahe täglich unterhielt sie sich mit ihren Eltern und Alessia. Natürlich antworteten weder die Grabsteine noch die bunten Blumen auf der Erde. Jedoch wünschte sich Caro sehr, dass Windböen, Verkehrsgeräusche und plötzliches Hundegebell Zeichen ihrer Liebsten waren, mit denen diese auf das Erzählte reagierten. Caro nahm die vermeintlichen Signale als solche hin und rückte den Gedanken, dass es eingebildet war, stets in den Hintergrund.

Sie vernahm vor allem von ihrer Mutter und ihrer Schwester, dass diese ausgesprochen stolz auf sie waren und sie teilten ihre Zuversicht, dass sie die tollen Noten und den Erfolg im Sport weiter fortsetzen konnte. Das Volleyballteam hatte es nämlich geschafft, gleich die ersten vier Spiele der Saison in Folge zu gewinnen, nachdem es in den vorherigen Spielzeiten meist eine sehr ausgeglichene Bilanz zwischen Niederlagen und Siegen gegeben hatte. Der entscheidende Vorteil war offenbar Caro, die mit Abstand die meisten Punkte erspielte.

Als Caro einmal mit Alessia sprach, kam ihr ein Gedanke und sie schrieb ihn ihr zu. Ihre Schwester meinte nämlich,

Caro solle sich unbedingt ihren Mitschülern und Teamkameradinnen öffnen, erzählen, was vor sich gegangen war.

Trotz vieler Gelegenheiten gelang das Caro lange Zeit nicht. Dann aber, nachdem der Gedanke herangewachsen war und Blüten ausbildete, ergriff sie das Wort. Auf dem Schulhof saß Jana, eine Mitschülerin mit witzig gelocktem, rotem Haar und noch mehr Sommersprossen als Caro sie hatte, allein auf einer Bank und aß ihr Pausenbrot. In einigen Kursen hatte sich Jana freiwillig neben sie gesetzt. Caro steuerte besagte an und als sie vor ihr stand, eröffnete sie ein Gespräch: „Hi, kann ich dir was erzählen?" „Klar doch, setz dich doch! Du bist doch willkommen." „Danke." Und als sie sich auf der freien Hälfte der Bank niedergelassen und sich mit dem unteren Rücken an die Seitenlehne gelehnt hatte, um Jana direkt ansehen zu können, fuhr sie fort: „Ich hab das noch nie jemandem erzählt. Und ich weiß auch nicht, ob das überhaupt jemanden interessiert, oder obs *dich* interessiert." „Aber es scheint dir doch wichtig zu sein. Also erzähl mir doch gerne davon, ich wills wissen." Jana lächelte herzlich und zum ersten Mal bemerkte Caro eine auffällige und sehr süße Lücke zwischen deren Schneidezähnen.

„Meine Eltern sind tot." Das Lächeln verschwand sofort aus Janas Gesicht. Stattdessen hingen ihre Mundwinkel nun im selben Umfang nach unten, ihr Mund war offen und sie wusste offenbar nicht was sie sagen sollte, sie rührte sich nicht. „Und meine Schwester auch. Und ich hab keinen Kontakt zu meinen Brüdern, ich weiß nicht, wo sie sind." Jana schloss ihren Mund, ihre Unterlippe bebte. Ansonsten tat sie nichts weiter. Dann fügte Caro den letzten Satz an, der ausgesprochen werden musste: „Ich hab niemanden."

Dann tat sich etwas: Jana brach in Tränen aus und schluchzte: „Auwei!" Dann fügte sie einen undeutlichen Satz an, den Caro nicht verstehen konnte. Und nachdem Jana mehrere Male doppelt hintereinander eingeatmet hatte, um sich zu fangen, sagte sie noch, allerdings weiterhin unter fließenden Tränen:

„Wie kann das sein? Du siehst immer so glücklich aus, aber in Wahrheit machst du *das* durch." Dann stützte sie die Ellbogen auf ihren Knien ab und vergrub ihr Gesicht in den Händen.

Caro wusste nicht, wie sie reagieren sollte. Hatte sie ihrer Sitznachbarin damit gerade etwas Schreckliches angetan? Sie schaute sich um. Auf dem Schulhof waren viele Schüler, aber niemand schaute genau auf die beiden, offenbar dachte niemand – wie Caro befürchtete – dass sie Jana quälen würde. Dann setzte sie sich ganz nah neben das Mädchen, das gerade noch gemütlich Pause gemacht hatte und umarmte es von der Seite. „Bitte wein nicht. Ich wollt dich nicht traurig machen."

Jana hob ihren Kopf und sah Caro verzweifelt in die Augen. „Spinnst du, Caro?" Jetzt hatte Caro Angst. Hatte sie sich nach dem so gut beginnenden Schuljahr nun doch eine Feindin gemacht? Aber dann beruhigte sie, was Jana sagte: „Es ist doch jetzt nicht deine Aufgabe, mich zu trösten. Eigentlich musst doch *du* weinen, ich muss doch *dich* trösten!" Caro fühlte sich aber nicht nach Weinen. Eigentlich fühlte sie sich nach wie vor schuldig, ansonsten jedoch leer. Ihr Schicksal hatte sie wieder eingeholt und sie merkte, dass sie trotz der vielen Friedhofsbesuche lediglich eine Distanz zu den Geschehnissen aufgebaut hatte, die jetzt schrumpfte.

„Lass mich bitte los", forderte Jana sie auf. Mit einem Stechen im Bauch, das diese Zurückweisung sofort unweigerlich in Caro auslöste, ließ sie los. Dann aber umarmte Jana sie sogleich, drückte sich ganz fest an sie und sagte: „Es tut mir so leid. Ich bin für dich da. Und ich tröste dich. Dafür sind Freundinnen doch da!"

Caro ließ einige Sekunden verstreichen, lockerte durch einen tiefen Atemzug Janas Umklammerung und fragte dann mit einiger Verwunderung in der Stimme: „Wir sind Freundinnen?" „Also...", Jana zögerte. „...das hoff ich doch. Ich wär gern deine Freundin und hätt dich auch gern als 'ne Freundin."

Trotz der verquollenen Augen sah Jana durch ihr breites Lächeln wieder fröhlich aus.

„Klar, wir sind Freundinnen", stellte Caro fest und spürte, wie nun auch ihr Tränen in die Augen quollen. Sie lehnte sich wieder enger an Jana. Diese flüsterte daraufhin leise in Richtung Caros Schläfe: „Das freut mich" und küsste Caro auf die Wange. Dann ließ sie los.

Caro setzte sich zurück in ihre ursprüngliche Position und zog dazu die Knie an, wodurch ihre Schuhe zwischen ihr und Jana auf der Bank Platz nahmen. Jana wiederum nahm wieder ihr Pausenbrot in die Hand und aß auf. Einige Minuten schwiegen die beiden Freundinnen, tauschten kurze Blicke aus und begannen jedes Mal erneut zu lächeln. Nach einer Weile dann meinte Jana: „Komm, wir gehen zu Mathe. Die Pause ist doch gleich aus."

Reich beschenkt und einen Felsbrocken leichter ging Caro mit ihrer Freundin zurück ins Schulhaus.

In der darauffolgenden Zeit sprach sich Caros Schicksal herum. Entgegen ihren Ängsten wurde sie dadurch aber nicht ausgegrenzt oder als eigenartig abgestempelt und schief angesehen. Im Gegenteil öffneten sich dadurch viele Möglichkeiten, Mitschülerinnen und anderen aus der Schule freundschaftlich zu begegnen und näher zu kommen, weil diese verstanden, wie es zu Caros geheimnisvoll wirkender Ausstrahlung kam, die ihrer Verschlossenheit entsprang.

Es ergab sich, dass sie sich im Schulgebäude und auf dessen Gelände größtenteils in verschiedenen Gruppen bewegte. Caro empfand es so, dass sich diese tollen Menschen um sie herumgesellt hatten. Sie hatte nicht aktiv nach Freundschaften gesucht oder an ihnen gearbeitet, es passierte einfach.

Die guten Noten, der Erfolg im Volleyball, der wachsende Freundeskreis; das alles gab ihr derart viel Auftrieb, dass sie spürte, dass sie bald zu hoch flöge, wenn das so weiter ging.

Einmal, da war sie mit zwei Klassenkameradinnen im Eingangsbereich unterwegs und schlurfte auf die Aushänge zu, die Schüler und Lehrerinnen auf Veranstaltungen hinweisen sollten und andere Informationen verbreiteten. Ihr fiel ein eigentlich unscheinbarer weißer Zettel auf, auf dem ein „AAWT" für alle Schülerinnen und Lehrer angekündigt wurde.

„Was ist ein AAWT?", fragte sie ihre Mädchen. „Das steht für ,Allgemeiner Allgemeinwissenstest'", erklärte ihr Jana. „In vielen Ländern werden bestimmte Schulen ausgewählt, in denen bestimmte Jahrgänge einen langen Test über alle möglichen Themengebiete schreiben. Und ich glaub, dass auch manche Lehrer mitmachen." „Wieso weißt du so was?", fragte Caro weiter. Dann entgegnete Chiara, die andere Freundin, die sie auf dem Weg zur nächsten Stunde begleitete: „Warum weißt *du* so was nicht, hm? Vor ein paar Jahren haben wir den doch schon mal gemacht." „Daran kann ich mich nicht erinnern", gab Caro achselzuckend zu.

Im Endeffekt war das egal, denn der Ehrgeiz packte Caro fest. Sie nahm sich vor, bis zum Test in drei Wochen alles Allgemeinwissen aufzusaugen, das ihr begegnete und das sie finden konnte. Und weil sie merkte, dass sie auf einer hohen Welle surfte, die irgendwann brechen würde, nahm sie sich außerdem vor, noch heute Abend nach dem Training mit Steffen zu reden und ihm zu gestehen, was sie für ihn empfand.

Zu Hause aß Caro wieder im Wohnzimmer und es sah so aus, als starrte sie dabei angestrengt auf den ausgeschalteten Fernseher. Sie wollte diesen allerdings nicht mit telekinetischen Kräften zum Laufen bringen, nein, sie musterte die Buchtitel der Schmöker, die im Regal um die Glotze herumstanden, in der Hoffnung, dass etwas dabei war, das Allgemeinwissen vermitteln konnte, ohne ein trockenes Lexikon zu sein.

Aber so intensiv sie ihr Fischfilet, dass sie sich zuvor zubereitet hatte, auch kaute, sie fand keinen Titel, der ihren Erwartungen entsprach. Da machte sie kurzerhand doch den Fernseher an und schaltete mit der Fernbedienung auf einen dieser Nachrichtensender. In irgendeinem Teil des Landes waren wohl bald Wahlen. Das interessierte Caro nicht gerade brennend. Aber sie bemerkte, dass sie nicht wusste, wo im Land dieser Teil lag. Also ging sie doch zum Bücherregal, holte einen Atlas heraus und legte ihn neben ihren Teller. Ihr fiel auf, dass man darin nicht nur die Lage vieler Länder und Städte sehen konnte, sondern dass auch einige weitere Infos mitgeliefert wurden. Also las sie, wie das Klima in Hauptstädten auf der anderen Welthalbkugel war, wie viele Einwohner Käffer der Nachbarländer vor einigen Jahren hatten und welche großen Straßen und Flüsse Menschen auf den Kontinenten verbanden.

Auch als sie aufgegessen hatte, verbrachte sie noch einige Zeit damit, mittlerweile interessant wirkende Fakten herauszufinden. Nach gut einer Dreiviertelstunde hatte sie das Gefühl, genug getan zu haben. Ihr Gefühlszustand, der einsetzte, weil der Atlas ihre Aufmerksamkeit nicht mehr an sich band, erinnerte sie an den ersten Schultag, als sie auch sehr aufgeregt war, Steffen zu sehen.

Sie ging nach oben und machte es sich in ihrem Bett gemütlich. Heute wollte sie nicht durch das Haus wuseln und die Zeit so totschlagen. Sie überlegte sich, wie und was sie ihm sagen wollte, auch wie sie die geeignete Situation herstellen könne. Ihre Gedanken mündeten allerdings schnell darin, was passieren würde, wenn ihre Hoffnungen eintraten. Wären sie dann ein Paar? Wie oft würden sie sich sehen, wie würden sie leben? Vielleicht würden sie gemeinsam wohnen? Wie ist es wohl, mit Steffen Zärtlichkeiten auszutauschen? Gerade das stellte sich Caro äußerst lebhaft vor. Nach ihrer Gedankenreise war Caro sehr entspannt und auch etwas erschöpft und sie schlief ein.

Als sie aufwachte, fühlte es sich so an, als wäre bereits der nächste Tag angebrochen. Panisch setzte sie sich auf und warf einen Blick auf den Wecker: Zwanzig Minuten waren vergangen. Erleichtert legte sie sich wieder hin und atmete tief durch. Auf einmal fühlte sie sich sehr traurig, ihre Aufregung und Vorfreude für heute Abend waren verschwunden.

Sie malte sich aus, wie schön es wäre, käme doch jetzt ihre Mama herein und würde sie holen, damit sie sich mit zu ihr und Alessia auf die Terrasse setzte. Wie toll wäre es ihrem kleinen Sonnenschein beim Spielen zuzusehen oder mitzumachen? Was würde sie dafür geben, Mama zu erzählen, wie es in der Schule lief und dabei nicht nur von einem stummen, grauen Stein angeblickt zu werden.

Caro wischte sich mit dem Unterarm die Tränen aus den Augen und erinnerte sich an ein Geschenk, das ihr Thomas vor einigen Jahren zum Geburtstag gegeben hatte. Es war ein Tagebuch, aber sie hatte es bisher nur angerührt, um es irgendwo zu verstauen. Ihr war jetzt danach, das Teil mit Leben zu füllen. Aber wo war es? Sie machte sich auf die Suche und fand es gleich ganz oben in der Schublade unter der linken Seite ihres Bettes. Sie konnte sich nicht erinnern, es da hingetan zu haben, oder es die letzten Male, als sie in dem Kasten wühlte, gesehen zu haben. Wahrscheinlich war es ihr damals noch so gleichgültig, dass sie es einfach ausgeblendet hatte.

Jetzt allerdings wollte sie etwas von dem Tagebuch: Sie wollte ihr Leid teilen. Sie setzte sich auf ihren Stuhl an ihrem Schreibtisch, schlug die erste Seite auf, um direkt loszulegen und bemerkte, dass darin schon etwas geschrieben stand. Es war eine Widmung, die Thomas hinterlassen hatte.

Das Herz eines Mädchens,
so wunderbar rein,
doch ist da was Böses,
dann schreib es hinein.

Jedes Wort, jeder Satz,
macht das Leid wieder klein,
dies' Buch hört dir zu
und lässt's gut wieder sein.

Liebe Güte, dachte sich Caro, die über das Gedicht ein wenig schmunzeln musste, Thomas hat sich ganz schön Mühe gegeben. Das passte nicht zu ihm, sie hatte so eine poetische Seite an ihm bisher nicht gekannt. Dieser Gedanke wiederum machte sie ganz nostalgisch, denn sie dachte an die Zeit, als sie noch Kontakt zu ihm hatte und wusste, wo er war. Auch das war eine Erinnerung, die sie mit den vorherigen jetzt unbedingt ablassen musste.

Caro war so vertieft in das Schreiben, dass sie die Uhr aus den Augen verlor. Als sie den letzten Punkt gemacht hatte und sich die Hand hielt, die mittlerweile ganz verkrampft war und davon wehtat, sah sie auf ihrem Wecker, dass es langsam Zeit war, zum Training aufzubrechen.

Sie packte routiniert wie immer ihre Sachen zusammen, bestückte die Sporttasche allerdings mit einem mit kleinen, glitzernden Steinchen besetzten Shirt ihrer Mutter, falls sie die Gelegenheit hatte, mit Steffen wohin zu gehen. Dann fuhr sie geschwind wie gewohnt zur Sportstätte und zog sich dort in der Umkleide für das Training um.

In der Halle allerdings musste sie geschockt feststellen, dass kein Steffen da war. Stattdessen waren Biggi und Stephenie, die auch immer sehr früh da waren, dabei, das Spielfeld aufzubauen. Mit einem beklemmenden Gefühl um ihr Herz ging Caro in den Geräteraum, um die Kästen für die Abgrenzung zu holen, die noch fehlten. Ihr hinterher rief Biggi: „Hey Caro, grüßt du heute gar nicht?" Auch wenn der Satz wie ein Vorwurf klang, äußerte sie es mit einem so warmen Lächeln, dass das Verständnis für welche Antwort auch immer bereits mitschwang. „Steffen ist gar nicht da", sagte Caro enttäuscht. Biggi und Stephenie sahen sich vielsagend an und grinsten dabei. Caro hatte das Gefühl zu wissen, was die beiden dachten und fügte hinzu: „Tut mir leid, dass ich nicht gegrüßt hab, ich bin etwas durcheinander. Hattet ihr 'nen schönen Tag bisher?" Stephenie antwortete: „Kein Problem, Süße. Steffen kommt schon, er hat bisher nie gefehlt. Vielleicht steht er im Stau."

In den nächsten Minuten trudelten auch die anderen Spielerinnen ein, aber das Team blieb ohne Trainer. Leonarda, die Kapitänin der Damen, eine großgewachsene Frau mit viel Grazie, ergriff das Wort: „Bis Steffen kommt – falls er kommt – lasst uns schon mal aufwärmen." Und sie leitete die Spielerinnen an, das gewohnte Aufwärmprogramm für Wettkämpfe durchzuspielen.

Dann waren da plötzlich Stimmen am Hallenausgang, der direkt zur Straße zeigte, zu vernehmen. Im Türrahmen erschien Steffen und Caros Herz ließ locker. Doch ihm folgte eine schöne junge Frau, die mit ihm gemeinsam draußen stehen blieb. Caro blickte auf die beiden wie ein Hund, dem Frischfleisch angeboten wird.

„Carolein, du bist dran." Biggi forderte sie auf, ihren Platz vorne in der Reihe wahrzunehmen und die Übung durchzuziehen. Caro nahm einen Ball vom Boden auf, spielte ihn zur Spielerin am Rand, die ihn wiederum an die am Netz weiterspielte und diese legte auf. Caro hatte währenddessen kräftig Anlauf genommen, sprang empor und knallte die Kugel auf das gegenüberliegende Feld. „Super" bemerkte Leo zu diesem Spielzug.

Auf dem Weg ans Ende der Reihe konnte Caro nur wenig von Steffen und seiner Begleitung sehen. Aber was sie sah, zerstörte ihr Weltbild: Nach einem Knutschgeräusch gingen die Köpfe der beiden auseinander und Caro hatte zum ersten

Mal die Frau kennengelernt, die ihr den Rest des Lebens auch noch vermieste.

Caro sank zu Boden und deckte ihren Frust, indem sie so tat, als wäre ihr Schuh aufgegangen. Sie hörte, wie die Spielerinnen den Trainer begrüßten. Eine meinte: „Spät heute. Wir dachten, du stehst vielleicht im Stau, aber da war wohl das Date schuld." Zu dem Ton dieser Aussage passte ein Augenzwinkern, aber Caro sah nur ihre eigenen Hände, die irgendetwas, aber keine Schleife mit ihren Schnürsenkeln machten. In ihr drehte sich alles: Magen, Hirn, einfach alles. Ihr war danach den Ball zu nehmen und ihn Steffen mit einem kräftigen Tritt ins Gesicht zu schießen. Dann antwortete er. „Zumindest so ähnlich wie Stau. Mein Auto musste kurzfristig in die Werkstatt und meine Schwester hat mich hergefahren. Tut mir leid, ich hätt wenigstens anrufen sollen." Aus Caro platzte es mit einer Mischung aus Überraschung und Misstrauen laut heraus: „Deine Schwester?"

Plötzlich waren alle Augen auf Caro gerichtet, aber Steffen löste die Situation schnell: „Ja, sie wohnt auch in der Stadt, ganz in meiner Nähe." Caro war dankbar, dass er ihre Wortmeldung wie eine normale Frage behandelte. Stephenie, die schon vor dem Training genau begriffen hatte, was sich in Caro abspielte, stellte sich mit einem Ball in den Händen neben sie, lehnte sich zu ihr und flüsterte in ihr Ohr: „Du kannst ihm glauben, das war kein Kuss, das waren Bisous auf die Wange." Caro nahm die Worte mit Dankbarkeit auf und entspannte erkennbar ihr Gesicht. Sie versuchte sich nunmehr auf das endlich richtig beginnende Training zu konzentrieren.

Zum Ende spielten sie wieder ein Trainingsspiel. Einen starken Schlag, den die am Netz riesig wirkende Leo blockte, konterte Caro mit ihren emporgestreckten Händen so kraftvoll, dass der Ball an Leos Pranken vorbei flutschte und ebenso hart auf deren eigener Spielfeldseite landete. Ein kollektives Jubeln ging als Anerkennung für Caro durch das Team. Als sie zu Steffen blickte, sah sie ihn ihr zulachen und den Daumen nach oben zeigen. Das freute sie, das pushte sie. Sie durfte gleich auch den nächsten Aufschlag machen. In gewohnter Manier versenkte sie die Kunststoffkugel direkt auf der Grundlinie.

Mit motivierend erhobener Stimme machte Steffen eine Ansage: „Sau stark, Caro! Ich denk wir werden das packen am Samstag. Ihr könnt jetzt duschen gehen." Jetzt war es an der Zeit für Caro, mutig zu sein.

Ähnlich laut wie er zuvor an das Team, wandte sie sich an ihn: „Steffen, können wir kurz reden?" „Klar, was gibts?" Während Caro auf ihren Trainer zuging, erklärte Biggi den anderen verschwitzten Frauen, dass danach noch ein Team zum Trainieren kam und sie das Spielfeld nicht abbauen mussten. Eine nach der anderen ging in die Kabine. Am Ende blieben in der Halle nur Steffen und Caro – und Stephenie, die neugierig aus dem Gang hinein lugte. Caro warf ihr einen scharfen Blick zu, worauf diese mit einem Zwinkern reagierte und sich auch in Richtung Dusche aufmachte.

Caro holte tief Luft, achtete jedoch darauf, dass sie nicht anschwoll, damit Steffen es ihr nicht ansah, während er sie neugierig anblickte. Ihre Worte entstanden im Magen, zumindest fühlte es sich so an, machten dann den Weg nach oben über eine Röhre, hingen kurz im Hals fest, bahnten sich schließlich aber über ihren Mund den Weg in die Freiheit: „Wollen wir was trinken gehen?"

Plötzlich war es ganz still. Es gab keinen Verkehrslärm mehr. Aus der Umkleide waren keine Stimmen zu vernehmen. Keine Vögel oder anderen Tiere machten sich bemerkbar. Steffen blickte Caro einfach freundlich an, aber nichts weiter geschah. Wenn die Zeit jetzt noch langsamer vergangen wäre, wäre sie rückwärtsgelaufen. Dann – nach einer gefühlten Ewigkeit – machte es in der Halle laut klack, der große schwarze Zeiger auf der großen weißen Uhr war eine Minute weiter gesprungen. Die Zeit floss wieder, von draußen und aus der Kabine hörte Caro wieder etwas. Und auch Steffen gab etwas von sich: „Klar, das ist 'ne gute Idee."

Caro konnte es nicht fassen, sie stand kurz vor ihrem ersten Date mit ihrem Schwarm. „Lass uns in die Bar in der Altstadt gehen. Sagst du den anderen Bescheid?" Was, dachte sich Caro, ich soll vor den anderen damit angeben? Doch allmählich dämmerte ihr, was er meinte. Und er präzisierte das auch: „Das fördert den Zusammenhalt. Das darfst du gern öfter vorschlagen." Caro war halbwegs verblüfft darüber, wie sehr zwei Menschen aneinander vorbeireden konnten, die so nah voreinander standen. „Geh auch duschen, wir fahren dann gleich gemeinsam." Caro nahm den Vorschlag nickend an und begab sich in die Kabine. Stephenie sah sie hereinkommen und versuchte mit einem „Na?" herauszukitzeln, was die beiden beredet hatten. Caro warf halblaut in den Raum: „Wir gehen was trinken." „Gut gemacht, wo geht ihr hin?" „Nein... wir alle gemeinsam. Die Bar in der Altstadt, zum Teambuilding." Stephenie merkte mal wieder genau, was in Caro vor sich ging und spendete ihr Zuversicht: „Wir kommen mit. Aber wir bekommen das dann dort auch hin." Mit einem weiteren Zwinkern verabschiedete sie sich und ging in die Dusche.

So konnte es Caro gelassen nehmen. Anscheinend wussten die anderen, worum es ihr ging, und so wie Stephenie das gesagt hatte, weckte das in ihr Hoffnung. Außerdem war selbst ein Abend zu acht und mit Steffen besser, als allein zu Hause rumzugammeln und gefrustet zu sein, dass sie ihn nicht sehen konnte.

Als Caro aus der Dusche kam, verließ gerade die letzte Mitspielerin, die sie nicht mehr erkennen konnte, weil sie schon zur Tür hinaus und ihre Stimme nicht eindeutig war, die Umkleide und setzte ein „Bis gleich!" hinterher.

Caro war es schon immer unangenehm, Menschen warten zu lassen, wie jetzt die Mädels auf dem Parkplatz. Deshalb zog sie sich schnell an, schlüpfte dabei in das glitzernde Shirt ihrer Mutter und verzichtete trotz der Verabredung darauf, ihre Haare trocken zu föhnen. Als sie ihr durchgeschwitztes Trainings-Outfit und das Handtuch hastig in die Tasche gestopft hatte, machte sie sich zügig auf den Weg über den Gang, aus der Tür und die Treppe hinauf zum Parkplatz.

Doch die Mädels waren schon weg. Stattdessen war da Steffen, angelehnt an die Fahrertür von Stephenies Auto und blickte auf Bäume, die sich auf der dem Halleneingang entgegengesetzten Seite befanden. Irritiert von dieser unerwarteten Szenerie war Caro stehen geblieben, bis sie sich sicher war, dass ihre Augen sie nicht täuschten. Scheinbar als Ausgleich zu ihrem flotten Gang bis zu der Stelle, an der sie sich befand, setzte sie den Weg langsam schleichend fort. Sie wirkte dabei wie eine Raubkatze, die durch das trockene Gestrüpp einer Savanne pirschte, um das aufmerksam grasende Gnu nicht aufzuschrecken.

Nicht aufgeschreckt, jedoch tatsächlich der Aufmerksamkeit geschuldet, bemerkte Steffen die Geräusche ihrer Schritte auf dem Kiesboden und drehte sich zu ihr um. Als sich Caros Augen weiteten, verstand er das als fragenden Blick, lächelte ihr zu und beantwortete die nicht gestellte Frage: „K..." (also Kay, so nannten sie Kassandra, eine Mitspielerin, die Bälle mit wenig Kraft, aber viel Präzision spielte) „... musste nach Hause, und wir haben nur noch zwei Autos, weil ich ohne da bin. Steph hat mir ihre Schlüssel dagelassen und ist mit den anderen gefahren. Die wollten noch irgendwas besprechen, keine Ahnung was. Ich hoffe du verpasst da jetzt nichts." „Nein, nein, ist schon gut. Ich hab das in der Umkleide mitbekommen, da gings um was, das mir nicht so wichtig ist", flunkerte Caro, deren Lächeln Richtung Steffen ihrer liebevollen Dankbarkeit an Stephenie galt.

Er schloss das Auto auf und setzte sich hinter das Lenkrad, Caro ging um es herum, warf auf dem Weg ihre Tasche in den Kofferraum und nahm als Beifahrerin Platz.

Auf den ersten Metern ihres Trips schwiegen die beiden. Steffen konzentrierte sich auf die ungewohnten Eigenschaften des kleinen, alten Viersitzers, mit dem er offenbar keine Fahrpraxis hatte; ihr dagegen fehlten vor Aufregung die Worte. Als sie auf einem längeren, geraden Straßenabschnitt landeten und Steffen Kapazitäten frei hatte, nachdem nur noch sein rechter Fuß mit dem Gefährt zu schaffen hatte, richtete er nach einem kurzen Kopfdrehen mit Augenkontakt Worte an sie: „Was macht die Schule?"

„Sieht gut aus." Caro war froh, dass er nach dem Thema gefragt hatte, von dem sie Positives berichten konnte, und nicht etwa danach, wie es ihrer Familie ging. „Ich hab den Stoff dieses Jahr ganz gut drauf und bin mit den Noten zufrieden." „Mit den Lehrern auch?" „Zum Teil." Die Antwort entsprach der Wahrheit, wobei Caro durch den Kopf ging, dass sie viel Hass, den sie die letzten Jahre gegen Lehrer hegte, von sich auf diese projiziert hatte. Um am Ball zu bleiben, ging sie ins Detail: „Eigentlich sind alle Lehrer ganz gut, sonst hätt ich ja keine guten Noten. Nur einer nervt trotzdem, der hatte mich letztes Jahr schon auf dem Kieker." Caro dachte dabei natürlich an Herrn Kriger; und Steffen hatte Verständnis. „Das kenn ich. Ich glaub jeder Jahrgang hat so 'nen Lehrer." Er lachte während des Sprechens kurz auf, offenbar hatte auch er jemand Bestimmtes im Kopf. Nach einem flüchtigen Schwelgen in Erinnerung fuhr er fort: „Hach ja. Bei mir wars Frau Spindel, ich kann mich noch gut an die Bio-Stunden erinnern. Na ja, ist ja noch nicht so lang her."

Caro kannte Frau Spindel aus Erzählungen von Mitschülerinnen aus ihrer Jahrgangsstufe und ärgerte sich in diesem Moment darüber, dass diese schon so ewig an dieser Schule unterrichtete und sie deshalb kaum einen Rückschluss darauf ziehen konnte, wie lang Steffens Schulzeit her war. Da fiel ihr auch auf, dass sie sich über Jahre viele Gedanken über ihren Trainer gemacht hatte, aber wenig über ihn wusste. Nicht einmal sein Alter. Deshalb nutzte sie die Gunst der Stunde und ging auf seine letzte Aussage ein.

„Wie lang ists denn her?" Steffen drehte seinen Kopf erneut und warf Caro wieder einen kurzen Blick zu, aus dem sie allerdings nichts herauslesen konnte. „Ich hab meinen Abschluss vor vier Jahren gemacht."

Das musste also ungefähr bedeuten, dass er vier oder fünf Jahre älter war als sie. Und es wunderte sie, denn sie hatte ihn für noch älter gehalten. Das wird wohl daran liegen, dachte sie, dass sie vor vier oder fünf Jahren noch etwas weiter auseinandergelegen hatten. Sie, Caro, hatte noch viel Zeit mit Alessia verbracht, dementsprechend war sie viel mit Spielen beschäftigt. Und Steffen war damals schon so erwachsen, wie Caro sich erst allmählich zu fühlen begann – besonders heute.

Sie war so in diese Gedanken vertieft, dass es sie erschreckte, als ihr Fahrer auf einmal den Motor ausstellte und sich abschnallte. Sie blickte ihn mit großen Augen an. „Wir sind da", sagte er lächelnd und meinte: „Mal sehen, ob sie uns 'nen Platz freihalten konnten." Auch Caro schnallte sich ab und die beiden stiegen aus und gingen in die Bar.

Für einen Werktag war es darin eigenartig geschäftig. Aber was wusste Caro schon, sie hatte noch keine eigenen Erfahrungen mit Bars gemacht, gemeinsam trinken war sie damals mit ihrer Clique um Fred nur auf der Straße. Vom Eingang aus im vorderen rechten Teil der Mitte des Lokals, saßen die fünf Damen in Freizeitoutfits an einem mit ihnen voll besetzten, runden Tisch und bemerkten die beiden. Stephenie stand auf und winkte die beiden energisch zu sich. Als sie in Hörweite waren, meinte sie: „Wir waren gerade noch rechtzeitig und konnten die beiden Plätze im Eck freihalten." Sie schlängelte sich ihnen voran zwischen zwei Tischen hindurch und nahm von den beiden Stühlen, die an einem kleinen und niedrigen, quadratischen Tisch standen, die umhängenden Jacken und eine darauf liegende Handtasche weg. „Ich glaub noch zwei Minuten und jemand hätte gemerkt, dass da eigentlich niemand sitzt", sagte sie belustigt zu Steffen, der ihr dafür dankte und sich auf einen der Stühle setzte.

Die Sitzfläche musste wohl kochen, denn sofort sprang er wieder auf. „Sorry Caro, du zuerst. Wo willst du sitzen?" „Bleib da ruhig, ich sitz eh lieber mit dem Rücken zur Wand." Das stimmte zwar, aber viel wohler fühlte sie sich dadurch, dass sie auf diesem Platz freien Blick auf die anderen fünf hatte und gerade sah, wie sich Stephenie wieder setzte und ihr verschmitzt zulächelte.

Dann wurde Caro auf einmal klar, dass sie jetzt hatte, was sie wollte: ein Date zu zweit mit Steffen. Die Erkenntnis nahm den Fahrstuhl von ihrem Hirn in ihr Herz und feierte dort eine wilde Party, die sie als aufgeregtes Klopfen wahrnahm.

„Nicht ganz optimal, dass wir so abseits von den anderen sitzen." Da musste Caro widersprechen: „Ich find's ganz gut so." Am liebsten hätte sie die Worte wieder zurückgesogen und die Entrüstung im Ton gegen etwas getauscht, das ihm klarmachte, dass sie das so wollte. „Oh nein, sorry, so meinte ich das nicht. Ich hab nichts dagegen, mit dir an einem Tisch zu sitzen. Aber vielleicht kannst du zwischendurch mit einer der anderen tauschen, dann kannst du dich mit ihnen unterhalten." „Nein, nicht tauschen!" Caro konnte sich nur über sich ärgern, jetzt hatte sie wie ein trotziges Vorschulkind geklungen.

Steffen ließ sich nicht anmerken, wie kindisch er sie fand. Stattdessen fragte er sie, was sie trinken wolle. „Ich würd 'ne Limo nehmen. Was willst *du* denn? Weil dann such ich mal 'nen Kellner." Er wirkte vergnügt ob ihrer Antwort. Dann drehte er sich um und schaute zur Bar. Der Tisch war so nah am Tresen, dass sie dachte, er würde sich jetzt gleich einfach etwas nehmen, das dort stand. Stattdessen aber nickte ihm der Barmann zu, ein bebrillter Kerl mit stoppeligen Haaren am ganzen Kopf, der bloß deshalb klein aussah, weil das, was man über der Theke von ihm sah, ähnlich breit wie hoch war. Steffen sagte etwas, das durch die zahllosen Gespräche im Raum gefiltert nur als Rauschen bei Caro ankam. Der Mann nickte ein weiteres Mal, drehte sich zur Rückwand und begann einzuschenken.

Caro war fasziniert davon, dass das Erwachsenenleben wohl tatsächlich genauso ablief wie im Film und fühlte sich wieder jünger – in Sachen Reife nicht mehr ebenbürtig mit Steffen.

„Spielt ihr im Sportunterricht auch manchmal Volleyball?" Caro konnte nicht eindeutig erkennen, ob er mit dieser Frage an das Gespräch über die Schule im Auto anknüpfen wollte, oder ob es ein neues Thema war. Das änderte aber nichts an ihrer Antwort. „Nur etwas Ähnliches. Wir spielen dabei einfach 'nen Ball über 'ne Leine, ich hab noch keine Regeln ausmachen können." „Du bist bestimmt gut darin." Caro konnte nicht lügen: „Ja." Dass sowohl Steffen, als auch sie selbst ihr soeben geschmeichelt hatten, machte sie verlegen. Sie blickte auf die Tischplatte, um ihr errötendes Gesicht zu verbergen.

Dann sagte Steffen einen dieser Sätze, die sich samt Datum und Großwetterlage, sowie aller Umstände der Szene tief in Caros Gedächtnis einprägten: „Du kannst stolz auf dich sein." Dann blickte sie wieder auf. Ihr war danach, das Kompliment, wenn es denn eins sein sollte, abzuschmettern, aber es bot sich ihr keine Angriffsfläche. Sie konnte sich aber auch nicht ausmalen, welche Art von Stolz es hervorrufen sollte, wenn man einen Ball erfolgreich über eine Schnur wirft. Aber er erklärte, was er meinte:

„Du bist offenbar gut in der Schule, du bist gut – nein großartig – im Volleyball." Jetzt erinnerte die Szene Caro an eine, die sich normalerweise in ihrer Fantasie abspielte. Darin aber bezog er sich mehr auf ihr Aussehen und ihre Anziehungskraft. Aber so war es auch in Ordnung für sie, zumal es sich dem im Verlauf sogar annäherte. „Du bist in den Jahren, in denen ich euch trainiere, gewachsen und offensichtlich erwachsen geworden. Und du hast anscheinend auch zu dir gefunden, wenn ich an deine Typveränderung im Sommer denk."

Es war aufregend, wie ihr Schwarm von ihr schwärmte. Sie merkte, wie sich ihr Kiefer vor Lächeln verspannte und in den Augenwinkeln sah sie Stephenie zu ihr rüber schauen, die das Lächeln spiegelte. Als der Blickkontakt länger anhielt, zuckte Stephenie mit dem Kopf und hieß Caro damit, zu ihr zu kommen. Also stand sie auf und ging Richtung Fünfertisch, als Steffen ihr hektisch und mit leicht erhobener Stimme hinterherrief: „Caro, warte!"

Oh man, kommt es jetzt, fragte sie sich. Sie drehte sich um und blickte ihn hoffnungsvoll an, auch er war aufgestanden. „Tut mir leid, wenn ich dir zu nahe getreten bin", sagte er, in wieder normalerer Lautstärke. „Ich wollt nicht über dein Äußeres urteilen. Ich wollt dich motivieren und dabei ehrlich sein." „Schon gut." Caro tat es leid für sich, dass er sie nicht geküsst hatte. Aber auch, dass sie durch ihren plötzlichen Abgang ungewollte Signale ausgesandt hatte. „Was du sagst freut mich auch. Aber..." In diesem Moment erwachte in ihr die Erinnerung, dass sie ihm in einer ähnlichen Situation in der Halle an dieser Stelle zuletzt das Wort „pinkeln" an den Kopf geworfen hatte. Sie hielt kurzzeitig inne und beendete dann mit: „... ich muss mal kurz für kleine Volleys."

„Oh, gut." Er lachte verlegen auf und kratzte sich am Hinterkopf. Dann verging eine Sekunde und er blickte auf seine andere Hand. Caro hatte sie unbewusst ergriffen, als sie ihn beschwichtigt hatte. Nachdem sie das registriert hatte, ließ sie sofort los, wandte sich ab und ging zu Stephenie, die auch bereits aufgestanden und um ihren Tisch herumgegangen war. Sie folgte ihr um die Ecke, einen Gang entlang, von dem aus man auch hinter die Theke und in die Küche gelangen konnte, dann wieder um eine Ecke und schließlich auf die Damentoilette.

Stephenie ging in eine Kabine, öffnete den Geräuschen nach ihren Gürtel und Reißverschluss und fragte: „Wie läufts bei euch?" Caro war erst mal überrascht, dass der Gang hierhin nicht nur als Vorwand galt und beschloss, dass sie die Gelegenheit auch nutzen wollte. Sie ging in die Kabine rechts daneben, sperrte zu, tat die notwendigen Handgriffe und setzte sich. „Ganz gut, denk ich." „Was heißt hier ‚ganz gut'? Worüber redet ihr?" „Ähm... erst mal über die Schule und jetzt hat er mir gesagt, dass ich stolz drauf sein kann, wie erwachsen ich geworden bin." „Flirtet da etwa jemand mit der süßen Caro?", fragte Stephenie vergnügt provokant. Caro antwortete, den Vokal in die Länge ziehend: „Waas?"

Zu ihrem Glück war die Wand nicht durchsichtig, sonst wäre das Erröten ihres Gesichts nicht unbemerkt geblieben. Caro spielte das Ganze weiter herunter. „Er meinte das als Trainer. Er hat auch gesagt, dass er mir nicht zu nahe treten wollte mit seiner Aussage über mein Aussehen." Aber Stephenie ließ nicht locker. „Caro, ich weiß, wann ein Mann mit einer Frau flirtet. Und Steffs Signale kannst du nur übersehen, wenn du dein Augenlicht verloren hast." Sie betätigte die Klospülung und erinnerte Caro daran, dass auch sie Wasser lassen wollte. Aber es ging nicht, also formulierte sie eine Bitte. „Wie auch immer. Geh doch schon mal vor. Ich kann nicht, wenn jemand zuhört." „Alles klar." Die Tür ging auf und wieder zu, und Caro ließ es plätschern.

Als sie fertig war und aus der Kabine trat, stand Stephenie aber noch da und lachte sie an. „Du denkst doch nicht, dass ich dich einfach so in die freie Wildbahn entlasse?" Auch Caro musste lachen. „Du Verrückte!" Die zwei wuschen sich nebeneinander an den beiden Waschbecken die Hände und Stephenie stellte eine weitere Frage. „Wie gehts jetzt weiter?"

Caro überlegte kurz und sah sich im Spiegel flüchtig in die Augen. Dann betrachtete sie ihr ganzes Gesicht und befand, dass sie heute wirklich gut aussah. Sie hatte Selbstvertrauen. „Ich erzähl ihm davon, was mir in den letzten Jahren passiert ist." Über die Schule hatte auch das ganze Damenteam bereits von ihren familiären Schicksalsschlägen gehört. Da wurde Stephenie ernster und sagte: „Ich denk, das ist 'ne gute Idee. Das wird die Stimmung natürlich nicht überkochen lassen, aber auf Vertrauen kann man 'ne gute Verbindung aufbauen."

Als die beiden fertig waren und ihre Hände getrocknet hatten, wollte Caro die Tür öffnen. Aber ihre Mitspielerin drückte dagegen und ergriff noch einmal das Wort: „Übrigens wär die Bar eigentlich nicht ganz so voll gewesen, wir hätten zwei Tische zusammenrücken können. Aber ich hab 'ne Freundin aus der Nähe gebeten, zu kommen und den anderen größeren Tisch zu besetzen." Caro schaute sie verblüfft an. Mit so viel Engagement hatte sie nicht gerechnet, auch weil sie nicht fand, dass sie es verdient hatte.

Da überkam es sie und sie umarmte Stephenie, drückte sie so fest an sich wie sie konnte. Stephenie küsste sie wiederum feucht auf die Wange und sagte noch einen letzten Satz, bevor sie die Tür selbst öffnete und Caro hinaus schubste: „Wir haben uns Mühe gegeben, jetzt darfst du nicht kneifen."

Caro fühlte sich unter Druck gesetzt, fand das aber gut, weil sie sich sonst womöglich nicht trauen würde. Die beiden gingen den Weg wieder zurück, am Fünfertisch schwatzten die Mitspielerinnen aufgeregt und lächelten Caro zu viert zu, als sie vorbeiging. Dann quetschte sie sich aufs Neue zwischen den anderen Barbesuchern hindurch und setzte sich Steffen gegenüber auf den Holzstuhl mit dem Lochmuster in der Lehne.

„Bin wieder da", sagte sie lächelnd zu ihm. Auch er lächelte und bemerkte, mit der Hand auf das jetzt vor ihr stehende Glas weisend: „Unsere Limos sind da." Sie fand es süß, dass er dasselbe bestellt hatte wie sie, auch wenn sie nicht wusste, ob das der Hintergrund gewesen war. Sie nahm das Glas und hob es an ihren Mund; doch bevor sie daran nippen konnte, meinte er noch: „Lass uns auf die gute Saison bisher anstoßen." Er drehte sich zum Fünfertisch und rief über die Barrieren hinweg: „Ladys!" Und als sie alle hersahen: „Auf viele weitere Punkte und am Ende hoffentlich den Aufstieg." Sie alle hoben ihr Glas, also tat Caro es ihnen gleich, Steffen drehte sich zu ihr und ließ die Limos aneinanderklirren. Caro kicherte belustigt, aber leise genug, dass es für Steffen nur ein Lächeln war und befeuchtete endlich ihre Kehle.

„Steffen, weißt du, warum ich gut Volleyball spiele?" Den Mut zu dieser Gesprächseröffnung hatte sie von Stephenie mitbekommen. „Nein, sag", erwiderte Steffen, der offenbar einen Witz erwartete und bereit war, sein Grinsen in lautes Lachen umzuwandeln. „Weil du ein guter Trainer bist." Caro sagte das bewusst etwas leiser. Zum einen, um zu betonen, dass es *kein* Witz war. Zum anderen, weil sie dachte, dass man so flirtet. Der gute Trainer sortierte seine Mimik, hatte offenbar – ähnlich wie sein Gegenüber – Probleme Komplimente ohne Abstriche anzunehmen, bedankte sich schließlich aber souverän.

Caro wusste dann nicht, wie sie das Gespräch weiterführen sollte, merkte jedoch, dass diese verlegene Pause der Stimmung ganz guttat. Mit dieser musste sie jetzt allerdings brechen.

„Steffen" – Caro sprach ihn an, er setzte sich Aufmerksamkeit demonstrierend aufrecht hin und lehnte sich nach vorne – „ich hab eine sehr schwere Zeit hinter mir." Er antwortete mit seinen Augen und konnte dabei einiges ausdrücken. Er war bereit, mehr zu hören, und hatte Mitgefühl mit Caro, der man jetzt schon anhörte, dass sie sich schwertat. „Anfang letzten Jahres hatten mein Vater und meine kleine Schwester einen Autounfall, als sie von meiner Tante zu uns nach Hause fuhren, und sind gestorben." Steffen blickte sehr traurig drein und ergriff Caros Hand, die neben ihrem Glas auf dem Tisch wartete. „Als meine Mutter das am Telefon hörte, hatte sie einen Herzinfarkt und ist auch gestorben." Steffen drückte ihre Hand fest, aber nicht so sehr, dass es wehtat. Es war Ausdruck dessen, was auch Tränen in seine Augen quellen ließ. „Ich war dann auf mich allein gestellt und hab nach außen hin versucht, normal weiterzumachen. Das hat auch geklappt. In den Ferien ist dann aber noch etwas Schlimmes passiert."

Steffen blickte Caro tief in die Augen und ließ ihre Hand nicht los. Als er das Gefühl hatte, dass sie es brauchte, fragte er nach: „Was ist passiert?" Caro blickte ihn einige intensive Momente lang weiter an. Dann senkte sie ihren Blick und schüttelte den Kopf. Steffen hielt weiter geduldig ihre Hand, bis er die Träne bemerkte, die leise ihre Nase entlanglief und schließlich von der Spitze hinabtropfte. „Du musst es jetzt nicht erzählen, zwing dich nicht." Jetzt drückte Caro seine Hand ganz fest. Wieder einige Momente saßen sie so da. Stephenie schaute besorgt herüber, wohl wissend, was gerade das Thema war. Aber Blickkontakt konnte sie nicht aufbauen.

„Caro...", Steffen rang nach Worten. „...du bist... so ein Schicksal wünscht man keinem. Ich frag mich wie du das gemacht hast. Ich wusste, dass du stark bist, aber das übertrifft, was ich mir vorstellen kann." Das fühlte sich nach Trost an. Hätte sie nicht auf der Toilette den Hinweis bekommen, dass er zuvor bereits mit ihr geflirtet hatte, würde sie sich jetzt schuldig fühlen. Sie würde denken, sie manipuliere ihn durch ihre traurige Geschichte. Aber es schien wirklich eine Verbindung zwischen den beiden zu geben, die das zuließ.

Dann fragte Steffen sie etwas Wunderbares: „Was hältst du davon, wenn wir demnächst wieder was trinken gehen." „Wie ein Date?" „Ja, ein Date. Ich denk Teambuilding ist hier nicht nötig, das Team hat schon einen tollen Zusammenhalt." Caro fragte sich, ob er damit andeutete, dass er alles durchschaut hatte und es für ihn okay war, oder ob er einfach einen Weg suchte, mit ihr romantisch auszugehen. Ihre Antwort war klar: „Sehr gerne." Da drückte er ihre Hand noch einmal fest und machte sie dann darauf aufmerksam, dass der Tisch neben dem Fünfertisch freigeworden war. Sie zogen mit ihren Limos dahin um und verbrachten noch eine knappe Stunde zu siebt.

Eine Runde weiter

An den beiden letzten Schultagen der Woche war Caro nicht so konzentriert auf den Unterricht, wie es für sie mittlerweile üblich war. Ihre Gedanken sprangen von Vergangenheit zu Zukunft und zurück, nur wenige Augenblicke verbrachte sie jetzt – bevor die Gedankensprünge erneut losgingen.

Während sie den Abend mit den Mädels und Steffen in der Bar erinnerte, stellte sie sich wiederholt die Fragen, ob sie dort die richtige Taktik gewählt hatte, um Steffen näher zu kommen und ob es überhaupt sinnvoll war, eine Taktik zu haben, wo ihr Herz den richtigen Pfad doch derart klar vorgab. Belustigt war Caro darüber, dass all die Szenarien, die sie über die Jahre durchgespielt hatte, nicht eintraten, der Abend, so wie er stattgefunden hatte, sich aber genauso gut anfühlte wie die erhofften Alternativen.

Obwohl sie vor dem anstehenden Volleyballspiel, bei dem sich die Sieben vorzeitig für die Aufstiegsrunde qualifizieren konnten, sehr aufgeregt war und sie auch den Allgemeinwissenstest für ein großes Event hielt, drehten sich die Zukunftsgedanken in ihrem Kopf fast alle um das Date mit Steffen. Die beiden hatten noch keinen Termin fixgemacht, aber Caro wusste, dass sie zunächst Spiel und Test absolvieren wollte, um allen drei Dingen die nötige Aufmerksamkeit widmen zu können.

Caro war buchstäblich in ihren Gedanken versunken. Sie bemerkte nicht mal, dass sie auf einen Aufruf ihrer Lehrerin im Physikunterricht nicht reagiert hatte. Erst als ihr Jana mit dem Zeigefinger fest zwischen die Rippen pikste, tauchte sie auf. „Alter, du hast sie einfach ignoriert", stellte die Rothaarige entrüstet fest. Und als sie merkte, dass Caro sie zwar anblickte, aber von den Gedanken noch zu betrunken war, fragte sie: „Alles klar bei dir? Hast du gekifft?" „Ich?" „Nein, der Papst. Ja du, Caro!" Caro kicherte, was die Vermutung erst mal nicht entkräftete, bis sie begann zu erklären. „Steffen hat mich gestern nach einem Date gefragt." Jana kiekste euphorisch auf: „Nicht dein Ernst!" Da dieser Ausruf etwas sehr laut geraten war, linsten einige Mitschülerinnen zu den beiden Sitznachbarinnen. Auch Frau Genova war interessiert. Sie blickte zunächst Jana mit streng verengten Augen an, schwenkte anschließend zu Caro rüber und sagte freundlich, aber provokant: „Na, ausgeschlafen?" Dann wandte sie sich wieder zur Tafel und schrieb weiter.

Es war typisch für Jana, dass sie jetzt genau da weitermachte, wo sie unterbrochen wurden. Diesmal in flüsterndem Ton, tätigte sie dieselbe Aussage noch einmal: „Nicht dein Ernst!" Es verleitete Caro zu einem breiten Grinsen, dass Jana die Unterbrechung einfach fast übergehen konnte. Dann erzählte sie weiter, ebenfalls flüsternd. „Ja, wir waren in der Bar und Steph aus dem Volleyballteam hat uns zu zweit an einen Tisch gesetzt."

Eine laute Stimme unterbrach das Gespräch erneut: „Fräuleins, ich würde den Unterricht nun gerne ungestört fortsetzen, wenn Sie erlauben?" Caro reagierte darauf mit einem reumütigen Blick, während sie gleichzeitig den Kopf etwas senkte. Aber Jana war gerade so frech, wie ihre Haare rot waren und antwortete Frau Genova in selbiger Lautstärke: „Wir können fortfahren." Dabei machte sie die Handbewegung einer arroganten Monarchin, die beiläufig eine Anfrage genehmigte. Frau Genova wollte darauf erbost erwidern, musste dann aber laut lachen, was sich dadurch auch andere im Raum trauten. Wieder drehte sie sich zurück zur Tafel, Jana begann ebenfalls sich Notizen zu machen.

Nach einigen Sekunden schob sie Caro ihr Heft unter die Nase, in dem zuletzt geschrieben stand: „Habt ihr euch geküsst?" Caro blickte in Janas Augen, die ungeduldig auf die Antwort wartete und schüttelte dann kaum merkbar den Kopf. Sodann zog Jana ihr Heft zurück, schrieb wieder etwas und legte es Caro erneut vor. „Beim Date dann?" Caro zuckte reflexartig mit den Schultern, begann dann genauer darüber nachzudenken. Seit dem Bar-Abend wusste sie, dass solche Dinge nicht ablaufen, wie man sie sich vorstellt. Gerne hätte sie Steffen da geküsst, oder wäre von ihm geküsst worden. Aber das Handhalten war ebenfalls sehr schön gewesen.

Wieder war sie in ihre Gedanken abgetaucht und vergaß, Jana die Antworten zu schreiben. Auch deren letzte Heftnotiz („Lass uns später reden") beachtete sie nicht mehr.

Nach der Schule begleitete Jana Caro mit nach Hause und die beiden aßen gemeinsam. Caro befriedigte Janas Neugierde nach besagtem Abend vollständig und ausführlich. Die beiden verabredeten sich, das Date nach dem Test noch genauer zu planen und machten sich dann auf dringenden Wunsch Caros daran, weiteres Allgemeinwissen für den anstehenden Test zu pauken.

Am Samstag erwachte Caro schweißgebadet. Es war kalter Schweiß, sie hatte einen Albtraum gehabt. Sie hatte geträumt, dass ihre gesamte Familie beim Spiel zugesehen hatte. Dann war Steffens Schwester mit dessen reparierten Auto durch die Wand der Halle gerauscht und hatte Caros Vater und Alessia überfahren. Ihre Mutter, die sich plötzlich mit selber Blickrichtung vor ihr auf dem Spielfeld befand, fiel Caro rückwärts in die Arme. Thomas und Timo standen in Sanitäteruniformen in der Hallentür zur Straße und reagierten nicht auf Caros verzweifelte Schreie. Als sie den Körper ihrer Mutter hochhob und auf die beiden zurannte, liefen sie davon. Die Verfolgung ging über sämtliche Hauptstraßen des Dorfes. Erst als die Beine der Mutter im Gleichschritt zu rennen begannen und Caro mit ihr verschmolz, entkamen die Brüder und Caro wachte mit dem Gefühl auf, im kalten Körper ihrer toten Mutter zu leben.

Träume über bizarrste Konstellationen des Geschehenen hatte sie immer wieder. An diesem noch dunklen Morgen hatten sie allerdings eine neue Qualität angenommen. Caro wischte sich mit ihrer Bettdecke das Gesicht trocken und überlegte, wie sie das grausame Gefühl, das nur langsam nachließ, abschütteln konnte. Es kam nicht infrage, dass sie verzweifelt in diesem Bett verweilte; das hätte nur noch ganz andere Assoziationen wachgerufen.

Sie stand auf, zog sich Sportsachen an, trank in der Küche einen Schluck Wasser und ging joggen. Nach wenigen Minuten war ihr der Schreck aus den Gliedern gefahren und ihr wurde bewusst, dass sie ihre Energie jetzt nicht aufbrauchen durfte; in wenigen Stunden begann ein wichtiges Spiel. Sie machte Halt, drehte um und ging den Rest der Strecke spazierend nach Hause.

Danach stand wieder eine ausführliche, heiße Dusche auf dem Programm, anschließend frühstückte sie ausgiebig. Als sie fertig war – auch damit, ihre Tasche zu packen – waren noch einige Stunden übrig, bevor die Schiedsrichter das Spiel gegen die Damen aus dem Nachbardorf freigeben würden. Caro war nervös, an Lernen für den Test war nicht zu denken. Auch Steffen machte Platz in ihrem Kopf. Zwar tauchte er ab und an auf, dann aber mit Spielanweisungen.

Caro wählte Biggis Nummer. Es klingelte und eine Frauenstimme, ziemlich sicher Biggi selbst, wobei Caro nicht wusste, wer mit ihr wohnte, hob ab. „Ja?" „Hi Biggi, hier ist Caro." „Hi Caro, was gibts, alles fit?" „Ja, ich war sogar schon laufen. Aber ich weiß nicht, was ich bis zum Spiel mit meiner Zeit anfangen soll." „Fleißig! Ich hoff aber, du hast noch ein paar Körner über, wenn wir später spielen. Komm doch einfach rüber, die Adresse hast du ja." „Oh vielen Dank, Biggi, bis gleich."

Jetzt wurde ihr auch klar, warum sie instinktiv bei genau dieser Mitspielerin angerufen hatte: Biggi strahlte aus, immer für einen da zu sein. Caro ging in ihr Zimmer und suchte auf dem Zettel mit den Spielerinnendaten am Korkbrett, das über ihrem Schreibtisch hing, Biggis Adresse heraus. Dann spannte sie sich die Riemen ihrer Sporttasche auf den Rücken, schwang sich auf ihr rotes Bike und düste auf ihr Ziel zu los.

Es dauerte ein paar Minuten, bis sie da war, die Wohnung lag etwa auf halber Strecke des Weges zur Sporthalle, etwas abseits der kürzesten Linie. Angekommen sperrte sie ihr Rad ab, stellte es an die Hauswand und drückte diejenige der gut ein Dutzend Klingeln, auf der Biggis Nachname als mittlerer von drei Namen aufgeführt war. Man rechnete offenbar mit Caro, ohne Gegensprache lud die Tür mit einem kräftigen Summen zum Öffnen ein. Caro drückte sie auf und ging die Stufen empor in den dritten Stock. Die Tür stand einen Spalt offen und als niemand auf Caros extra lautes Abstellen ihrer Sporttasche im Flur reagierte, klopfte sie und trat ein.

Nun befand sie sich in einer ausschließlich für die Garderobe genutzten, kleinen und fensterlosen Kammer. Sie zog ihre Schuhe aus und bemerkte eine große Frau, die nicht Biggi war und mit einer Art weißem Turban auf dem Kopf vor dem Durchgang in einen weitläufigeren und helleren Raum durch die Szene huschte. Die Frau registrierte den Gast offenbar im Augenwinkel, denn sie hielt an und drehte sich gleichzeitig schwungvoll um, verhinderte mit der Linken das Abrutschen ihrer Kopfbedeckung, die sich in der neuen Perspektive als Handtuch entpuppte, das wohl einfach die nassen Haare vor Verdunstungskälte schützen sollte und streckte Caro die andere Hand entgegen. „Hi, ich bin Giulia. Biggi hat dich angekündigt. Komm herein!" Caro nahm die Einladung an, trat durch den Durchgang in den Raum, in dessen Mitte ein großer, eckiger Tisch stand, der von zwei Seiten bestuhlt, von den beiden anderen mit einer Eckbank eingerahmt war. Gegenüber der nicht vorhandenen Tür zur Garderobe war eine zur Küche ebenso wenig vorhanden. Zur Linken gab es drei Holztüren, die zu vermutlich jeweils ähnlich großen Räumen führten und zur Rechten Fenster, die das Sonnenlicht genauso freundlich einluden, wie Giulia Caro.

Caro ergriff die noch ausgestreckte Hand und stellte sich vor: „Hi, Caro. Ich bin in Biggis Team." „Ah, eine Volleyballerin. Du bist aber neu, oder? Ich habe schon öfter zugesehen, dich aber nie bemerkt." „Nein. Also ja, ich spiel seit Neuestem in der Liga mit." „Ach, dann bist du also der Grund, warum es dieses Jahr so gut läuft?" Giulia zwinkerte Caro zu und hieß sie, auf der Eckbank Platz zu nehmen. Caro setzte sich und drehte ihren Kopf nach hinten, als sie Geräusche vom Eingang vernahm. Biggi kam da her, wo Caro gerade ihre Schuhe ausgezogen hatte, trug Badeschlappen, ein großes, weißes Handtuch um ihren Laib und eines wie Giulia auf dem Haupt.

„Hey Caro, du warst jetzt aber schnell", stellte Biggi fest. Caro war zu verblüfft, um darauf zu antworten und fragte stattdessen: „Warst du so vor der Tür?" „Ja, ich bade morgens immer im Froschteich unten am Spielplatz." Das klang eigenartig. Caro hatte Biggi, die etwa so alt war wie Steffen, vielleicht knapp jünger, immer als sehr seriös eingeschätzt, weil man ihr Geheimnisse anvertrauen konnte. Nachdem sie durch eine der drei Holztüren verschwunden war, schaute Caro auf den Tisch. Dann bemerkte sie Giulia, die fett grinsend im Türrahmen zur Küche stand und Caros Gedanken wohl grob erahnte. „Ich glaube da hat dich die gute Birgith gerade mächtig angeschmiert." Das Grinsen verwandelte sich in ein Lachen. „Bei den Fröschen wäre sie manchmal wirklich gut aufgehoben, aber auf der anderen Seite der Garderobe ist das Bad, da kam sie gerade her." Caro fühlte ihr Gesicht rot anlaufen, es war ihr peinlich auf den Gag hereingefallen zu sein. „Trinkst du Kaffee?", rief Giulia aus der Küche. „Nein", antwortete Caro. Eigentlich wollte sie jetzt gar nichts trinken, aber auch nicht unhöflich sein. Also schob sie hinterher: „Aber ich würd ein Wasser nehmen." „Aus dem Froschteich?" Irgendwie verflog die Peinlichkeit, als auch Caro jetzt lachen musste.

Dann öffnete sich die Tür wieder, hinter der sich Biggi versteckt hatte, und sie trat heraus. Auch sie hatte vor dem Spiel offenbar nichts mehr vor, sie trug unter einem schlichten, weißen Shirt bereits einen Sport-BH. Sie ging zur Küche, lehnte sich neben dem Durchgang stehend nach vorne, um hineinsehen zu können und sagte zu Giulia: „Morten schläft aus, der geht dann mit dir zum Spiel." „Alles klar" lautete die Antwort aus der Küche, die mit den Geräuschen eines Messers auf einem Holzbrett einherging. Biggi setzte sich auf den Stuhl zu Caros Linken und fragte: „Schon gehört? Wir gewinnen heute." Caro grinste.

Dann klingelte es an der Tür. Biggi rief Richtung Küche „Ich mach schon" und machte schon, indem sie in der Garderobe verschwand und per Knopfdruck das Geräusch auslöste, das auch Caro den Sesam geöffnet hatte. Anders als Giulia zuvor wartete sie an der Eingangstür zur Wohnung. Caro hörte mehrere Paar Füße auf den Treppenstufen, ein Kinderlachen, eine Männerstimme, Biggis Worte „Danke" und „Ciao" und sah dann eine kleinere Version von Giulia in die Bude kommen. Die Kleine lächelte Caro zu, rannte aber direkt in die Küche und rief „Mamma!". Giulia hob sie hoch, drückte sie fest und setzte sie auf die freie Arbeitsfläche.

„Denkst du an deine Schwester?", fragte Biggi, die inzwischen wieder auf ihrem Stuhl saß und eine Tasse Kaffee zu ihrem Mund führte, der schon abgekühlt sein musste, weil er bereits bei Caros Ankunft auf dem Tisch gestanden hatte. Caro wunderte sich über die Frage, schaute Biggi fragend an und erwiderte dann: „Warum?" „Du hast Tränen in den Augen." Caro rieb sich beide Augen mit der Stelle ihrer rechten Hand zwischen Zeigefinger und Daumen. Da waren tatsächlich Tränen. „Ich hab eigentlich gar nichts gedacht. Aber sie ist ihr schon ähnlich." Biggi legte ihre freie Hand auf Caros linke, die auf dem Holz lag.

Aus der Küche wuselte die Kleine zum Tisch, hob mit beiden Händchen eine Schüssel auf dessen Platte, über die sie kaum blicken konnte und kletterte auf den Stuhl, der Caro gegenüberstand. „Warum weinst du?", fragte sie Caro. Diese biss die Zähne fest aufeinander und schluckte, um nicht die Kontrolle zu verlieren und loszuschluchzen. Biggi sprang mit einer Antwort ein: „Sie vermisst ein Mädchen, das auch so ein frecher Zwerg ist wie du." Die Kleine sagte „Oh", machte große Augen und fragte Caro dann: „Magst du eine Erdbeere?" Die Frage freute Caro ungemein, brachte sie aber noch näher an die Schwelle des Heulens. Jedoch konnte sie die Spannung in ihrem Kiefer lösen und zu einem Lächeln formen. Schließlich nickte sie.

Die Kleine griff mit ihrer winzigen Hand in ihre Schüssel, nahm eine halbe Erdbeere samt Joghurt, auf dem diese lagen in ihre Faust und streckte sie Caro entgegen. Biggi ließ Caros Hand los, sodass sie diese ebenfalls ausstrecken konnte und nahm die Beere in ihre. Sie schmeckte nach Liebe (und Joghurt). „Lecker, danke", gab Caro freudig von sich. „Die hat meine Mamma gemacht", sagte die Kleine.

Aus der Küche rief Giulia: „Elza-Maus, hast du etwas zu trinken?" „Nein." Die Mutter kam zum Tisch, stellte Elza ein kleines Glas Saft neben deren Schüssel und Caro ein Glas Wasser vor die Nase. „Danke", sagte Caro. Dann ging Giulia hinter ihrer Tochter herum und setzte sich auf die Bank zu Caros Rechten.

Biggi drehte sich zu Caro und fragte: „Warum warst du heut laufen?" „Ich hab schlecht geschlafen und wollt den Kopf frei kriegen." Dabei sah sie aber nicht zu Biggi, sondern zu Elza, die gerade mit beiden Händen ihr Glas griff und einen Schluck trank. Biggi merkte, wie fixiert Caro auf Alessias Schatten war, den Elza warf. Sie versuchte sie abzulenken: „Ich mach mir mal

Frühstück, kannst du in meinem Zimmer den Rollladen hoch-
machen, damit Mo langsam aufwacht?"

Ohne die Antwort abzuwarten, ging sie in die Küche. Caro
schaute nach links und überlegte, ob Biggi zuvor aus der linken oder mittleren Türe gekommen war. Um nachzufragen,
drehte sie sich zu Giulia, aber sie erblickte Elza, die mit ihrem
Zeigefingerchen auf die Linke deutete. Caro lächelte ihr dankend zu und stand auf. Sie drückte die Klinke langsam nach
unten und sah einen dunklen Raum. Nach einigen Sekunden
hatte sie sich an das wenige Licht gewöhnt, das Zimmer war
düster, da der Rollladen derzeit nur einzelne Strahlen durch
die Schlitze ließ. Caro ging links am Nachtlager vorbei und
suchte nach dem Riemen, an dem sie den Laden hochziehen
konnte. Der war rechts, wohin nur ein wenige Dezimeter breiter Weg führte, da das Bett nah am Fenster stand. Caro schlich
sich hinüber, um Mo, oder Morten, nicht aufzuwecken und zog
den Rollladen auf. „Morgen Schatz", murmelte der Kerl, der
anscheinend nicht mehr tief geschlafen hatte. Caro beschloss,
nicht zu antworten, da es schon unangenehm genug war. Sie
zog das Ding ganz nach oben, dann aber zog etwas an ihr.

Morten, der sie schlaftrunken für Biggi hielt, hatte seine
Arme um sie geschlungen und wuchtete sie über sich hinüber
auf die andere Bettseite. Dann versuchte er sie – er hatte immer noch die Augen zu und war nicht in der Lage, die Ver-
wechslung zu erkennen – zu küssen. Caro wollte das nicht,
nicht von ihm, und schob sich mit beiden Händen von ihm
weg. Die eine drückte in das Gesicht und spürte kratzige Bart-
stoppeln, die andere presste gegen die Brust, die ebenfalls etwas stoppelig, vor allem aber warm und fest war. Der Mann
öffnete seine Augen, erschrak und stand sofort auf. Dabei
rutschte ihm die Decke hinab und bis er sie wieder vor sich
halten konnte erhaschte Caro einen Blick auf seine Bauchmuskeln und einen weiteren, stahlharten Bereich seines Körpers.

Caro hatte das Gefühl, sich rechtfertigen zu müssen. „Biggi meinte, ich soll den Rollladen aufziehen. Tut mir leid." „Nein mir tuts leid, das war uncool." Biggis Freund hatte eine raue, aber hohe Stimme. „Ich hätt merken müssen, dass du nicht Big bist. Und auch nicht Giulia."

Caro ging einfach hinaus. Sie war sehr durcheinander. Für einen Moment hatte sie sich gefühlt wie an dem Abend, an dem Nick zu stark für sie gewesen war. Dann aber hatte sie auch die Sehnsucht danach, genau dieselbe Situation mit Steffen statt Morten zu erleben. Biggi merkte ihr die Verwirrung an. „Alles klar?" Das wusste Caro selbst nicht, sie beschwichtigte aber: „Ja, aber er ist jetzt schon wach." „Macht nix, ob er jetzt 'ne halbe Stunde länger schläft oder nicht, macht den Kohl auch nicht fett."

Biggi drückte die Klinke, um in ihr Schlafzimmer zu sehen; im selben Moment kam aber Morten hinaus, er trug Kleidung. Biggi küsste ihn und entschuldigte sich: „Sorry, ich hab Caro gesagt, sie soll mal Licht reinlassen, damit du später leichter aufwachst." Morten erwiderte den Kuss kaum, befreite sich fast schon grob aus der Umarmung, gab ein unsicheres „schon gut" von sich und verschwand durch die Garderobe Richtung Bad. Biggi merkte, dass etwas nicht ganz normal war, beschloss aber, jetzt nicht weiter darauf einzugehen.

„Iih!" Elza zog die Blicke und Aufmerksamkeit der drei Frauen auf sich. „Die haben sich geküsst!" Sie rümpfte die Nase. Caro blickte Biggi in die Augen und beide lachten. Giulia nannte ihre Tochter „kleiner Frechdachs" und kitzelte sie am Bauch. Dann fragte Biggi: „Wollen wir schon mal los, Spielfeld und Zuschauerstühle aufbauen?" Caro sah auf die Uhr über dem Durchgang zur Küche. Seit sie von zu Hause aufgebrochen war, war kaum eine Stunde vergangen. Vielleicht wollte ihre Mitspielerin sie nur vor weiteren Momenten bewahren, die Erinnerungen aufrissen. „Gerne." Caro lächelte dabei, griff ein letztes Mal nach ihrem Glas, das noch auf dem Tisch stand und trank es aus. Als sie es wieder abstellte verabschiedete sie sich Richtung Mutter und Tochter: „War schön bei euch. Danke, dass ich hier sein durfte." „Jederzeit wieder Caro, du bist hier willkommen", antwortete Giulia. „Wir sehen uns später." Dann erinnerte sich Caro, dass Biggi erwähnt hatte, dass Giulia und Morten gemeinsam zum Zuschauen kommen würden.

Als Caro sich die Schuhe anzog und das Geräusch der laufenden Dusche vernahm, unter der Morten gerade offenbar stand, fragte sie sich, ob Elza auch zum Zuschauen kommen würde.

Vor der Haustür wollte Caro ihr Fahrradschloss aufsperren. „Ich nehm dich mit", sagte Biggi, als sie sah und erkannte, was Caro vorhatte. „Ich bring dich danach auch wieder hierher." Caro blickte vom Schloss auf, überlegte kurz, ob das problematisch sein könnte, nickte dann und folgte zum Wagen.

Nach wenigen Minuten standen sie auf dem Parkplatz, auf dem Caro zuletzt mit Steffen zusammen in ein Auto gestiegen war. Jetzt realisierte Caro, dass sie an ihn wieder als Schwarm, nicht vorrangig als Trainer dachte und der Besuch bei Biggi sie erfolgreich von der Aufregung vor dem Spiel abgelenkt hatte. Die kam auch nicht mehr so stark zurück, auch nicht, als die beiden in der Halle aufbauen halfen, was Stephenie, Leo und Steffen zuvor nicht schon zu dritt erledigt hatten. Sowohl Steffen als auch Caro wichen den gegenseitigen Blicken zwar nicht aus, gingen allerdings wenig souverän mit der Spannung um und schauten jedes Mal schnell wieder weg. Stephenie amüsierte sich prächtig darüber, sprach Caro jedoch nicht darauf an. Schließlich war ihr größeres Interesse dies Augenblicks, dass das Spiel gut laufen würde.

Nach dem Aufbauen zogen sich die Damen um. Caro vermied es für gewöhnlich, ihre Mädels zu beobachten, während diese Teile ihres Körpers unbekleidet hatten. Dieses Mal gelang es ihr nicht vollständig; aus dem Augenwinkel musterte sie Biggis Bauch, der von deren weißem Top nicht mehr und dem Trikot noch nicht bedeckt war. Du meine Güte, ihre Bauchmuskeln sind fast noch krasser, dachte sich Caro. Sie hatte sie mit denen Mortens verglichen, deren frischer Eindruck von vorhin weiterhin in ihrem Gedächtnis schwebte.

Das machte ihr Angst. Was, wenn Steffen auch so durchtrainiert war? Caro selbst war derzeit zwar recht dünn, nachdem sie über den Sommer unfreiwillig abgenommen hatte, ihre Bauchmuskeln waren aber nicht ohne Weiteres erkennbar. Musste das sein, passten zwei Menschen so überhaupt zusammen? Legte Steffen Wert darauf? Musste sie härter trainieren? Oder musste sie sich für immer bedecken?

„Kommst du?" Valeria, eine Mitspielerin, die für gewöhnlich sehr ruhig war, stellte die Frage mit Unsicherheit in der Stimme. Caro kam in der Gegenwart an, merkte, dass zwei – auch Biggi – noch ihre Schuhe banden, sie selbst aber fertig war und ins Leere vor sich hingestarrt hatte, während sie über Bauchmuskeln grübelte. Caro nickte Valeria lächelnd zu und joggte ihr leichtfüßig hinterher.

Die Turnbänke und Stühle hatten sich zum Teil bereits mit Zuschauerinnen gefüllt. Caro kannte keine einzige von ihnen. Die Spielerinnen des Gästeteams in ihren komplett schwarzen Outfits waren zahlenmäßig überlegen. Nach einem kurzen Abzählen stellte Caro fest, dass ihnen lediglich eine Athletin für das erlaubte Maximum von vierzehn fehlte. Ihr eigenes Team dagegen war in dieser Hinsicht immer nur halb voll, der Verein hatte nicht mehr Damen. Auch waren die Spielerinnen der Gäste im Schnitt älter. Caro war zwar die jüngste im eigenen Team, ihre Kolleginnen waren aber alle maximal so alt wie Steffen, nur Leo war noch etwas älter. Die Gästinnen hatten geschätzt alle etwa Leos Alter, lediglich zwei waren definitiv jünger, denn Caro kannte sie vom Sehen aus der Schule.

Nach zwei kurzen Minuten kamen die beiden übrigen Mitspielerinnen aus der Kabine und das Team spulte das Aufwärmprogramm unter Steffens Anleitung ab. Wenig später versammelten sie sich dann gut durchgeschwitzt und heiß auf den Sieg in einer der Hallenecken. Steffen begann seine Ansprache: „Hierfür haben wir lange trainiert. Wir spielen, weils Spaß macht. Aber dieses Jahr sind wir stärker als sonst und glaubt mir, aufsteigen macht auch Spaß." Einige Spielerinnen lachten kurz auf. Caro erinnerte sich an an die Wand geklebte Presseartikel am Halleneingang: Steffen war mit dem Herrenteam schon mehrfach über drei Ligen hinweg auf- und abgestiegen; er wusste also, wovon er redete.

Dann ergriff Leo das Wort: „Die anderen sind mehr als doppelt besetzt." Ihre Stimme war fest, wie die einer Anführerin, die sie auch war. Mit der doppelten Besetzung meinte sie, dass die Teams auf dem Feld aus sechs Spielerinnen bestanden und die Kontrahentinnen mit den sieben auf der Bank eine komplette zweite Truppe hätten aufstellen können. „Aber auch wir haben jetzt eine Bank und können wechseln." Sie nickte dabei Richtung Caro, die als Siebte in dieser Saison erstmals Pausen während des Spiels für Einzelne ermöglicht hatte. Wieder kam Heiterkeit auf.

Steffen ergriff erneut das Wort: „Wir wechseln immer spätestens nach jeder Rotation." Damit bezog er sich darauf, dass die Spielerinnen von ihrem Posten nach jeder Runde weiterzogen. „Leo macht die Ansagen zum Blocken, und du die zu den Angriffen." Steffen machte dabei eine Kopfbewegung zu Caro, ohne sie anzusehen. Es war ungewöhnlich, dass er ihren Namen nicht aussprach und Caro fragte sich für einen Moment, ob es an ihren Bauchmuskeln lag. An der Verwunderung der anderen merkte sie, aber auch Steffen, dass die Situation für alle unangenehm war, weil nicht klar war, warum er den Namen nicht ausgesprochen hatte.

Er blickte kurz in alle Gesichter und entschied sich dann mutig zu sein: „Caro, du bist die Angriffschefin." In sämtlichen Mienen löste sich die Anspannung, Caro entspannte ironischer Weise ihren Bauch. Dann machte er noch eine letzte Ansage:

„Redet miteinander, keine schaut dem Ball einfach hinterher!"
Dabei traf er den Ton auf motivierende Art und die Mädels
gingen auf ihre Positionen.

Der Schiedsrichter warf den Ball in das Spielfeld des Gästeteams, damit ausgespielt werden konnte, wer den ersten Aufschlag bekam. Sie brachten das Spielgerät ohne großen Druck
auf die Seite von Caros Team. Valeria nahm den Ball an, Leo
spielte ihn von vorne in der Mitte nach oben, dann rannte
Caro an und schmetterte ihn auf den gegnerischen Boden.

Das Publikum, das – wie der Spielbereich auch – vor allem
aus Vertretern des Gästevereins bestand, applaudierte aner-
kennend. Caro durfte die erste Angabe für ihr Team spielen,
wovon Steffen stets zu betonen pflegte, dass es ein wichtiger
psychologischer Vorteil sei. Caro atmete durch und ließ den
Ball mehrfach auf den Boden prallen. Dann warf sie ihn empor, sprang und holte aus, sah Alessia, ihre kleine Schwester
im Publikum und klatschte seitlich gegen den Ball, der unmo-
tiviert vom Spielfeld trudelte.

Caro starrte geschockt auf das junge Mädchen, der Rest ihres Teams auf sie. Es kam eigentlich nicht vor, dass Caro einen
Ball derart versemmelte. Biggi ging auf Caro zu und sprach sie
an. „Bist du voll da?" Als die Befragte weiter vor sich starrte,
erkannte Biggi, dass es wieder Elza war, die sie aus dem Kon-
zept gebracht hatte. „Caro, das ist nicht deine Schwester, das
ist Elza, Giulias Tochter, die du vorhin bei mir daheim getroffen hast. Ich bin sicher deine Schwester sieht dir von woanders
zu und drückt dir genauso die Daumen."

Caro drehte ihren Kopf langsam zu Biggi und stellte noch
langsamer die Sehschärfe auf die kürzere Distanz ein, wobei
sie kurzzeitig schielte. Sie sah Biggi tief in die Augen und begann erst dann, die Worte zu verarbeiten, dafür aber gründ-
lich. Das hatte sie gebraucht. Biggi hatte recht. Alessia sah zu.
Alessia drückte die Daumen. Aber nicht nur sie, auch Caros
Mama und Papa.

Sie war wieder voll da, ihre Kraft und ihre Konzentration schlugen auf der Skala oben aus. Den Aufschlag, den jetzt die Gästinnen machen durften, brachten sie wieder recht lasch auf die Seite der Hausdamen, wieder waren Annahme und Auflage perfekt, wieder schmetterte Caro den Ball direkt zu Boden: 1:1. So weit, dass Caro wieder mit den Aufschlägen dran gewesen wäre, kam es im ersten Satz nicht mehr; sie gewannen ihn deutlich mit 25:5.

In der kurzen Pause zwischen den Sätzen versammelte sich das Team wieder. Steffen sprach vor allen zunächst direkt Caro an: „Caro, du bist der Hammer. Deine Schläge sind der Hammer, aber du bist auch so der Hammer." Die Damen tauschten vielsagende Blicke aus. Stephenie konnte es dabei nicht belassen, sie durchbrach das kurze Schweigen mit einem gesungenen „Uuh", das die brisante Spannung zwischen Caro und Steffen betonen sollte. Er meinte darauf nur: „Muss ja mal gesagt werden" und nickte Caro kurz lächelnd zu. Und sie fühlte sich, als hätte sie den Jackpot gewonnen, denn sie konnte nicht mehr rot anlaufen, durch die Anstrengung zuvor war ihr Kopf bereits maximal durchblutet.

Dann trug Steffen noch etwas Seriöses bei und gab erhellende Hinweise darauf, wann die Damen mehr kommunizieren sollten und in welcher Situation lieber von links oder rechts gestellt werden sollte.

Anschließend ging es in den zweiten Satz. Nach einer Handvoll Punktwechseln war wieder Caro am Ball. Sie versenkte drei Aufschläge direkt auf dem Boden der Gegnerinnen oder überforderte einzelne Spielerinnen mit der Annahme ihrer brachialen Angaben. Die Zuschauerinnen reagierten auf die beeindruckende Vorstellung mit beeindruckten Geräuschen. Schließlich endete der Satz ebenfalls erfolgreich, Caros Team gewann 25:7.

Ähnlich wie zuvor gab Steffen auch in dieser Satzpause hinweise, ließ das Kompliment an Caro aber aus. Der dritte Durchgang ging dann mit 25:12 an das Heimteam.

Wie die Frage, ob der vorzeitige Einzug in die Finalrunde damit geglückt war, löste sich auch das Publikum in kurzer Zeit auf. Ja, das Team hatte jetzt zu viele Punkte, um am Ende unter dem für die Play-offs notwendigen Tabellenplatz zu stehen. Giulia kam mit Elza auf dem Arm zu Biggi, als die Mädels auf ihrer Spielerinnenbank saßen und verschnauften. Elza jubelte erfreut: „Ihr habt gewonnen!" Sie hob beide Fäuste in die Luft. Nachdem alle Herumstehenden freudig darüber gelacht hatten, bemerkte die Kleine Caro auf der Bank sitzen. „Du bist die stärkste Frau auf der Welt." Wieder lachten alle, wieder war Caro die Aufmerksamkeit einigermaßen unangenehm. Dann brachen einzelne bilaterale und Gruppengespräche aus und Biggi wandte sich zu Caro. „Das find ich übrigens auch. Du bist die Stärkste."

Caro wusste, dass sie sich damit nicht auf die Aufschläge und Schmetterbälle bezog. Die Aussage war ihr zu viel, sie konnte sie aber von Herzen nicht gänzlich verneinen.

Wie versprochen nahm Biggi Caro wieder mit zu sich, nachdem das Team die Halle aufgeräumt und sich frisch gemacht hatte. Was Caro nicht wusste, war, dass die Wohnung eine Dachterrasse hatte. Und das, obwohl sie nicht im obersten Stockwerk des Hauses lag. Es stellte sich heraus, dass die mittlere Tür in das Büro/Fernsehzimmer führte, von dem aus man durch eine Außentür auf das Dach einer Wohnung im zweiten Stock gelangte. Das ganze Team, teilweise mit Anhängseln, hatte sich dort versammelt, um den Einzug in die Aufstiegsrunde zu feiern. Ein Mann, der sich als Elzas Vater herausstellte, gab den Grillmeister, außerdem wurden reichlich Bier und leichte Weine ausgeschenkt.

Caro war mit Salat und einer Limo voll zufrieden und sah sich darin im Laufe des Abends bestätigt, als so manche Mitspielerin begann wirr zu reden und es insgesamt etwas anzüglich wurde. Biggis Freund Morten saugte wie ein Schwamm auch reichlich Bier in sich auf. Irgendwann bemerkte er Caro an der nachbarlichen Biertischgarnitur sitzen und meinte in unüberhörbarer Lautstärke von sich geben zu müssen: „Hey, mit dir lag ich doch heut schon im Bett" und er lachte lauthals los. Obwohl die Hintergrundmusik weiterspielte, wurde es irgendwie leise.

Das nächste was man hörte war ein lautes Klatschen. Biggi hatte einen roten Handabdruck in Mortens Gesicht verewigt. Sie hatte nach dem Spiel von seinem vormittäglichen Missgeschick erfahren und ihm seine Reue mit belustigtem Mitleid belohnt. Diesen Kredit hatte er nun verspielt. Biggi rettete die Stimmung, indem sie die Geschichte auf recht lustige Weise nacherzählte, ohne dabei unwahr zu werden, aber ohne von gewissen Offenbarungen zu sprechen, deren Caro unfreiwillig habhaft geworden war. Vielleicht hatte er ihr das aber auch nicht erzählt.

Morten jedenfalls wurde von Biggi verdonnert, seinen Rausch auszuschlafen. Und zwar – wie sie betonte – sofort.

Der Abend wurde sehr lustig und noch geselliger als der Bar-Abend, der die Zweisamkeit mit Steffen inbegriffen hatte. Die beiden tauschten auf dieser Feier keine Worte, dafür aber etliche verlegene Blicke miteinander aus.

Als Caro am nächsten Morgen erwachte, ärgerte sie sich, denn gerade hatte sie noch von Steffen geträumt und wie sie mit ihm händchenhaltend spazieren ging. Geweckt hatte sie ein Sonnenstrahl im Gesicht, der sie auch in ihrem Traum geblendet hatte. Sie kniff das betroffene linke Auge zusammen und seufzte.

Die Sonne nervte auch noch durch das Augenlid hindurch, sich zu bewegen war Caro aber zu viel Aufwand. Sie fragte sich, wieso sie sich so fühlte, wie sie sich einen Kater vorstellte, obwohl sie keinen Tropfen Alkohol getrunken hatte. Ihr

Schädel dröhnte und sie fühlte sich völlig ausgelaugt. Schließlich war die Sonne doch penetrant genug, dass Caro zumindest ihren linken Arm unter der Bettdecke hervorzog und ihn sich auf die betroffene Gesichtshälfte legte. Dann verlieh sie ihrem Gefühl von Genervtheit mit einem quengelnden Ton aus der Luftröhre Ausdruck.

Eine ganze Weile lag sie so da, dachte dies und das und doch nichts wirklich. Zwischendurch kam ihr der Gedanke, dass ihr der Schädel vielleicht wehtat, weil sie gestern Abend dauerhaft beschallt wurde – von Musik und immer lauter werdenden Gesprächen. Das Rätsel, warum sie so erschöpft war, löste sich auch: Die Mädels hatten das Spiel zwar deutlich gewonnen, anstrengend war es trotzdem (oder gerade deshalb) gewesen.

Caro erinnerte sich, dass sie den Sonntag verwenden wollte, um weiter für den Allgemeinwissenstest am anstehenden Freitag zu lernen. Sie nutzte ihre vollständige, neu gewonnene Motivation, um sich die Bettdecke vom Körper zu zerren, die dann seitlich vom Bett auf den Boden rutschte. Im Anschluss daran lag sie wieder eine Weile lang nur so da. Minuten vergingen, vielleicht fünf, vielleicht fünfzig, und Caro stieß erneut das leidende Geräusch aus. Sie konnte gerade wirklich jemanden brauchen, der Mitleid mit ihr hatte und sich an sie heran kuschelte.

Dann klingelte das Telefon. „Nicht dein Ernst", war ihre leise und brummige Antwort. Sie setzte sich mühevoll auf und kam zu dem Schluss, dass sich das Telefon zu ihr aufmachen musste, wenn der Anruf wichtig war. Kurz darauf hörte es auf zu läuten. Caro drehte den Kopf und blickte auf ihr Kissen, im nächsten Moment ließ sie sich mit dem Gesicht voran hineinfallen. Dann klingelte das Telefon wieder.

Caro raffte sich auf und stapfte aus dem Zimmer. Sich am Treppengeländer festhaltend, ging sie hinunter in das Erdgeschoss und drohte dem Anrufer: „Wehe, wenn niemand ge-

storben ist." Diesen Ausdruck hatte ihre Mutter immer gebraucht, wenn sie eine Tätigkeit für ein Telefonat unterbrechen musste. Der Spruch hörte sich nun allerdings auf mehre-
ren Ebenen nicht mehr richtig an. Caro blieb stehen, sah die
letzten Stufen hinauf, als hingen ihre Worte noch dort in der
Luft. Sie schämte sich dafür, sie gesagt zu haben. Sie schüttelte
den Kopf über sich selbst und ging die letzten Schritte ins
Wohnzimmer, wo das Telefon stand.

Als sie den Hörer abnahm und sich namentlich meldete, unterbrach sie die Anruferin nach wenigen Augenblicken. „Carola P–" „Hey Caro, ausgeschlafen?" „Wer ist denn da?" „Wir
kennen uns von der Party, die gestern bei mir stattfand." Caro
überlegte kurz und fragte dann zögerlich: „Ähm, Giulia?"
„Nein Zwergnase, ich bin's, Biggi." Biggis Stimme klang ungewöhnlich, tiefer als sonst und heiser krächzend. Wenn sie
gesehen hätte, wie Caros Haare auf allen Seiten gleichmäßig
am Kopf runter hingen, auch im Gesicht, hätte sie nicht gefragt, ob sie ausgeschlafen sei. Caro wunderte sich, warum
Biggi schon wieder anrief, immerhin hatte sie sie gestern so
viele Stunden an einem Tag gesehen, wie nie zuvor. Brauchte
sie denn keine Auszeit von ihr?

Die Gedankenpause ließ Biggi ungeduldig werden und sie
setzte das Gespräch selbst fort: „Lust auf Brunch?" „Ich könnt
was vertragen, ja", gab Caro zu und ihre Mimik hellte sich auf.
Dann fragte Biggi weiter: „Soll ich dich abholen?" „Nein, ich
fahr Rad. Ich kann etwas Bewegung gerade gut gebrauchen.
Bei dir?" „Ja in unserer WG. Das Essen steht fast auf dem
Tisch, wir warten auf dich. Aber mach dir keinen Stress."
Dann legte Biggi auf.

Caro stand noch eine Weile im Raum, den Hörer weiterhin
am Ohr und verarbeitete, was gesagt worden war. Im Großen
und Ganzen bekam sie gleich etwas zu essen, was gut war.
Aber Menschen warteten (möglicherweise ungeduldig) auf sie,

was nicht so gut war. Sie mochte es nicht, die Zeit anderer zu verschwenden.

Wie vom Blitz getroffen schaltete sie in einen anderen Modus, als sie beschloss, dass es losging. Sie legte den Hörer auf, rannte aus dem Wohnzimmer, dann die Treppe hinauf in ihr Zimmer. Sie zog ihr Schlaf-T-Shirt und das Pyjama-Höschen aus, warf es auf das Bett und kramte in der Schrankschublade nach Unterwäsche. Dass die farblich nicht zusammenpasste – ja nicht einmal die Socken zusammengehörten – war jetzt nicht wichtig. Dann streifte sie sich noch eine kurze Hose und das Shirt von gestern Abend über und flitzte nach unten, um wenige Augenblicke später bereits auf dem Fahrrad zu sitzen und Richtung WG zu rollen.

In kürzerer Zeit als am vorigen Tag kam sie dort an. Sie klingelte an dem bereits bekannten Namensschild und nach wenigen Augenblicken summte die Haustüre fröhlich auf. Caro ging hinein und hinauf, diesmal stand da Morten im Türrahmen, der sie überrascht anglotzte, dann aber in freundlichgelangweiltem Ton feststellte: „Ach, du bist's. Big meinte gerade, dass noch jemand käme." Caro nahm es ihm nicht übel, dass er sie nicht grüßte. Sie rechnete es ihm schon hoch an, dass er etwas an- und er keinen blöden Spruch losgelassen hatte.

Morten verschwand aus dem Rahmen in die Tiefe der Wohnung und Caro ließ sich selbst eintreten. Nachdem sie die Schuhe abgestellt hatte, ging sie in den Hauptraum. Am Tisch saßen Morten, Biggi, Giulia ohne Tochter und Stephenie. Alle schauten sie an. Die Aufmerksamkeit hielt aber nur kurz. Biggi winkte sie heran und die anderen führten ein Gespräch fort, das sie nur flüchtig unterbrochen hatten. Caro setzte sich auf den Stuhl, auf dem gestern Elza gesessen hatte, links daneben war Biggi, gegenüber auf der Bank Stephenie, zwischen den beiden Giulia und rechts Morten.

Biggi fragte Caro, als diese sich hingesetzt hatte, ohne dass die anderen mithörten: „Warst du wieder laufen?" Caro zog die Augenbrauen zusammen, halb fragend, halb überlegend, wie Biggi darauf kam und schüttelte daraufhin mit hervorgestreckter Unterlippe schnell den Kopf. „Dann findest du die ungewaschene Volleyballhose so bequem, dass du sie in der Freizeit trägst?" Caro blickte nach unten. In der Eile hatte sie nach der falschen kurzen Hose gegriffen. Sie blickte wieder auf und zuckte verlegen lächelnd mit den Achseln. „Du hättest dich nicht so beeilen müssen", sagte Biggi mit verständnisvollem Lächeln. „Wenn du magst, kannst du dich schnell unter die Dusche stellen. Frische Handtücher sind im Regal daneben."

Das ließ sich Caro nicht zweimal sagen. Das Bedürfnis nach Reinheit hatte sie schon zu Hause gehabt, es war allerdings nicht genug Zeit gewesen es wahrzunehmen. Umso mehr freute sie sich jetzt auf heißes Wasser. Sie stand wieder auf, ging den Weg zurück in die Garderobe und betrat dann zum allerersten Mal das Bad. Es war normal: Ein großzügiges Fenster mit Milchglas, eine Duschkabine, zwei weiße Waschbecken, Wand und Boden ebenfalls weiß gefliest. Im Spiegel über den Becken sah sie, dass ihre Haare derart zerzaust waren, dass man glatt hätte meinen können, sie käme gerade aus dem Dschungel. Caro legte wieder alles ab und trat mit einem Fuß in die Kabine, huschte dann aufgeschrocken zurück zur Tür und schloss sie zu. Danach gönnte sie sich eine kurze, dafür aber umso wärmere Dusche.

Nachdem sie sich mit Wasser, Shampoo und Seife gereinigt hatte, wickelte sie sich in ein frisches weißes Handtuch aus dem Regal. Dabei fiel ihr auf, dass das ganze Bad und alles darin weiß war. Mit ihrer hellen Haut war sie womöglich unsichtbar. Dann wurde ihr klar, dass sie nur ihre getragenen und angeschwitzten Sachen dahatte. Es wäre nicht sehr effektiv gewesen, wenn sie diese jetzt wieder angezogen hätte. Sie stand da und überlegte eine Weile, was sie tun sollte. Die getragenen Sachen wieder anziehen und nicht lange von dem Reinheitsgefühl zehren? In der noch einigermaßen frischen Unterwäsche aus dem Bad spazieren und Biggi nach Aushilfe fragen? Sie entschied sich für Option drei und ging aus dem Badezimmer.

Als Morten sie erblickte, wie sie da im Handtuch eingewickelt und mit ihren Kleidern unterm Arm ins Esszimmer kam, schaute er blitzschnell weg. Auch Biggi sah sie sofort und machte folgenden Vorschlag: „Geh ruhig in mein Zimmer und such dir aus, was du willst. Der linke Schrank ist meiner." Auch dieses Angebot nahm Caro dankend an.

Das Zimmer war ähnlich unordentlich wie gestern, Kleidung lag am Boden und es roch nach Schlaf. Außerdem war der Rollladen nur halb oben, was es wieder sehr dunkel machte. Vermutlich wurden die beiden wie auch Caro vorhin geblendet und machten ihn deshalb nicht ganz hoch. Aber sie musste jetzt etwas sehen und zog ihn bis auf Anschlag. Dann ging sie an den linken Schrank und machte auf.

Biggi hatte einen Kleidergeschmack, der Caro gut gefiel. Viele bunte Farben strahlten ihr entgegen, die Sachen waren danach und nach Länge sortiert. Auch wenn Biggi ihr angeboten hatte, alles daraus ausleihen zu können, wagte Caro es nicht, sich für eines der hübschen Sommerkleider zu entscheiden. Stattdessen sollte es ein gelbes Top mit sehr kurzen Ärmeln werden. Sie nahm es heraus und legte es aufs Bett. Dann brauchte sie noch eine Hose. Oder doch einen Rock? Auch davon hatte Biggi viele. Caro hatte bisher nur sehr selten und nur einen sehr faden schwarzen Rock getragen, der sich beim Fahrradfahren als unangenehm umständlich erwiesen hatte. Auch heute war sie mit dem Rad da, weshalb es eine kurze Hose werden musste.

Sie suchte nach einer Farbe, die zu Gelb passte. Da sie weder wie eine Biene noch wie ein Verkehrshütchen aussehen wollte, wählte sie eine saftig blaue. Die legte sie ebenfalls auf das ungemachte Bett. Dann sah sie ihre Unterwäsche an, die sie gerade noch getragen hatte und fragte sich unweigerlich, ob Biggis Angebot so weit ging und ob es denn auch angebracht wäre, es anzunehmen. Für Caro war Unterwäsche jedenfalls etwas sehr Persönliches.

Letztlich kam sie zu dem Schluss, dass Schauen nicht schaden würde. Sie zog eine Schublade auf, in der allerdings keine Unterwäsche, sondern Schmuck war. Als sie die Lade darunter öffnete, meinte sie zuerst, die Richtige erwischt zu haben, denn darin war es kunterbunt. Auf den zweiten Blick handelte es sich dabei aber um Spielzeug. Also machte sie wieder zu und war erneut unsicher, ob es angebracht wäre, weiterzusuchen. Womöglich befanden sich in der nächsten Schublade noch Kostüme.

Nach kurzer Bedenkzeit wagte sie es aber. Bingo! Da waren Höschen links und Socken rechts. Zur Vergewisserung machte sie noch die vierte und letzte Schublade auf und fand die BHs. Caro öffnete das Handtuch und ließ es zu Boden fallen. Bevor sie jedoch genauer suchen konnte, was sie gleich anziehen würde, hörte sie die Türklinke gedrückt werden. Sie drehte sich weg von der Tür und machte einen Satz in Richtung Fensterseite. Blitzschnell schossen ihr Gedanken durch den Kopf; was, wenn es Morten war? Was, wenn es gestern früh kein Versehen war? Was, wenn sie wieder nicht um Hilfe schreien konnte? Caro schaute zum Fenster und fragte sich, ob sie den Sturz überstehen könnte.

Dann schlüpfte Biggi durch die nur einen kleinen Spalt geöffnete Tür und machte sie schnell wieder zu. Caro drehte sich um und atmete entspannt aus. Anschließend verspannte sie erneut stark, als sie sich fragte, wie eigenartig es für Biggi sein musste, eine nackte Gästin im Schlafzimmer zu haben, während sie draußen weitere Gästinnen und ihren Freund sitzen hatte.

Aber Biggi machte kein großes Ding daraus. Sie sah die offenen Fächer sowie die Sachen auf dem Bett und raffte sofort, woran Caros Verspätung gelegen hatte. Sie ging zu den Schubladen und sagte: „Na, dann schauen wir mal." Sie kramte ein wenig, während Caro weiter wie angewurzelt neben ihr stand. Dann reichte sie ihr einen gelben BH mit den Worten: „Den sieht man unter dem Hemd nicht." Dann suchte sie in der anderen Schublade und zog eine ebenfalls gelbe Unterhose heraus. Caro, die den Büstenhalter schon umhatte, nahm den Stoff entgegen und verschaffte der Situation das notwendige Minimum an Würde. Dann zog sie noch schnell Shirt und Hose drüber.

Biggi schloss die Situation mit der Aussage: „Dann lass uns was essen. Ich habe Hunger." Und Caro war dankbar und verzichtete darauf, nach Socken zu fragen.

Als Caro Biggi aus dem Schlafzimmer folgte, erntete sie ein Kompliment von Stephenie: „Hui, schick siehst du aus." Nachdem sich die beiden zurück auf ihre Plätze gesetzt hatten, ergriff sie erneut das Wort: „Steht dein Date mit Steff schon?" Caro schüttelte den Kopf. Giulia fragte: „Steff, der Trainer?" Biggi antwortete: „Jap. Caro hat 'nen guten Geschmack." Sie zwinkerte ihr zu. Morten gefiel offenbar nicht, dass seine „Big" verlautbarte, dass sie andere Menschen attraktiv fand und warf ihr einen finsteren Blick zu. Giulia stimmte ein: „Ja, ein hübscher Mann." Dann war wieder Stephenie dran: „Bevor ihr euch trefft, solltest du dich modisch wieder beraten lassen." Da hatte sie recht. So herausgeputzt wie gerade eben durch Biggi hatte sich Caro nicht einmal gefühlt, als sie die schönsten Sachen ihrer Mutter anhatte. Dazu meinte Giulia: „Ja, aber nicht von Margrét." Aus einem Grund, den Caro nicht verstand, prusteten die drei Frauen vor Lachen los und hüllten den Raum in Schall. Biggi fiel dabei ein Stück Croissant aus dem Mund, das unglücklicherweise auf Caros Teller landete. Sie verstummte kurz und blickte den Krümeln mit großen Augen hinterher, bevor sie erneut laut loslachte und die zwei wiederum ansteckte.

Der Anblick des halb zerkauten Stückchens auf ihrem Teller erinnerte Caro daran, dass sie essen wollte. Sie schob es vom Porzellan und ließ es auf eine Serviette fallen, dann nahm sie sich ein Brötchen aus dem geflochtenen Korb in der Tischmitte und schnitt es entzwei, während sie heiter den Frauen beim Lachen zusah. Als die sich beruhigt hatten, klärte Giulia Caro auf. „Margrét ist 'ne Freundin von uns aus der Schulzeit. Bei der Verleihung des Abschlusszeugnisses hatte sie ihre Bluse falsch rum an und Wollsocken in ihren Ballerinas." Wieder lachten sie allesamt los. Caro begriff, dass es sich um eine Art Insiderwitz handelte. Es machte ihr nichts aus nicht ganz mitreden zu können, sie ergötzte sich an der guten Stimmung.

Im Laufe des Gesprächs erfuhr Caro, dass die drei nicht nur fast die komplette Schulzeit miteinander verbracht hatten, sondern wirklich verrückte Hühner waren. Margréts Kleiderwahl entpuppte sich als Einsatz einer verlorenen Wette und überhaupt hatten sie alle gemeinsam die wildesten Geschichten in der Schule erlebt. Irgendwann verabschiedete sich Morten, der bis dahin kein Wort beigetragen hatte, mit den Worten: „Ich geh dann mal los." Dann ging er aus der Wohnung und war weg.

Etwa zwei Stunden, vier Brötchen und etliche Geschichten danach fragten die drei Caro, ob sie am Nachmittag mit an den See kommen wolle. „Nein, ich muss noch lernen, wir haben nächste Woche 'nen wichtigen Test." Damit löste sich die Runde langsam auf und Caro machte sich mit einem Stoffbeutel, indem sich ihre eigene Kleidung befand, auf den Weg nach Hause.

Daheim fand sie an jenem Sonntag keine Motivation mehr, zu lernen. Stattdessen lag sie gefühlt den ganzen Nachmittag auf der Terrasse im Halbschatten und dachte über all die Dinge nach, die in den letzten Tagen in so kurzer Zeit passiert waren: ein romantisch-trauriger Bar-Abend mit Steffen und den Mädels, zwei Frühstücksbesuche in Biggis WG mit zwei völlig verschiedenen Gesichtern und ein Spiel, das Caro und das Team auf allen Wolken schweben ließ.

Abends ging Caro glücklich und entspannt zu Bett.

Das Rendezvous

Es gelang Caro über die Schulwoche, die ausgefallenen Lerntage vom Wochenende auszugleichen. Sie hatte kein konkretes Ziel und auch keinen konkreten Stoff, den sie durchgehen sollte oder wollte, aber sie fühlte sich von Zeit zu Zeit immer besser vorbereitet.

Nach dem Training in der Mitte der Woche nahm Steffen sie beiseite, um etwas mit ihr zu besprechen. Sie redeten nicht wie beim letzten Mal in der Halle, sondern im Gang der Umkleiden. Es war beiden nicht mehr so wichtig, nicht gehört zu werden, weshalb es nicht störte, dass die Tür zur Umkleidekabine der Damen offenstand. Viel mehr stand im Vordergrund, dass sie das Date kaum noch abwarten konnten. Und darum ging es auch:

„Hast du noch Lust auf unser Treffen zu zweit?", fragte Steffen. „Natürlich!", schoss es aus Caro heraus. „Und... ähm... hast du dir schon überlegt, wann es dir am liebsten wäre?" „Ich schreib am Freitag 'nen wichtigen Test, mir wär's lieb, wenn wir's danach erst machen", antwortete Caro mit ihrem freien Wochenende im Hinterkopf. „Dann machen wir doch gleich Freitagabend." Steffens Ungeduld war ihm deutlich anzumerken. Caro hatte zwar eher an Samstag gedacht, denn so hatte sie es sich in Gedanken ausgemalt. Aber es sprach ja nichts gegen und vieles für seinen Vorschlag.

„Das wird ein schöner Abend", stellte sie lächelnd fest. Für sie war alles gesagt. Im darauffolgenden Moment fiel ihr auf, dass aus der Umkleide statt dem üblichen Gequake lediglich die Geräusche drangen, die das Umziehen und Duschen ihrer Teamkameradinnen verursachte.

Dann riss Steffen sie wieder aus ihrem Gedanken, was sich Biggi und Co. wohl dachten, während sie dem Gespräch

lauschten. „Hast du dir schon überlegt, wo wir hinwollen?"
Aber hallo, klar hatte sie das. Doch das stand in ihrem Kopf,
nicht auf einem Plakat auf der gegenüberliegenden Straßenseite von Steffens Schlafzimmer, auf dem er beim abendlichen
Blick nach draußen lesen konnte, dass sie mit ihm italienisch
kochen wollte. Diesen Grundsatz beachtete sie bei ihrer Gegenfrage nicht vollständig: „Magst du Spaghetti?" „Ähm, ja?
Du willst essen gehen?" Steffen wirkte dabei etwas verdutzt.
„Ich würd gerne mit dir kochen." Aus der Umkleide drang das
zischende Geräusch tiefen Einatmens durch einen offenen
Mund mit zusammengebissenen Zähnen. Jemand darin fand
die Idee womöglich fahrlässig.

Bevor sich Caro korrigieren konnte, sagte Steffen genau die
Worte, die auch sie sich nun zurechtgelegt hatte: „Oder wir
lassen uns bekochen." Er hatte völlig recht damit. Caro schoss
die Erinnerung ins Bewusstsein, wie schusselig sie beim letzten Mal in der Küche war, als sie einen Gast bei sich hatte.
Und in Begleitung eines beklemmenden Gefühls verlor sie sich
in dem dunklen Gedanken an das, was jener Abend noch mit
sich gebracht hatte.

Leo tätschelte mehrmals leicht Caros Wange und sagte: „Caro, komm zurück. Du bist in Sicherheit." Jemand, vermutlich
Stephenie, fragte in die Runde, ob es nicht ratsam wäre, einen
Krankenwagen zu rufen. Caro spürte, wie ihr Hintern auf dem
kalten Boden des Umkleidetraktes abgekühlt war und wir ihr
Rücken an dessen Wand lehnte. Sie fühlte ihre Hände auf ihren Augen, die sie fest zudrückte. Ihr war schwindelig. Dann
nahm sie die Hände weg und sah, dass sie auf einmal mit an-
gezogenen Knien auf dem Boden kauerte und das halbe Team
vor ihr kniete oder in der Hocke stand.

Leo sagte: „Oh nein, du Süße." Sie nahm den Zipfel ihres
fast kleidlangen Shirts und wischte Caro die Tränen aus den
Augen. Jetzt sah sie die Szene nicht mehr so verschwommen.
Als sie den Kopf hob, erkannte sie Steffen, der kreidebleich

und einige Meter zurückgewichen ebenfalls noch im Gang stand.

Caro sprach ihren ersten klaren Gedanken laut aus: „Ich hab mich an was Schlimmes erinnert." „Das dachten wir uns", sagte Leo, die aufgestanden war und Caro die Hand erst reichte und sie mit dieser schließlich fasste, als die Sitzende nicht reagierte. Dann zog sie sie nach oben. Caro stand etwas wackelig da und schämte sich für die Sorgen, die sie allen bereitet hatte und die ihnen ins Gesicht geschrieben standen.

Steffen sagte, mit den Händen in den Taschen seiner Trainingsjacke aus dem Hintergrund: „Wir können gerne gemeinsam kochen." Er hatte das Essengehen für das Problem gehalten. Aber Caro widersprach. „Nein, bitte lass uns essen gehen." „Na, dann wissen wir jetzt endlich alle Bescheid", witzelte Stephenie. Caro lachte leise und fühlte eine weitere Träne ihre Wange herunterkullern und vom Kinn auf den Boden tropfen. „Soll ich dich heimfahren?", fragte Biggi. Caro nickte erschöpft.

Im Auto erklärte ihr Biggi, dass die Mädels mit Steffen ausgemacht hatten, dass das Training am Freitag ausfallen solle – natürlich, weil sie sich den freien Tag nach dem gewonnenen Spiel redlich verdient hatten. Caro verstand sofort, dass sie ihr und Steffen Zeit geben wollten, sich zu Hause auf das Date vorzubereiten. Aber sie nahm die ursprüngliche Begründung so hin.

Als sich das oberste Kalenderblatt „Freitag" nannte, war Caro aufgeregt ob des Tests und hatte gut geträumt, auch wenn sie sich an den Inhalt nicht erinnern konnte.

Als sie den Klassenraum betrat, waren die Tische auseinandergerückt und gleichmäßig verteilt, damit nur Adler noch spicken konnten. Die Schule – oder zumindest Herr Kriger – nahm den Test wohl für wichtiger als die üblichen Klausuren. Caro ging zu ihrem Platz und setzte sich. „Mööp." Herr Kriger imitierte das Geräusch, das in einer Quizsendung ertönt, wenn die Kandidatin eine falsche Antwort gibt. „Ihr sitzt heute in alphabetischer Reihenfolge, das ist die Regel." Caro sah sich um und merkte erst jetzt, dass die anderen, die schon da waren, auch ganz woanders saßen als sonst. Sie versuchte an den Tischen eine Markierung auszumachen, um herauszufinden, wo sie denn endlich Platz nehmen durfte. Als sie so etwas nicht fand, versuchte sie auszumachen, ob an der Tafel oder irgendwo anders ein Plan davon zu sehen war. Negativ. Dann ging sie im Kopf durch, welche Leute zwischen Vincenzo, dessen Nachname mit M begann und Rachel, deren Initialen eine Alliteration waren, sitzen mussten. Die beiden hatten nämlich bereits platzgenommen und es waren nur zwei Sitzgelegenheiten zwischen ihnen frei. Als Caro wusste, welcher Stuhl sich auf ihr Sitzfleisch freute, nahm sie dort endlich Platz.

Herr Kriger nörgelte laut und entnervt durch den Raum: „Falsch! Hast du nicht gecheckt, dass du dir den Platz nicht aussuchen darfst?" Er schaute auf sein Klemmbrett, auf dem sich offenkundig der Sitzplan befand. Seinen Charakter offenbarend meinte er nach kurzem Studium dessen: „Weißt du was, bleib sitzen. Wir wollen mal nicht so sein."

Caro, und anscheinend auch Vinz und Rachel, wussten, dass sie richtig saß. Kriger hätte eine Regelverletzung nie geduldet. Caro grinste, senkte sofort ihren Kopf und ließ ihre Haare über das Gesicht fallen, damit Herr Kriger es nicht sehen konnte. Vinz lehnte lässig in seinem Stuhl und lächelte süffisant. Rachel versuchte einen vielsagenden Blick mit Caro auszutauschen, scheiterte aber am Aufbau des Rapports.

Als alle da waren, teilte Herr Kriger Umschläge in Lettergröße aus und wies die Klasse darauf hin, dass sie diese erst auf sein Signal hin öffnen durften, anderweitig würden sie von ihm „aus dem Verkehr gezogen". Caro wartete brav ab und begann dann gleichzeitig mit allen anderen über den Aufgaben zu brüten. Der Test dauerte vier volle (nicht Schul-) Stunden, ganz ohne Pause. Etwa gegen Mitte der Zeit begann ihr der

Schädel ordentlich zu brummen; bereits von diesem Kopfschmerz hatte sie heftig angefangen zu schwitzen. In regelmäßigen Abständen rannen ihr Schweißperlen unter dem Top, von der Achsel aus, den Oberkörper entlang nach unten.

Caro füllte sämtliche Lücken mit unterschiedlich ausgeprägter Sicherheit darüber, ob diese Antworten auch richtig waren. Zum Beispiel wusste sie, wie die beiden Kammern des Parlaments hießen, war aber nicht ganz sicher, in welcher Reihenfolge diese über Gesetze abstimmten. Viele Fragen bezogen sich auf den Unterrichtsstoff, sie konnte durch Mathe alle Zahlenmengen definieren und Exempel nennen. Insgesamt legte sie ihren Stift mit einem guten Gefühl beiseite, als Herr Kriger mit einem weiteren Signal, das seinem anfänglichen „Mööp" sehr ähnelte, das Ende verkündete.

Caro ging sofort raus in den Schulhof, stellte sich in die Sonne, streckte sich und atmete tief durch. Von der Seite sprach Jana sie an: „Scheiße, wer kennt denn die Präsidenten seit Kriegsende?" Caro nahm ihre Arme herunter, drehte sich zu ihr, erkannte etwas Verzweiflung in Janas Gesicht und zuckte mit den Achseln – wohlwissend, dass sie die Liste aller Wahrscheinlichkeit nach korrekt aufgeschrieben hatte. Dann fragte Jana eine weitere, diesmal nicht rhetorische, Frage: „Wie gings dir dabei? Du hattest doch so viel dafür gelernt." „Ich hatte ein gutes Gefühl. Aber wenn ich das hab, sind die Noten meistens nicht so gut, als wenn ich beim Schreiben ein schlechtes hab." „Es gibt doch gar keine Bewertung!", rief Jana halblaut aus. Sie war verunsichert. „Die hats in der Vergangenheit doch auch nicht gegeben." Caro zuckte wieder mit den Schultern und meinte: „Schade, ich hätt's gern gewusst. Aber jetzt haben wir's hinter uns."

Diese Aussage entspannte beide. Sie sprachen sich mit Blicken ab, sich auf eine der Sitzgelegenheiten zu setzen. Es war die Bank neben der, auf der sich Caro das erste Mal geöffnet hatte. „Lass uns das heute Abend feiern", schlug Jana vor. „Au ja", meinte Caro. Die beiden lehnten sich nach hinten und ließen sich mit geschlossenen Augen bescheinen. Dann schreckte Caro auf und setzte sich kerzengerade hin. „Ich kann heut nicht, ich geh mit Steffen essen." „Heute? Wieso hast du mir nichts gesagt, ich muss das doch wissen." Caro überlegte kurz und zog dann schuldig ihre Augenbrauen hoch, zeigte die zusammengebissenen Zähne. „Mhm", meinte Jana nur, offensichtlich beleidigt.

Caro fühlte sich schlecht, die Sonne auf ihrer schneeweißen Haut fühlte sich nicht mehr so angenehm warm an. Dann erinnerte sie sich an ihre Nackedei-Aktion bei Biggi und Stephenies Worte. Sie fragte Jana: „Kommst du vorher bei mir vorbei und hilfst mir bei der Kleiderwahl?" Da wurde erkennbar, dass Janas Beleidigtsein nur gespielt war, denn es verflog umgehend. Stattdessen hob sie zweimal ihre linke Augenbraue, wie sie es so oft tat, wenn die beiden über Beziehungsgeschichten sprachen.

Nach der Schule rief Steffen bei Caro an und bot an, sie kurz vor sechs mit dem Auto abzuholen. Caro lehnte dankend ab, sie fuhr allzu gern mit dem Rad. Wenige Minuten später begriff sie, dass ihr Bike noch an der Sporthalle stand, weshalb sie die letzten beiden Tage den Schulweg auch mit dem Bus zurückgelegt hatte. Also rief sie Steffen noch einmal an und bat darum, dass er sie doch abholte. Das ging somit klar.

Um vier klingelte Jana. Caro bat sie herein und die beiden verzogen sich in das elterliche Schlafzimmer. Caro hatte bereits auf drei Stapel vorsortiert, was nicht infrage kam, was infrage kam (hauptsächlich Abendkleider ihrer Mutter) und was sie schon immer mal tragen wollte, aber sich nie getraut hatte.

Jana hatte auch eine Tasche mit Klamotten dabei, was Caro skeptisch werden ließ, denn sie selbst war fast einen Kopf größer als ihre beste Freundin.

„Machen wir uns erst mal an die Unterwäsche", schlug Jana vor. Das hatte Caro nicht auf dem Schirm. „Meinst du, die ist wichtig?" Das brachte Jana zum Kichern. „Denkst du nicht, dass er sie vielleicht sehen wird?" „Oh, stimmt." Caro war es unangenehm, mit Jana über das Angedeutete zu sprechen. Sie ging nach drüben und holte aus ihrem Schrank gleich die komplette Schublade Unterwäsche. Darin waren auch noch Biggis Sachen, die sie nach dem Waschen einfach miteinsortiert und bis dahin nicht zurückgegeben hatte.

„Du hast nichts mit Spitzen", stellte Jana etwas resignierend fest. „Nein, das ist auch nicht ganz mein Ding." Jana sah Caro ungläubig an und stellte dann mit Gewissheit fest: „Das muss heute sein." „Okay", sagte Caro verlegen und sogar für sich selbst unglaubwürdig auflachend.

Jana öffnete ihre Tasche. Sie zog zwei dunkelgrüne Sachen heraus und reichte sie Caro. Diese nahm erst beide in beide Hände, dann jeweils ein Teil zwischen Zeigefinger und Daumen. Sie ließ sie vor ihrem Gesicht hängen, wie einen frisch aus dem See gezogenen Fisch an der Schwanzflosse, der noch zappelte. Das eine hing bis zu ihrer Hüfte und war ein BH, der um die Körbchen herum aussah wie die Häkeldecken, die früher auf dem Küchentisch von Caros Oma lagen. Das Höschen in der anderen Hand war feinmaschiger, würde seinen Zweck aber nicht erfüllen, weil es durch den dünnen Stoff und die vielen Öffnungen quasi durchsichtig war.

Jana sah sich das Schauspiel einige Momente lang an und ihre Mimik wandelte sich immer mehr in ungeduldiges Unverständnis. Schließlich befahl sie: „Anziehen!" „Okay, okay." Caro drehte den Kopf nach links, dann nach rechts, ging dann neben den Kleiderschrank und schloss die Tür dieser Seite zur Hälfte, als Sichtschutz. Sie zog ihr Shirt aus, warf es auf den Boden. Zog die Hose aus, warf sie auf den Boden. Dann die Socken. Als sie den Moment soweit es ging hinausgezögert hatte, kam sie nicht drumherum, auch BH und Höschen auszuziehen. Unter der Tür sah sie Janas Füße und dass diese sich nicht von der Stelle bewegt hatte. Dann zog sie das grüne Zeug an, das erstaunlicherweise sehr gut passte. Danach machte sie langsam die Schranktüre ganz zu und stellte sich davor, sodass sie sich im Spiegel und im Licht einerseits selbst problemlos betrachten, aber auch Jana sich ein Bild machen konnte.

„Ich glaub, da müssen wird doch gar nicht weiterprobieren", resümierte diese. Caro fühlte sich unwohl, als sie so halb nackt herumstand, während Jana die Verkäuferin spielte. Es war wie ein steiles Hierarchiegefälle. Jana zog aus ihrer Tasche wieder zwei Teile, in Dunkelblau. „Schau, die hab ich auch noch dabei." Caro war froh, diese nicht auch noch anziehen zu müssen. Zu ihrer Überraschung machte das aber Jana. Sie zog sich vor Caros Augen vollständig aus und die Teile an. Caro blickte dabei verschämt von einer Zimmerecke in die nächste und überlegte, warum Jana und vor einigen Tagen auch Biggi so wenig Probleme mit solchen Situationen hatten. Sie kam zu keinem Ergebnis.

„Wie findest du das?" Jana stand da, in ihrer Unterwäsche, mit ihren großzügigen Kurven und sah wirklich sehr, sehr gut aus. Sie drehte sich im Licht, hob mal den einen, dann den anderen, dann beide Arme, ging verschiedene Posen durch. Caro wollte ehrlich sein, aber keine von ihnen beiden in Verlegenheit bringen. „Du siehst toll aus." Jana grinste und zog ihre Wangenknochen dabei so weit nach oben, dass ihre Augen fast komplett geschlossen waren. Dann setzte sie sich auf das Bett, zur Hälfte auf eines der Kleider, die Caro dort platziert hatte. Sie blickte zu ihrer Freundin hinauf und bedeutete ihr, sich neben sich zu platzieren.

Als Caro der Einladung gefolgt war, merkte sie, dass zwar der Unterschied in der Hierarchie verschwunden war, sie sich jetzt aber auf eine andere Weise unwohl fühlte. Ihr Herz pochte. Jana erkundigte sich plötzlich: „Bist du sicher, dass du für heut Abend nicht tauschen willst?" Caro wunderte sich und fragte sich, warum sie das wollen sollte. Immerhin kannte Jana Steffen nur aus Caros Erzählungen, sie wusste ja gar nicht, ob er ihr Typ war. „Ja, ich bin sicher. Ich freu mich schon lange drauf." Und sie fügte hinzu: „Wir finden auch einen für dich." Jana lachte und sagte dann: „Ich meinte nicht, ob du mit mir tauschen willst." Sie schaute Caro erwartungsvoll an und als sie nicht erkennen konnte, ob sie richtig verstanden wurde, wurde sie genauer: „Ich meinte, ob du statt mit deinem Trainer nicht lieber mit deiner Mitschülerin ausgehen willst."

Caro fühlte sich schuldig. Sie musste Jana zurückweisen. Zwar war das kein abwegiger Gedanke, aber jetzt jemand anderen zu daten als Steffen, auf den sie sich so eingeschossen hatte, kam einfach nicht infrage. „Tut mir leid", sagte Caro, „mein Herz gehört ihm." Jana grinste wie vorher, die Wangenknochen standen diesmal aber nur auf halbmast. „Kein Problem, war doch nur ein Scherz." Das klang glaubwürdig, auch wenn sie einen Hauch von Enttäuschung in ihrer Stimme nicht verbergen konnte.

Dann stand Jana auf und zog alles, bis auf die Unterwäsche, mit der sie ursprünglich hergekommen war, wieder an. Auch Caro begann damit, um Jana zur Tür bringen zu können. „Was tust du da? Wir sind doch noch nicht fertig!" Caro ließ ihre Hose los, die sie fast angezogen hatte, sodass diese wieder zu Boden fiel. Es gefiel ihr, auf Janas Worte zu hören.

„Die Kleider sind schön", sagte die Rothaarige mit Blick auf das Bett. „Probier mal das Rote!" Sie nickte auf das Lieblingskleid von Caros Mutter. Caro hatte noch nie gewagt, es anzuziehen. Doch nun war es so weit, sie glitt hinein. Jana stellte sich unaufgefordert hinter sie, schloss den Reißverschluss und band die Schleife, die diesen dann bedeckte.

Caro war verliebt in ihr eigenes Spiegelbild. Erneut sah sie ihrer Mutter ähnlicher als je zuvor. Nach ein paar Drehungen und gemeinsamen Meinungsaustauschen stellten die Freundinnen fest, dass das Kleid zum einen an manchen Stellen zu weit, an anderen zu eng war, zum anderen etwas zu festlich für den Anlass wirkte. Das enttäuschte Caro nur einen kurzen Moment lang, anschließend nahm das Gefühl, dass sie es weiter als Geheimwaffe zurückhalten konnte, den Platz ein.

„Röcke gefallen dir, nicht wahr?", fragte Jana. Auf dem Noch-nie-getraut-Stapel lagen fast ausschließlich solche. „Ja, aber die sind so unpraktisch", bemängelte Caro. „Du machst doch jetzt auch keinen Triathlon", stellte Jana scherzhaft, aber mit Ernst in der Stimme fest. Da hatte sie recht, Caro musste heute nicht einmal die Strecke zum Restaurant mit dem Fahrrad fahren. „Den hier", befahl Jana und hob einen schwarzen Jeansrock nach oben. Caro drehte Jana den Rücken zu, damit diese das Kleid wieder öffnete. Das tat sie auch und der Schulterbereich lockerte sich. Dann zog Jana das Kleid mit dem Zeigefinger sachte von Caros linker Schulter. Als diese befreit war, drehte Caro ihren Kopf langsam nach Jana um und flüsterte ihr, die Gesichter nur weniger Zentimeter voneinander entfernt, zu: „Danke, dass du so eine gute Freundin bist." Beide lächelten. Dann küsste Jana Caro auf die Stirn und wandte sich ab. Caro zog das Kleid aus und schlüpfte in den Rock.

Jana hatte schon die nächste, fixe Idee. „Wir müssen deine Schultern betonen!" Sie griff wieder nach ihrer Stofftasche und zog ein luftiges, schwarzes Top heraus. „Das hier, das sollte doch gehen." Caro nahm es ihr von sich aus aus den Händen, was ihr wieder einen intensiven Augenkontakt bescherte. Dann zog sie es an und wusste nicht so recht, wie sie es hinrichten sollte. Beide Schultern schauten halb raus, die Hälfte einer Bauchseite war unbedeckt und der silberne Deko-Reißverschluss auf der Vorderseite schnürte die Luft unangenehm ab. „Haha, süß." Jana lachte wieder. Sie zog die Bluse an einer Schulter in die Höhe und auf der freien Bauchseite nach unten. Dann hing das Teil oben schief, aber Reißverschluss und der Übergang zum Rock ergaben plötzlich einen Sinn.

Caro betrachtete sich im Spiegel. „Ah, nur eine Schulter."
Ihre rechte Schulter lag frei, die andere normal bedeckt. Die
silberne Linie über die Brust sah elegant aus, das untere Ende
war weit und ließ Luft an den Bauch, wenn Caro die Arme
hob. Sie erkannte aber, dass das Outfit so nicht passte. Sie zog
den Rock aus und in stummem Verständnis reichte ihr Jana
einen dunkelorangen aus samtigem Stoff. Als sie den anhatte,
passte alles zusammen.

„Ich würd sagen – ohne Strumpfhose?" Damit las Jana Caros Gedanken, denn eine solche wäre vermutlich zu warm
gewesen. Außerdem gefielen ihr ihre Beine so. „Dann noch
Schuhe." Auf diese Worte Janas fiel Caros Blick reflexhaft auf
den Boden des Schrankes. Dort standen silberne Ballerinas. Sie
nahm sie heraus und zog sie an, auch wenn Jana mit einem
etwas abfälligen Ton darauf reagierte. Als sie sie anhatte, änderte Jana ihre Meinung: „Oh ja, genau so."

Dann brachte Jana eine Idee ins Spiel, deren Freundin Caro
nicht war: „Jetzt noch schminken." „Ich weiß nicht, ich mag
das eigentlich nicht." „Ich weiß schon, aber ich will dich doch
auch nicht maskieren." Caro hatte als einzige Gesichtskosme-
tik jemals ihre Kombi aus Selbstbräuner und Make-up – und
davon viel zu viel – benutzt, um ihr wahres Gesicht gänzlich
zu verstecken. Seitdem sie die wegließ, fühlte sie sich deutlich
freier. Caro blickte weiter widerwillig drein. Jana unternahm
einen letzten Überzeugungsversuch: „Bitte, ich hab so 'ne tolle
Idee. Nur ganz wenig, aber ich möcht was an dir betonen."
Caro blickte auf den Wecker. Noch vierzig Minuten, dann kam
Steffen sie abholen. „Na gut", willigte sie ein.

Wie hätte es anders sein sollen, als dass Jana auch ihre
Kosmetik im Stoffbeutel hatte. Sie schob Caro Richtung Bett
und drückte weiter, bis diese sich setzte. Dann rückte sie den
stummen Diener heran und ließ sich auf diesen nieder. „Nach
oben sehen!" Caro spürte, wie Jana etwas an ihren Wimpern
machte, dann an ihren Lippen. Es dauerte kaum drei Minuten.

„Wie findest du's?" Caro stand auf und stellte sich nah vor den Spiegel. Jana hatte ihr Versprechen gehalten. Caros ohnehin recht lange Wimpern waren einen Hauch dunkler und fielen mehr auf. Ihre ohnehin tiefroten Lippen glichen denen Schneewittchens.

Caro drehte sich um und fiel Jana fest zudrückend um den Hals.

Die übrige Wartezeit verbrachten die beiden bei einem Glas Saft in der Küche. Sie spekulierten unter anderem, ob sich Steffen dieselbe Mühe gegeben hatte, oder ob er – wie sie scherzhaft annahmen – im Trainingsanzug auftauchen würde. Außerdem beschrieb Caro noch einmal anschaulich den Abend in der Bar und das Gespräch vor den Umkleiden, bei dem sie kurz geistig abwesend gewesen war.

Im Fluge war die Zeit vergangen und es klingelte an der Haustür. Jana bestand darauf, öffnen zu dürfen; Caro sollte sitzen bleiben. So öffnete Jana und ließ Steffen eintreten. Sie erklärte ihm, dass er noch kurz warten müsse, sie wiederum solle sich auf seine Bitte hin keinen Stress machen. Als Jana zurück in die Küche gekommen war, flüsterte sie aufgeregt: „Du glaubst doch nicht, dass er jetzt doch seinen scheiß Trainingsanzug anhat." Caro konnte das wirklich nicht glauben und ahnte hinter der Aussage einen Scherz. Davon gab es aber kein Anzeichen in Janas Gesicht. Unabhängig davon, war es für Caro an der Zeit, zu gehen.

„Danke für alles und drück mir die Daumen", flüsterte sie Jana zu. „Du musst doch noch warten!", zischte Jana sie schon etwas lauter an. „Das baut Spannung auf." Caro bezweifelte, dass die Spannung bei Steffen oder ihr noch weiter ansteigen könne, blieb aber geduldig. Dann platzte Jana plötzlich los und erschreckte Caro: „Los! Auf, auf! Es ist doch so weit." Caro konnte das Signal nicht erkennen, das Jana aufgeschnappt haben musste, umarmte sie aber noch einmal und öffnete dann die Tür zum Eingangsbereich.

Steffen schaute Caro an, Caro wartete, was Steffen machen würde. Sie konnte beobachten, wie seine Augen sich weiteten, sein Mund sich synchron dazu öffnete. Ihr Dress wirkte. Weil sie nicht wusste, ob er von sich aus zu weiteren Handlungen fähig war, sagte sie zu ihm leise und langsam: „Hi." Auch er antwortete – wahrscheinlich – mit „hi", nur das jedenfalls hätte Sinn ergeben, doch seine Stimme krächzte. Er räusperte sich und wiederholte dann mit fester Stimme: „Hi Caro. Schön...", er machte eine kurze Pause „...dich zu sehen." Sie antwortete mit einem Lächeln. Nach einem weiteren Moment der Stille fragte er: „Wollen wir?" „Klar" und Caro griff nach ihrem Geldbeutel und Schlüssel, die auf dem kleinen Schränkchen lagen. Dann war Zeit für Panik, denn normalerweise packte sie die beiden Sachen immer in ihre Hosentasche oder einen Rucksack. Solche stellte ihre Montur aber nicht zur Verfügung.

Steffen erkannte die Lage und bot lässig an: „Ich kann sie nehmen." Caros Augen leuchteten und sie übergab ihm den Kram. Dann gingen die beiden außer Haus und setzten sich in sein Auto. Das Fahrzeug war klein und als sie losfuhren bemerkte Caro, dass es auch außerordentlich leise war. Das war ungünstig, denn für guten Small Talk fehlte ihr die Erfahrung. Zum Glück übernahm Steffen diese Aufgabe: „Deine Freundin...", er machte eine Pause, in der Caro ihren Namen „Jana" einsetzte, „... ist im Haus geblieben?"

Oh je, Caro hatte mit Jana nicht darüber gesprochen und hätte sie als gute Gastgeberin zuerst gehen lassen müssen. Oder? Aber sie schuldete Steffen eine Antwort und da fiel ihr nur diese ein: „Ja, die passt auf das Haus auf, solang ich nicht da bin." Steffen nahm das zur Kenntnis und fragte dann neugierig: „Und wer macht das, wenn du in der Schule bist? Auch sie?" Caro hatte noch genau null gute Antworten übrig. Steffen roch Caros Nervosität, ihm ging es nicht viel anders, und er wechselte das Thema.

„Du siehst großartig aus." „Danke." Genau diesen Dialog hatte sich Caro vorher immer wieder vorgestellt, auch wenn er eigentlich nicht im Auto stattfinden sollte. Sie bog das Gespräch allerdings nochmals in eine aus ihrer Sicht falsche Richtung, denn sie fügte hinzu: „Jana hat mich angezogen." Caro hörte sich das selbst sagen, stellte sich vor, wie Jana sie wie einen Säugling auf die Kommode hob und die Klamotten überstreifte. Jetzt wäre sie am liebsten im Autositz versunken. Steffen aber hatte genug Souveränität für beide: „Jana hat 'nen guten Geschmack."

Caro hatte es geschafft: Sie saß mit Steffen im Auto, auf dem Weg zu ihrem ersten Date. Und egal welchen kindischen Quatsch sie auch sagte, er hielt sie offenbar nicht für zu unreif und fuhr sie gleich wieder nach Hause. Es konnte klappen!

„Und du magst Spaghetti?", fragte Steffen in die Stille. „Ja...", Caro zögerte etwas, weil sie nicht genau wusste, worauf er hinauswollte, „...ich liebe Spaghetti." Ihr Date lächelte daraufhin und warf ihr einen kurzen Blick zu, bevor er seine Aufmerksamkeit wieder auf die Straße richtete. Dann sagte er: „Ich meinte eigentlich, ob du schon sicher bist, dass du heut Spaghetti isst. Die wollten wir ja kochen. Aber jetzt werden wir bekocht und wir können uns aussuchen, was wir nehmen." Inhaltlich klang Steffen vielleicht belehrend, sein Ton war aber sehr warm und aufrichtig. Das lud Caro zu folgender Aussage ein: „Mal sehen, ich hab noch nicht darüber nachgedacht. Vielleicht kann der Cameriere was empfehlen."

Dann waren sie auch schon da. Caro kam in den Sinn, dass sie bei der kurzen Wegstrecke auch zu Fuß hätten gehen können. Steffen stieg aus dem Auto und öffnete die Tür zu den Rücksitzen. Dann zog er den Reißverschluss seiner Trainingsjacke auf und ein Teil von Caro freute sich darüber, Gewissheit über die Beschaffenheit seiner Bauchmuskeln zu erlangen. Der Teil wurde enttäuscht, alle anderen Teile freuten sich darüber, dass er darunter ein sauberes, wenn auch leicht faltiges, weißes Hemd trug. Aus den Tiefen seines Gefährts holte er dann sogar noch ein schwarzes Sakko, das er darüber zog.

Als die beiden auf den Eingang des Ristorantes zugingen, öffnete ein kleiner, freundlich dreinblickender Mann die Tür. „Buonasera." „Hallo, guten Abend", antwortete Caro verlegen. Steffen grüßte nicht, bedankte sich aber, was dem wohl gleichkam. Dann wuselte der Mann den beiden hinterher, überholte sie, als sie mitten im Gästeraum stehen blieben und wies mit ausgestrecktem Arm zu einem Tisch, der etwas abseitsstand. Die beiden folgten der Armrichtung und eine junge Frau mit fröhlicher Ausstrahlung begrüßte sie dort wiederum. Caro brauchte etwas, um zu begreifen, dass auch sie hier arbeitete. Die Frau, mit langen, etwas heller blonden Haaren als Caro und einer süßen Stupsnase, griff nach dem Stuhl, den sie zuerst erreichten. Steffen wehrte das freundlich ab, indem er sagte „ich mach das schon" und selbst wiederum den Stuhl anfasste. Dann zog er ihn nach hinten und bedeutete Caro, die schon den Weg zum anderen Platz angetreten hatte, sich dort hinzusetzen.

Eigentlich wäre sie jetzt verlegen umgekehrt, aber sie wollte ganz bewusst mit dem Rücken zur Wand sitzen. Und auch wenn sie die Geste für sehr aufmerksam hielt, fühlte sie sich nicht wie eine Frau, die so bedient werden wollte. „Ich sitz da drüben", sagte sie bestimmt und setzte sich genauso dort hin. Steffen blieb nur kurz verwundert und hockte sich dann auf den Stuhl, den er ihr angeboten hatte. „Tut mir leid", sagte er. Caro freute sich über die Gelegenheit, einmal einen seiner Lieblingssprüche zu nutzen: „Mach dir keinen Stress." Er erwiderte ihr Lächeln, was ihres noch breiter werden ließ.

Die junge Dame, die im Übrigen kaum älter als Caro zu sein schien, kam wieder an den Tisch und brachte die Menükarten. Als sie Caro die Karte übergab, sahen sich die beiden gegenseitig in die Augen und Caro hatte das Gefühl, dass die beiden die Gedanken der jeweils anderen lesen konnten. Es war, als nutzten sie dasselbe Gehirn. Caro war fasziniert, die Kellnerin lächelte entzückt. Als sie davon war, richtete Caro eine Frage an Steffen: „Findest du auch, dass sie ganz besondere Augen hat?" Steffen atmete amüsiert aus und meinte scherzhaft: „Langweil ich dich schon jetzt so sehr, dass du beginnst mit der Kellnerin zu flirten?"

Darüber musste Caro lachen. Sie bewunderte Steffens Fähigkeit, Spannung immer mit Humor lockern zu können, ohne dabei den gebotenen Ernst zu verlieren.

Es waren erst wenige Augenblicke vergangen, seit die Kellnerin gegangen war, und sie kam schon wieder zurück. „Darf ich Ihnen schon etwas zu trinken bringen?" Steffen antwortete für die beiden: „So alt sind wir nicht, du kannst uns ruhig mit ‚Du' anreden." „Gerne. Dann darf ich mich vorstellen. Ich bin Amalia." Sie sagte das mit einer Weichheit in der Stimme, die Caro das Gefühl gab, dass die Frau in ihrer Freizeit ausschließlich mit Olivenöl gurgelte. Ihren Namen untermalte sie damit, dass sie ihren Kopf sanft nach vorne beugte und die Knie, wie bei einem Hofknicks, leicht anwinkelte. Dabei sah Caro auf ihre Beine und bemerkte, da von knapp über den Knien bis zu den Knöcheln alles sichtbar war, dass die Frau sehr muskulös war. Vielleicht war sie Athletin, womöglich auch Volleyballerin, so wie Steffen und sie?

Steffen antwortete in einem so freundlichen Ton, dass Caro Gefahr roch und es nicht ganz guthieß: „Bring mir bitte ein Malzbier." Amalia antwortete: „Gerne", wandte sich zu Caro, „und für dich 'ne Limo?" Caro kam aus dem Staunen nicht heraus. Mit offenem Mund nickte sie bejahend, bis Amalia einen Abgang machte. Steffen war neugierig: „Kennt ihr euch?" „Bis auf ihren Namen weiß ich nichts über sie." Das ließ er einfach so stehen.

Die Kellnerin kam derart schnell zurück, dass Caro irgendwie daran zweifelte, dass überhaupt genug Zeit gewesen war, zwei Getränke einzuschenken. Sie stellte den beiden jeweils zur Linken das Glas hin und erkundigte sich, ob sie auch beim Essen schon fündig geworden waren. Steffen, der vor dem Platznehmen sein Sakko ausgezogen und um den Stuhl gehängt hatte, zeigte mit seinen Händen auf sein weißes Hemd und fragte Caro: „Ist es in Ordnung, wenn ich das Risiko für Spaghetti nicht eingeh?" Caro lachte und nickte. Als Amalia ebenfalls lachte, versteinerte Caros Mine. „Dann eine Pizza mit Spinat für mich", bat er. Caro hatte es versäumt, die Karte auch nur aufzuschlagen und holte das schnell nach.

Die Situation wurde Caro langsam unheimlich, als Amalia, die ganz offensichtlich das Gespräch im Auto gehört haben musste, eine Empfehlung aussprach: „Unser Koch macht die beste Gemüselasagne." Genau darauf hatte Caro Lust, was sie noch ärgerlicher machte. Caro nickte ob der Befürchtung, dass man ihr den Ärger aus der Stimme hätte lesen können. Amalia verabschiedete sich unterdessen mit den Worten „kommt sofort", drehte sich schwungvoll um, sodass ihr Pferdeschwanz um ihren Hinterkopf flatterte und schritt federnd davon.

„Die ist super", freute sich Steffen. Womöglich bemerkte er, dass sich Caro inzwischen wie eine Dame aus der zweiten Reihe fühlte, denn er sagte genau die Worte, die die Anspannung in ihrem Hals auflöste: „Sie erinnert mich an meine Schwester." Ein Mann steht nicht auf seine Schwester, stellte Caro mit ihrer inneren Stimme fest. Dann ließ sie den Satz ein zweites Mal durchlaufen, fügte ein „oder?" an und erstickte die aufkeimenden Zweifel, indem sie ein neues Thema begann.

„Ich weiß noch so wenig über dich, obwohl ich dich schon so lang kenn", sagte sie zu ihm. Er verstand die implizierte Frage. Sein Gesicht sagte aus, dass sie fragen könne, was sie wolle. „Hast du ein Leben außerhalb des Volleyballs?" „Natürlich. Ich hab 'nen Job", er zögerte, „und Freunde." Caro vermutete, dass er das Wort „Familie" bewusst weggelassen hatte. Sie war dankbar für seine Rücksichtnahme, empfand es aber nicht als notwendig. Dann fragte sie nach: „Was ist dein Job?" „Ich sitz im Büro eines Pflegeheims und organisier alles, was formal so anfällt." „Du teilst sozusagen die Pflegerinnen ein?" „Nein, das macht deren Chefin. Ich klär alles mit den Versicherungen ab, helf den Angehörigen bei Fragen und organisier die Einzüge und all so was."

Das faszinierte Caro. Sie hatte bis dato nicht gewusst, dass es solch einen Beruf überhaupt gibt. Bevor sie eine weitere Frage stellen konnte, sah sie hinter Steffen schon wieder Amalia anwackeln. Das gibts nicht, dachte sie. Wie kann das Essen jetzt auch so schnell fertig sein? Das war es aber nicht. Die Kellnerin richtete nur die Grüße des Kochs aus, indem sie einen Teller auf den Tisch stellte, auf dem sich vier Bruschette, also geröstetes Brot mit gewürfelten Tomaten, befanden.

Steffen bedankte sich nickend und Amalia entfernte sich geräuschlos. Caro wollte Steffen jetzt endlich für sich allein haben. Sie fragte ihn: „Wohnst du allein?" Er sah sie verwundert an. Dann antwortete er: „Ja, also ich wohn nicht mit meiner Freundin zusammen." Caros Magen verkrampfte sich. Steffen bemerkte den Fauxpas und korrigierte sich schleunigst: „Ich hab ja keine Freundin." Als er sah, dass Caro ihn verwundert anstarrte, fragte er: „Oder dachtest du ich wohn bei meinen Eltern?" „Nein, aber vielleicht wie Biggi in 'ner WG." „Ach so, daran hab ich nicht gedacht." Er kratzte sich am Hinterkopf. „Nein, ich wohn allein. Ich hab aber super Nachbarn, also wenn mir langweilig ist, bin ich nicht einsam."

Beim Stichwort Einsamkeit hatte er ihr im wahrsten Sinne des Wortes einen Stich versetzt. Caro hatte keinerlei Kontakt zu irgendeinem Nachbarn, auch nicht zu lebenden Verwandten. Erst seit diesem Schuljahr war sie wieder echt unter Menschen. Ihr war völlig klar, dass Steffen sie nicht ins Herz treffen wollte. Das erleichterte es ihr, das Gefühl runterzuschlucken.

„Ich freu mich drauf, deine Nachbarn kennenzulernen", stellte sie freudig fest. Jetzt war wieder Steffen verblüfft, was

Caro zum Nachdenken anregte. Herrje, hatte sie soeben in den Raum geworfen, dass sie davon ausging, dass sie sich bald ausreichend oft und lang in seiner Wohnung aufhalten würde, um seine Nachbarn kennenlernen zu können? Caro wartete angespannt ab, wie Steffen die Situation wieder auf seine Art lösen würde.

Er tat nichts dergleichen. Stattdessen fragte er Caro: „Hattest du schon mal ein Date?" Sie war jetzt sehr verunsichert. In ihr wuchsen mit jeder Sekunde die Zweifel, dass sie das noch über die Bühne bringen konnte, ohne dass er sie fallen ließ; und ihr war nach Weinen zumute. „Noch nie, nein", war ihre Antwort. Gleich würde sie von einem Erwachsenen erklärt bekommen, wie man sich als solche zu benehmen hatte und dass sie das nicht, oder *noch* nicht konnte.

Aus Angst vor Kontrollverlust über die Situation entschuldigte sich Caro, ohne auch nur ein Stück Bruschetta probiert zu haben und suchte die Damentoilette auf. Dafür schritt sie zurück in die Mitte des Raumes, drehte nach links, Richtung Küche ab und ging von dort – den Schildern nach – die Treppe hinunter. Die Kammer roch gut: sauber und nach Lavendel. Das half ihr aber nicht. Sie stützte sich mit den Händen auf ein Waschbecken und sah sich im Spiegel in die Augen. Auf einmal begann sie sehr schnell und sehr oberflächlich zu atmen, ihr wurde schwindelig.

Die Tür öffnete sanft und Amalia kam herein. Das half Caro noch weniger, sie konnte sich auf ihre Wut auf die Kellnerin jedoch nicht konzentrieren, merkte nur, wie sich ihre Hände verkrampften. Amalia sah sie mitleidig an und sprach: „Er mag dich, du musst dir keine Sorgen machen." Caro sah sie verstört an und atmete erst einmal überhaupt nicht mehr. Amalia fuhr fort: „Es gibt kein Missverständnis, das man nicht aus dem Weg räumen könnte." „Hast du uns belauscht?", fragte Caro giftig. „Nein", sagte Amalia und fügte dem nichts weiter hinzu. Auf Caro wirkte das glaubwürdig. Wenn sich die hübsche

Kellnerin darum sorgte, wie es Caro ging und ihr gut zuredete, war sie vermutlich gar keine Konkurrentin. Sie versuchte sie in einem neuen Licht zu sehen.

Sie fragte Amalia, wie sie es auch Jana fragen würde: „Was würdest du machen, wenn du ihm viel zu früh und ohne Absicht angedeutet hättest, dass du davon ausgehst, dass du mit zu ihm nach Hause gehst?" Amalia überlegte nicht lang. „Ehrlich sein. Wir haben hier viele Gäste, ich kann Menschen gut einschätzen. Er ist auch ein ehrlicher Typ und schätzt das." „Wieso hilfst du mir?" „Weil die Welt dann eine bessere ist, als wenn ich's nicht tu." Caro nahm ihr jedes Wort ab. Sie fühlte sich beruhigt und bereit, zurück nach oben zu gehen.

Amalia verschwand in einer Kabine, Caro ging, ohne etwas zu verrichten, zurück nach oben. Auf dem Weg fiel ihr endlich ein, woran sie die Situation eben erinnert hatte: Stephenies aufbauende Worte auf der Toilette in der Bar. Der Ort schien ihre persönliche Therapeutencouch zu sein.

Als sie sich Steffen wieder gegenübersetzte, lächelte der einfach. Sie holte tief Luft, um zu sprechen; vor ihr knüpfte aber er direkt an das Gespräch an, das er offensichtlich nicht vergessen hatte: „Ich hatte zugegebenermaßen schon mehrere Dates." Caro hob die Augenbrauen und lauschte weiter. „Mir ist aufgefallen, dass sich bei so was doch beide einig sind, dass sie sich gerne besser kennenlernen wollen. Und wo geht das besser als zu Hause?" Mit der Frage hatte er recht, fand Caro. Er setzte fort: „Warum sollte man dann so tun, als wäre es ein Geheimnis, dass man neugierig auf die Wohnung ist?" Jetzt verstand Caro nicht mehr, was er meinte. Immerhin hatte sie daraus alles andere als ein Geheimnis gemacht. Aber es kam Licht ins Dunkel, als er sagte: „Tut mir leid, dass ich so eigenartig darauf reagiert hab. Ich freu mich auch darauf, wenn du meine Nachbarn kennenlernst."

Caro war erleichtert und fragte sich, ob sie Amalias Hilfe überhaupt gebraucht hätte. Vermutlich schon, dachte sie, sonst hätte sie wahrscheinlich die Luft im ganzen Keller weggeatmet. Ihre eigene Luft verwendete sie dann für folgende Worte: „Ich bin mit der Tür ins Haus gefallen. Ich find auch, dass man kein Spielchen daraus machen sollte." Und sie biss genüsslich in die Vorspeise.

Die beiden genossen ihre Einigkeit und verputzten alle vier Teile. Mit perfektem Timing näherte sich Amalia mit dem freundlichen Türöffner im Schlepptau. Sie ließ ihn vor und den leeren Teller vom Tisch nehmen, ehe sie die mitgebrachten Hauptgerichte auftischte. „Guten Appetit", sagten beide im Chor. „Danke", erwiderten Steffen und Caro, ebenfalls mit einer Stimme. Sie lachten einander an. Dann verabschiedete sich Amalia vom Tisch mit einem Lächeln an Caro, das einem Augenzwinkern gleichkam.

Die beiden genossen das Essen und tauschten Details ihrer Leben miteinander aus. Von Steffen erfuhr sie, dass er ab und an ehrenamtlich Nahrung an Bedürftige ausgab und insgeheim viel Zeit an seiner Spielkonsole verbrachte. Caro hatte ihm das Gröbste aus ihrem Leben ja bereits erzählt, konnte das Allergröbste allerdings noch nicht erzählen, überließ ihm deshalb einige Infos über den Schulalltag und er freute sich, dass der Test am Vormittag – der Caro vorkam, als wäre er schon viel länger her – für sie so gut gelaufen war.

Nachdem sie fertig waren und Amalia die leeren Teller gegen eine Dessertkarte getauscht hatte, fragte Steffen, ob Caro noch Lust auf eine Nachspeise habe. „Ja", war ihre Antwort, und: „Also lass uns bezahlen." Steffen sah sie an wie ein Krokodil, dann fiel fast hörbar der Groschen. Er entschuldigte sich und stand vom Tisch auf.

Nach wenigen Minuten kam er zurück und warf sich sein Sakko um. „Na dann, brechen wir auf!" „Ich hab noch nicht bezahlt", stellte Caro fest. „Ich aber", antwortete Steffen, „wir sind fertig." „Danke." Das galt nicht nur der Essenseinladung, sondern gleichermaßen für den bisher so schönen Abend, den die beiden verbringen konnten. Auch sie stand auf und folgte ihm hinaus. Als sie schon fast am Auto waren, rief ihnen Amalia hinterher, die sich in die Tür gestellt hatte: „Machts gut ihr beiden, bis bald mal wieder." Caro und Steffen winkten zurück, setzten sich dann ins Auto.

Nach einer kurzen Fahrt, mit keinen Worten, aber viel Spannung in der Luft, kamen sie an. Als Caro ausstieg, vergewisserte sie sich, dass tatsächlich kein Plakat am Straßenrand zu sehen war, durch das Steffen darauf hingewiesen wurde, wie sie sich den Abend vorstellte. Nachdem sich die beiden zuvor schon geeinigt hatten, stellte er keine kitschigen Fragen nach Kaffee.

In der Wohnung angekommen, die wie Biggis in einem dritten Stockwerk lag, schnappte sich Steffen ohne Umwege eine Decke vom Sofa seines kleinen Wohnzimmers, kam zurück in den Flur, nahm Caro an der Hand und führte sie über die Küche hinaus auf seinen winzigen Balkon. Er hatte das so nicht geplant, denn er rückte erst noch zwei Stühle zurecht, damit sich die beiden mit Blick zur Straße an die Hauswand lehnen konnten. Sie legten ihre Füße gemeinsam auf eine Geländer-Stange auf ähnlicher Höhe wie die Sitzfläche der Holzgestelle und er deckte beide Körper mit der Decke zu.

Durch die neue Position sah Caro nicht mehr nach unten auf die Fahrbahn, sondern nach oben in die Milchstraße, deren glanzvoller Anblick von keiner Wolke verdeckt wurde. Caro dankte dem Universum hierfür und auch dafür, dass die Stühle keine Seitenlehnen hatten, wodurch sie sich fest an ihren Trainer kuscheln konnte.

Nachdem sie ihr Dasein so für einige Minuten genossen hatten, begann er, durch ihr Haar zu streichen. Das machte Caro müde und ließ sie, obwohl ihr das Herz vor Aufregung bis zum Hals schlug, für kurze Zeit wegnicken. Als sie wieder aufwachte, war ihr trotz Decke und Steffens Körperwärme und auch weil sie luftiger bekleidet war als gewohnt, kalt. Sie hob ihren Kopf und blickte auf in sein Gesicht. Er senkte seinen Kopf und erwiderte den Blick. Sie erkannte nicht, dass er sie gerade jetzt zum ersten Mal küssen wollte und fragte stattdessen: „Können wir reingehen?" Er zog seinen Kopf, den er schon weit zu ihr gelehnt hatte, zurück und stand auf. Wieder führte er sie an der Hand durch die Wohnung, die Decke ließ er draußen liegen.

Sie gingen in sein Schlafzimmer und er machte die Nachttischlampe an, die den Raum in einem warmen Orange passiv beleuchtete. Sie stand vor dem Bett, ihre Knöchel berührten sich und sie wartete auf ihn. Er kam auf sie zu, nahm ihren Kopf in beide Hände und küsste sie auf den Mund. Es war anders, als sie es sich vorgestellt hatte, aber auch schöner. Er war sanft und weich und es störte sie kaum, dass er nach dem Knoblauch der Bruschette schmeckte.

Caro wachte morgens zur Dämmerung auf, weil ihr Nacken davon wehtat, auf Steffens Arm zu liegen. Sie legte sich anders hin, er aber wurde dadurch nicht einmal unruhig. Offenbar war er noch im Tiefschlaf. Sie erinnerte sich an Filmszenen, in denen meist ein Mann behauptete, er könne einer Frau für immer beim Schlafen zusehen. Ja, es war schön, ihn so friedlich ruhen zu sehen. Aber nach einigen Minuten reichte es auch wieder.

Caro schälte sich unter der Bettdecke hervor, klaubte Shirt und Rock vom Boden auf und ging aus dem Zimmer. Dort war es taghell, was sie blendete. Nachdem sie ihren schützenden Arm von den Augen nehmen konnte, ohne zu erblinden, sah sie, dass sie nicht ihre eigenen Klamotten mit hinausgenommen hatte. Das machte ihr aber nichts aus und sie bereitete sich in der kleinen Küche – insgesamt war Steffens Wohnung sehr beschaulich – einen Tee zu, nachdem sie sich Steffens weißes Hemd und seine Boxershorts von gestern über die eigene Unterwäsche gezogen hatte.

Mit dem Getränk setzte sie sich auf den Balkon und deckte sich zu. Sie dachte nach. Es war eine schöne Nacht. Genau wie sie, hatte er sich vermutlich „mehr" vorgestellt; umso dankbarer war sie, dass er ihr Tempo mitging und ihre Grenzen respektierte.

Auf dem Balkon gegenüber tat sich etwas: Ein kleiner Junge kam hinaus, stellte sich auf einen Stuhl und sah über das Geländer. Wahrscheinlich beobachtete er die Menschen, die sich da unten vereinzelt zu Fuß, mit dem Fahrrad und mit dem Auto fortbewegten. Caro hingegen beobachtete den Buben. Als dieser genug hatte blickte er auf und bemerkte sie auf dem Balkon sitzen. Der Junge lächelte und winkte herüber. Auch Caro hob die Hand und bewegte sie langsam von links nach rechts. Dann verschwand der Junge wieder durch die Tür nach innen.

Caro überlegte, ob es noch besser kommen konnte. Nachdem sie ganz unten angelangt war, war sie nun in all ihren Lebensbereichen wieder oben auf: Sie war gesund, sie hatte gute Noten, sie war ein wichtiger Teil eines sehr erfolgreichen Damenteams und sie war ihrer großen Liebe näher als je zuvor.

Apropos, just in dem Moment kam Steffen hinaus auf den Balkon. Er trug Shorts und ein schlichtes, ausgeblichen-blaues T-Shirt. „Du hast meine Sachen an", stellte er amüsiert fest, während er sich mit einer Tasse Kaffee neben sie setzte. Dann wünschte er ihr einen „guten Morgen" und küsste sie. Ei, war Caro überhaupt aufgewacht? Es war schön wie in einem Traum. Dann antwortete sie: „Ja, ich hab wohl danebengegriffen." „In deine Sachen hätt ich glaub ich nicht reingepasst." Caro lachte. Er hatte recht, seine Schultern waren eineinhalbmal so breit wie ihre, der Rock wäre schon an einem Oberschenkel eng angelegen, wenn er diesen anspannte.

Sie saßen eine Weile so da und schlürften ihre Heißgetränke. Caro wurde innerlich immer ungeduldiger, was er aber nicht bemerkte. Dann war sie letztlich doch bereit, ihre letzte Hülle fallen zu lassen. Sie durchbrach die Stille sanft: „Steffen?" „Mhm." „Ich hab dir in der Bar erzählt, dass mir diesen Sommer noch etwas Schlimmes passiert ist." Als Antwort wandte er seinen Kopf zu ihr und schenkte ihr die volle Aufmerksamkeit für folgende Worte: „Ein Mitschüler...", sie schluckte stark. „...Nick...", sie brach ab und schwieg eine Weile, Steffen blickte sie unverändert geduldig an. Dann konnte sie weitersprechen: „... war bei mir zu Besuch. Ich hab ihm mein Zimmer gezeigt und dann ist er weiter gegangen, als wir letzte Nacht, ohne dass ich es wollte." Caro weinte innerlich, nach außen blieben ihre Augen trocken. Auch wenn sie es nicht explizit ausgesprochen hatte, erleichterte es sie und sie war sicher, dass Steffen sie verstanden hatte.

Er drehte den Kopf wieder nach vorne und starrte für eine Weile die Hauswand gegenüber an. Caro war es unmöglich zu erkennen, was er gerade dachte. Dann drehte er sich wieder zu ihr, ballte die Hände zu Fäusten und öffnete den Mund. Caro war sehr gespannt auf seine Reaktion. Die lautete: „Ich bring ihn um!" Er war dabei ernst und lauter als zuvor, seine Stimme war fest und entschlossen. Caro war besorgt und hoffte, dass ihre Offenheit kein Fehler gewesen war.

Da legte sie ihren rechten Zeigefinger senkrecht auf seine Lippen und flüsterte ihm zu: „Nein, wirst du nicht." Ob die Botschaft zu ihm durchsickerte, vermochte sie nicht zu beurteilen, aber zu hoffen. Er blickte wieder zurück an die Hauswand und blieb angespannt. Caro lehnte sich an seine Schulter und ergriff seine Hand. Der Morgen hatte seine Gemütlichkeit verloren.

Als der Gedanke Steffen offenbar für weitere lange Minuten nicht losließ, ging Caro zurück hinein. In der Küche stellte sie ihre Teetasse neben die Spüle und holte sich ein frisches Glas, um einen Schluck kalten Leitungswassers zu genießen. Dann platzierte sie das leere Glas neben die leere Tasse und ging ins

Schlafzimmer. Sie zog Steffens Hemd aus und warf es in den Wäschekorb in der vom Fenster abgewandten Ecke, links neben der Tür. Dasselbe tat sie mit den Shorts. Dann bückte sie sich nach ihrem Rock und bemerkte, als sie sich wieder aufrichtete, dass Steffen soeben zur Tür reinkam.

Sein Lächeln deutete an, dass er nun entspannter war. Er musterte seine Caro, die sich in der dunkelgrünen Unterwäsche inzwischen wohlfühlte, genau. „Du siehst wundervoll aus", sagte er zu ihr. Sie allerdings wurde das Gefühl nicht los, dass sich zwischen den beiden eine Distanz entwickelt hatte, seit sie von Nicks Untat erzählt hatte. Trotzdem lächelte sie. Wie am Vorabend ging er auf sie zu, nahm ihren Kopf und küsste sie. Es war nicht mehr so aufregend, aber sie fühlte sich geborgen, so, als hätte sie ihn schon lange an ihrer Seite.

Dann schlüpfte sie endlich in ihren Rock. Sie bückte sich nach der schwarzen Bluse und Steffen fragte: „Soll ich dich nach Hause fahren?" Caro schüttelte, ohne ihn anzusehen, den Kopf. Ihr war mehr nach zu Fuß gehen. Dann fiel ihr aber etwas ein: „Aber du könntest mich zur Halle fahren." Jetzt hob sie ihren Kopf und sah ihn mit großen Augen fragend an. Er konnte nicht widerstehen und stimmte mimisch zu. Sie schlüpfte in das Teil und beide verließen gemeinsam das Schlafzimmer.

Steffen parkte vor der Halle auf dem Parkplatz, auf dem sie in Stephenies Auto gestiegen waren. „Weißt du noch?", fragte er lächelnd. „Ja", gab Caro zu, ging aber nicht weiter darauf ein. Inzwischen hatte sich in ihr eine regelrechte Angst breitgemacht, dass Steffen demnächst zum Mörder würde. Caro wusste nicht, wie sie das verhindern sollte. Abwarten?

Sie stieg aus und ging zu ihrem Fahrrad. Steffen hievte sich ebenfalls aus dem Vehikel, lehnte sich mit verschränkten Armen auf das Autodach, legte den Kopf darauf ab und schaute ihr nachdenklich nach. Sie machte Timos Fahrradschloss, das sie aus Bequemlichkeit inzwischen nutzte, per Zahlendreher auf und setzte sich hinauf. Mit dem Rock war das so ungünstig wie damals; für jemanden, der entgegenkam, schimmerte es wahrscheinlich grün. Das wollte sie nicht. Sie drückte sich vom Boden ab und rollte langsam zurück zu Steffen. Der lächelte und hieß sie erneut willkommen: „Ich dachte schon, du fährst, ohne dich zu verabschieden."

Caro schämte sich, dass sie daran nicht gedacht hatte. Sie flunkerte: „Niemals." Dabei grinste sie verdächtig verlegen. „Du hast noch meine Geldbörse und meinen Schlüssel bei dir, nicht wahr?" „Stimmt." Steffen bückte sich in das Auto und holte das Zeug aus der Konsole zwischen den Vordersitzen. „Soll ich dir das einfach heimfahren?" „Nicht nötig", lehnte Caro ab. Sie nahm beides entgegen, als Steffen es ihr hinstreckte. Dann öffnete sie das Münzfach und zog das größte Geldstück heraus, das sie dabeihatte. Bei den Scheinen hatte sie ein Haargummi, das sie ebenfalls herausfischte.

Steffen war fasziniert, als Caro die Münze unter ihrem Gesäß in den Stoff drückte, sodass sie sie von vorne greifen konnte. Dann wickelte sie das Haargummi herum, verdrehte es, damit es enger wurde und wiederholte das einige Male. Die Münze sah jetzt aus wie ein Knopf und Caro hatte sporadisch eine Hose an.

„Was es nicht alles gibt", freute sich Steffen und ließ den Mund offen. Caro fragte dann: „Kannst du mir vielleicht deine Trainingsjacke leihen?" Steffen war überrascht, er war in Caros Vorhaben nicht eingeweiht und sah ihre Schritte nicht voraus. Er holte die Jacke vom Rücksitz, wo er sie am Vorabend hingelegt hatte, nachdem er sie mit dem Sakko getauscht hatte. Er sah gespannt aus, er vermutete wohl einen weiteren kreativen Handgriff. Aber Caro schlüpfte einfach hinein, steckte den Schlüssel in die linke Seitentasche, die Geldbörse in die rechte und zog beide Zipper zu.

Caro war fast reisebereit, sie wollte sich nur noch ein gutes Gefühl abholen, mit dem sie in das restliche Wochenende starten konnte. Sie legte sich mit dem Bauch auf den Lenker, lehnte sich weit vorn über und spitzte die Lippen zu einem Kussmund. Steffen freute sich, weil er auch damit nicht gerechnet hatte, kam die fünf Schritte, die er von ihr entfernt stand hastig angelaufen und küsste sie fester als bisher immer. Nachdem sich die zwei nach einigen Sekunden voneinander gelöst hatten, sahen sie sich noch ein paar lange Momente in die Augen. Immer wieder begannen sie abwechselnd zu grinsen. Caro vermutete, dass er dasselbe, frisch verliebte Gefühl empfand – nur ohne mulmige Angst.

Dann stieß sie sich erneut vom Boden ab, setzte sich obenauf, fuhr von ihm weg und drehte den Kopf ein letztes Mal zu ihm. Sie fasste sich mit dem linken Zeige- und Mittelfinger an die Stirn, streckte sie dann Steffen entgegen und verabschiedete sich mit dem Wort „cheerio". Steffen winkte ihr kurz hinterher, dann konzentrierte sie sich auf die Straße.

Endlich wieder daheim, richtete sie sich einen Liegestuhl auf der Terrasse ein. Es war schwer, das Date und den heutigen Morgen gedanklich und gefühlsmäßig einzuordnen. Nichts als das hatte sie sich sehnlicher gewünscht. Und dennoch saß sie jetzt mit Angst zu Hause. Sie hatte sich attraktiv gefühlt, Steffen sah das glücklicherweise auch so, sie war Jana sehr dankbar dafür. Das Date hatte seinen Durchhänger überwunden, der Abend wurde kuschelig und dafür war sie Amalia dankbar. Sie fühlte sich Steffen nahe, hat sich ihm anvertraut und er hat eine Seite von sich gezeigt, die Caro nicht erwartet, nein, sich nicht gewünscht hatte. Statt ein guter Zuhörer zu sein, war er in ihrem Namen auf Rache aus. Caro überlegte, was eine Alternative dazu sein könnte.

Den ganzen Nachmittag dachte sie aus verschiedensten Blickwinkeln über all diese Dinge nach und schlief zwischendurch immer wieder ein.

Rache

Als sie am nächsten Morgen aufwachte, wollte sich Caro zu Steffen drehen und sich an seine Brust kuscheln. Als sie ihn nicht erreichte, wollte sie ihn mit ihrem Arm ertasten. Erst als auch das nichts half, öffnete sie ihre Augen. Sie lag allein in ihrem eigenen Bett und vermisste ihren Schwarm schon am ersten Morgen, an dem sie nicht neben ihm lag.

Caro war ein Metallstück und Steffen zog sie an wie ein starker Magnet. Aber sie hatte weiterhin Angst vor seiner (möglicherweise) gewalttätigen Seite. Eigentlich musste Nick Angst haben und das womöglich auch zurecht. Für Caro war das nicht in Ordnung und sie zerbrach sich darüber ihren Kopf.

Zu gern wäre Caro wieder in Biggis WG aufgetaucht und hätte ihr, Stephenie und Giulia von dem erzählt, was in ihr vorging. Aber sie konnte nicht fast jeden Wochenendtag vormittags dort in Erscheinung treten, das ging doch nicht. Auch Jana hatte sie diese Woche schon an fünf Vormittagen und einem Nachmittag gesehen, die brauchte sicher genauso mal eine Pause.

Mit wem sollte sie reden? Caro widmete sich ihrem Tagebuch. Es tat gut, von den Gedanken mal nicht beschossen zu werden, sondern sie fein säuberlich niedergeschrieben zu beobachten. Das Rauslassen in Schriftform entschleunigte ihr Gedankenkarussell ungemein, verhalf aber weder zu mehr Klarheit noch zu einer Lösung.

Das Telefon klingelte. Lud Biggi doch wieder zum Brunch ein? Diesmal würde Caro vorher duschen, so viel war gewiss. Als sie abhob, war es nicht Biggi, es war Jana. „Ich hab dich gestern Vormittag nicht erreicht. Kann es sein, dass du nicht daheim warst?", fragte sie andeutungsschwanger. „Kann sein."

Caro legte einen geheimnisvollen Ton ein und fühlte sich auch so. Jana drängte: „Du musst mir alles erzählen." „Na ja, also als er mich abgeholt hat, warst du ja noch da." „Kann ich vorbeikommen? Am Telefon ist das doch nicht dasselbe." „Tu dir keinen Zwang an", antwortete Caro belustigt. Jana legte auf. Wahrscheinlich war sie sofort auf dem Weg. Caro beschloss, sich vorher noch frisch zu machen.

Um aus dem Gammelmodus des Vortages zu kommen, stellte sie das Duschwasser diesmal auf maximal kalt. Ihre eigenen Hände fühlten sich dadurch beim Einseifen angenehm warm an. Mit einer ordentlichen Gänsehaut verließ sie hellwach und sauber das Bad und warf sich in Freizeitschale. Ob Jana schon gefrühstückt hatte?

Caro warf sich Steffens Trainingsjacke über die Schulter und ihre Füße eilten die Straße hinunter zur Bäckerei. Sie bezahlte unter anderem mit der Münze, die ihr gestern die Würde gerettet hatte und brachte die Ware nach Hause. Es war noch keine Jana in Sicht. Caro holte den Schlüssel aus der Seitentasche, den sie nach dem Öffnen der Tür gleich wieder hineinsteckte. Steffens Jacke hatte das Potenzial ihre neue Handtasche zu werden.

Sie machte die Türen zur Terrasse weit auf, zog den Wohnzimmertisch dorthin und stellte Stühle dazu. Obendrauf legte sie das Gebäck und alles Essbare, was sie im Kühlschrank sonst so finden konnte. Dann wartete sie – noch eine gute halbe Stunde. Als sie die Türe öffnete, weil es geklingelt hatte, stand Jana davor, mit einer – wie sollte es anders sein – Tüte Brötchen in der Hand. „Na ich hoffe du hast viel Hunger", meinte Caro zu ihr. Jana hob die Tüte zwischen ihre Gesichter, runzelte die Stirn und stellte fest: „So viel ist das doch gar nicht." „Komm einfach rein." Caro musste lachen, denn sie stellte sich Janas lustiges Gesicht vor, wenn sie gleich den gedeckten Tisch sah.

Lustiger als ihr Gesicht war dann aber ihre Aussage: „Crash ich grad 'ne Party?" Sie sah sich theatralisch um und machte deutlich, dass sie niemanden erblickte. Dann drehte sie sich zu Caro, die etwas ratlos antwortete: „Ich wusste nicht, dass du auch was mitbringst. Und das alles" – sie zeigte auf die Sachen aus dem Kühlschrank – „hatte ich eh da." „Dann lad halt noch wen ein." Caro wusste, dass Jana diesen Vorschlag als Scherz gemeint hatte und verstand ihn auch so. Die beiden sahen sich nachdenklich an. Caro meinte, dass sie ja noch ein paar ihrer Mädels einladen könne. Lustigerweise sagte Jana im selben Moment, dass die beiden ein paar Jungs dazu holen könnten.

„Yeah, Hausparty!" Die Rothaarige wirkte aufgedreht. Das kam für Caro nicht infrage, aber wenn Jana sie nach der Woche noch nicht satthatte, warum die Freundinnen vom Volleyball? Caro schnappte sich das Telefon und tippte Biggis Nummer ein, die sie von dem Zettel ablas, der inzwischen nicht mehr über ihrem Schreibtisch, sondern neben dem Hörer hing.

„Ja?" Biggi klang überrascht. „Hey Biggi, ich fand unser Brunch letzte Woche echt toll. Ich wollt das heute vielleicht bei mir machen." „Ich bin Giulia, nicht Biggi. Aber das klingt gut, wir kommen rüber." Sie legte auf.

Caro stand da mit dem Hörer am Ohr und dem Kinn runterhängend. Das war ihr etwas zu schnell gegangen. Sie hängte das Telefon auf und drehte sich langsam zum Tisch. „Na?", fragte Jana. „Sie kommen rüber." „Wer ist ‚sie'?" „Keine Ahnung." Die zwei sahen sich kurz an und lachten beide los.

Nach unglaublich schnellen fünf Minuten, die Jana und Caro damit verbracht hatten, Brötchen aufzuschneiden und damit anzufangen, Eier zu kochen, klingelte es schon wieder an der Haustür. Caro öffnete und dieselbe Truppe wie beim letzten Mal wollte hereingebeten werden. Das tat sie und sie sah zu wie Giulia, Biggi und schließlich Stephenie eintraten, ihre Schuhe auszogen und nach einem kurzen Frage-Antwort-Spiel ins Wohnzimmer wanderten. Caro kam hinterher und beobachtete, wie sich die vier jetzt anwesenden Frauen gegenseitig miteinander bekanntmachten. Die Gastgeberin holte drei Stühle aus der Küche und setzte sich einfach. Sie traute den anderen zu, es ihr ohne Aufforderung gleichtun zu können.

Dann saßen nach einigen Augenblicken auch alle und es kehrte für einen kurzen Moment Stille ein. Caro nutzte das für den Versuch, ihre Neugierde zu befriedigen: „Steph, wie konntest du so schnell hier sein?" „Ich war fast schon in der WG, als du angerufen hast." Und als Caro stutzte, fügte sie hinzu: „Wir brunchen dort fast jeden Sonntag." Damit hatte sich das Puzzle für Caro zusammengesetzt.

Mit einer einladenden Geste und der Aufforderung „Bedient euch!" eröffnete Caro das späte Frühstück. Stephenie war ungeduldig und wollte vor einem Brötchen noch eine Antwort haben. „Jaja, jetzt erzähl mal Caro, wie lief's, wie wars?"

Caro erzählte ausführlich vom Date und dem Morgen danach, ging in Details und kam dabei kaum dazu, zu essen. Die anderen hingen dagegen an ihren Lippen und bekamen – quasi als Nervennahrung – ordentlich was weggeschaufelt. Nach bestimmt einer halben Stunde beendete Caro ihre Ausführungen mit der Fragestellung, die sie so beschäftigte: „Und jetzt hab ich Angst, dass er ihm ernsthaft was antut."

Die vier Gästinnen überlegten und tauschten stumm, teilweise kauend, Blicke aus. Dann schluckte Biggi runter und teilte ihren Gedanken: „Am Spielfeldrand ist Steff schon mal emotional und geht aus sich raus. Aber er hat sich unter Kontrolle und weiß was sich gehört." „Das sehe ich ähnlich", meinte Stephenie, „der macht ihn vielleicht mit Worten zur Schnecke, falls sich die beiden mal über den Weg laufen. Aber Blut wird keins fließen."

Da es in der Gesprächsgruppe reihum zu gehen schien, schauten jetzt alle auf Giulia. Die zuckte mit den Achseln und gab zu: „Keine Ahnung. Ich bin ihm zwar schon einige Male begegnet, aber habe mich mit Steffen nie ausgetauscht. Aber selbst wenn, dieser Nick hat es doch verdient, oder?" „Ich denk schon", antwortete Caro, aber sie war unsicher. „Ich mag auch keine Gewalt", warf Biggi wieder ein. Und: „Ich kann dich verstehen."

Das hatte Caro gebraucht: das Gefühl, verstanden zu werden. Danach waren alle, auch Caro, gespannt auf Janas Einschätzung. Die schien noch in Gedanken versunken zu sein, erkannte dann aber, dass sie gefragt war und legte los: „Ganz ehrlich? Ich fass es immer noch nicht. Der Nick, der nie den Mund aufmacht, wenn aber doch, wirklich freundlich wirkt, ist so ein Dreckskerl?" Das klang ein wenig so, als würde sie Caros Schilderungen bezweifeln. Dass Caro das dachte, nahm Jana ungefähr wahr und stellte klar: „Ich hab ihm das nicht zugetraut. Und ich wär auch früher für dich da gewesen; ich bin froh, dass du's erzählt hast. Ich find, es muss Konsequenzen für ihn haben."

Stephenie hatte eine weitere Einlassung: „Es sind leider oft die, von denen man's am wenigsten erwartet." Das Gespräch hatte in Caro Sand vom Grund des Sees aufgewirbelt. Sie war sehr froh, dass sie das Thema endlich ansprechen konnte und ihre Freundinnen sie nicht wie befürchtet für beschmutzt hielten, sondern zu ihr standen. Gleichzeitig hatten sie aber auch den Zweifel genährt, ob Nick nicht doch büßen müsse.

Biggi gelang es daraufhin, geschickt das Thema auf den Volleyball zu lenken; später irgendwann landeten dann alle bei ihren Freunden, Männern, Verehrern. Als Biggi davon erzählte, dass einer ihrer ersten Macker einmal einen Strauß Löwenzahn für sie gepflückt hatte, fiel Caro etwas ein. Sie stand auf und verließ mit einem „komm gleich wieder" das Wohnzimmer. Nach einer halben Minute kam sie mit einem fein säuberlich zusammengelegten Häufchen Wäsche herein. Unten die kurze, blaue Hose, darauf das gelbe Shirt, darauf wiederum der gelbe BH und das entsprechende Höschen; alles, was Biggi ihr vor einer Woche geliehen hatte.

Die Runde war über Caros Timing, die Sachen herzuholen, belustigt. Jana meinte halb verwundert, halb auf einen Lacher aus: „Moment – bei wem hast du am Freitag noch gleich übernachtet?" Tatsächlich lachten wieder alle, die Runde war sehr heiter. Da es gerade Thema war, erklärte Caro, dass sie Janas Sachen erst noch waschen müsse, bevor sie sie ihr zurückgeben könne.

„Du meine Güte, nein!" Jana war entrüstet, was Caro nicht einzuordnen wusste. Erst als sie weitersprach, kam Licht ins Dunkel: „Ich hab die Sachen doch für dich gekauft. Was ich dabei hatte, war doch neu." Caro war überrascht und ihre Dankbarkeit wuchs um ein weiteres, großes Stück. Jana stand auf, ging zu Caro und umarmte sie von hinten. Dann wischte sie ihr eine Träne aus dem Auge, die sich gerade ihren Weg bahnen wollte. „Du bist das wert und ich bin doch für dich da."

Schöner als dieser Moment wurde es nicht mehr, aber die Runde ging bis in den frühen Nachmittag so munter weiter. Als der Hühnerhaufen abgezogen und das Haus wieder leer war, wusste Caro nichts mit ihrer Zeit anzufangen. Es stand kein Spiel an, kein Wissenstest, kein Date war ausgemacht. Dann kam ihr, dass sie schon länger nicht am Grab war. Sie schämte sich, dass sie ihre Familie vergessen hatte. Andererseits freute sie sich auch, denn in ihrer größten Leidenszeit hatte sie sich das ausdrücklich gewünscht.

Sie ging also noch zum Friedhof, berichtete über die aktuellsten Ereignisse und passte die Geschichte mit Steffen auf eine elterntaugliche und jugendfreie Erzählung an. Das Leid durch Nick ließ sie aus. Dabei stellte sie sich die Frage, auf welche Weise ihr Vater wohl reagiert hätte, wenn er zu Lebzeiten von so etwas erfahren hätte. Entweder brachte er ihn wirklich um, also wörtlich. Oder er hielte Caro eine Standpauke und verließ sich darauf, dass sie aus ihrem Fehler lernte, dass man keine Fremden ins Haus ließ. Beides war nicht schön; deshalb vermisste sie ihren Vater am wenigsten.

Caro konnte ihr mulmiges Gefühl darüber, was zwischen Steffen und Nick womöglich bevorstand, in den Hintergrund drängen, aber nicht abschalten. Auch und gerade am darauffolgenden Montagmorgen, nahm sie dieses Drücken in der Magengegend mit in die Schule.

Schon auf dem Schulweg, als sie mit dem Fahrrad auf dem Radweg über den Abschnitt im Wald fuhr, sah sie sich immer wieder misstrauisch um, ob nicht irgendwo Hinweise auf einen Showdown in der Luft lagen. Ihr unterer Bauch verkrampfte zwischenzeitlich so stark, dass sie stehen bleiben musste. Als sie das Gefühl bekam, sich auch noch übergeben zu müssen, entstand kalter Schweiß auf ihrer Stirn.

Sie stieg vorsichtig vom Rad, legte es langsam zu Boden, denn ihr Fahrrad hatte keinen Ständer, den sie ausklappen konnte, um es auf weiter Flur abstellen zu können. Dann ging sie ein paar kleine, getippelte Schritte Richtung Wegesrand, bis sie auf den ersten grünen Grashalmen stand, die sich regelmäßig durch den zertrampelten Erdboden kämpften. Die konnten jetzt sicherlich frischen Dünger gebrauchen.

Es war ihr unmöglich stehen zu bleiben, auch wenn sie sich bereits mit ihren Händen auf den Oberschenkeln abstützte. Ein Junge – oder Mann, sie kannte ihn flüchtig vom Sehen auf den Schulgängen; ob er über oder unter ihrer Klasse war, vermochte sie im Moment nicht mit sich zu erörtern – blieb mit seinem Fahrrad hinter ihrem stehen. Sein Bike hatte sehr wohl einen Ständer, er kickte dagegen, nachdem er abgestiegen war und lehnte sein Gefährt darauf. Dann ging er zu Caro (für ihn waren es nur zwei Schritte) und bewarf sie erst mal mit Schatten, denn er war mindestens zwei Köpfe größer.

Er fasste sie sanft am Arm. „Alles in Ordnung?" Nein, bei Caro war nicht alles in Ordnung. Sie rüttelte seine Hand energisch ab und kniete sich mit einem Bein auf die Erde, stützte den anderen Unterarm auf das noch stehende. Dann schüttelte sie den Kopf. Sie wusste, dass sie sich jetzt eigentlich schämen würde, eine so hilfsbereite Person einfach von sich zu stoßen. Aber ihr war zu übel, um höflich zu sein.

„Soll ich Hilfe holen?" Der Samariter hatte sich nicht abschrecken lassen. Caro schüttelte erneut den Kopf. Dann erst fing sie an zu überlegen, ob das nicht doch eine gute Idee wäre, da sie mittlerweile nur schwer atmen konnte und sich ihr Sichtfeld verdunkelte. Aber sie beharrte darauf: „Nein", hauchte sie Richtung Boden, „ich komm klar." Der große Typ stand etwas verloren neben ihr, da er nichts zu tun wusste, blieb aber.

Für kurze Momente kamen Caro Gedanken, wie, dass sie vielleicht etwas Verdorbenes gegessen hatte oder letztens einen Ball in die Magengegend bekommen haben könnte. Aber das war es nicht. Ihr war klar, dass dies eine heftige Reaktion auf ihre schiere Angst war. Sie hatte das Gefühl – nein, sie wusste – dass etwas Unheilvolles bevorstand.

Da sie weiterhin im Schatten kniete, war klar, dass der Typ noch da war. In der Hoffnung, dass er sie hörte, hauchte sie vor sich hin: „Ich hab Angst." „Was?" Er hatte sie offensichtlich nicht verstanden, sehr wohl aber bemerkt, dass sie sich bemerkbar machen wollte. Sie wiederholte, mit etwas festerer Stimme: „Ich habe Angst!" Jetzt nahm der Typ dieselbe Pose ein wie sie, im rechten Winkel zu ihr und fragte leise: „Wovor?" „Tod." „Ist es so schlimm?", fragte er geschockt. „Nein." Sie rang nach Luft und brauchte einen Moment, um fortfahren zu können. „Nicht ich. Es wird Gewalt geben, einen Kampf." „Wer denn? Wo? Soll ich dich in Sicherheit bringen?" Der Typ begriff nicht, worum es ging. Wie denn auch.

Caro ging es wieder etwas besser. Sie atmete zweimal tief in den Bauch. Dann griff sie nach seiner Hand, die er ihr noch nicht gereicht hatte. Aber er kapierte und ergriff sie, stand auf und zog Caro mit nach oben. Hätte sie ihm in die Augen sehen wollen, hätte sie sich vermutlich den Hals verrenkt. Also bedankte sie sich bei seiner Brust und wartete, bis er zögerlich und mit den Worten „kein Ding" zurück zu seinem Fahrrad ging. Jetzt konnte sie ihn sehen, genauer als auf den Fluren der Schule. Er war braun gebrannt, hatte blonde Locken und tiefbraune Augen. Außerdem war er sehr schlank, fast dürr. Vermutlich ein Surfer.

Caro dankte ihm noch einmal, er lächelte herzerwärmend. Dann setzte er sich auf sein Rad und wartete, statt einfach loszufahren. Er deutete, mit der Handfläche nach oben, auf Caros Bike, das noch am Boden lag. Dann nickte sie, nahm die Griffe ihres Lenkers in die Hände und stellte es auf. Er wartete weiterhin auf sie, also setzte sie sich und stieß sich ab.

Die restlichen drei Minuten des Weges hatte sie einen treuen Begleiter, der sich auch auf dem Fahrradparkplatz noch einmal vergewisserte, dass sie halbwegs in Ordnung war. Sie bedankte sich ein drittes Mal und ging dann – allein – über den Schulhof zum Haupteingang.

Auf diesem Weg schaute sie sich viele weitere Male misstrauisch um. Zum Glück konnte sie weder Nick noch Steffen entdecken. Am Schwarzen Brett in der Eingangshalle fing Jana sie ab. „Wie siehst du denn aus?" „Wie Caro, hoff ich?" „Wie gekaut und ausgespuckt. Hast du gekotzt?" „Nein, aber fast", gab sie zu. Sie vermutete auch, dass sie noch sehr bleich war, also ihre Haut noch weißer als sonst.

Als die zwei an ihren Pulten saßen und noch fünf Minuten hatten, bis die Lehrerin kam, quetschte Jana Caro aus, was denn los sei. „Es ist immer noch die Angst, dass Steffen etwas Dummes tut." „Och Caro." Jana nahm ihre Hand sanft in die ihren. „Das hatten wir doch schon. Er wird schon nichts machen. Außerdem ist er doch in der Arbeit, also musst du dir jetzt keine Sorgen machen." Das sagte Jana so leicht. Ob er wirklich in der Arbeit war – ob er dieselben Arbeitszeiten hatte wie die Mehrheit – wusste sie nicht, so viel hatten sie noch nicht darüber geredet.

Caro hatte das Gefühl, sich rechtfertigen zu müssen. „Ich weiß, dass die Angst nicht rational ist. Es ist einfach ein Gefühl." „Dann fühl dich jetzt gut!" Diese Worte Janas wirkten Wunder. Tatsächlich konnte Caro die Angst wieder in den Hintergrund drängen und sich mit ihrer besten Freundin über neuen Tratsch unterhalten.

Nach der zweiten Stunde ging Caro in den Schulhof, um die große Pause zu nutzen, ein wenig Sonne zu tanken. Gerade als sie das Freie erreichte, den Kopf in den Nacken gelegt hatte und den Spätsommer inhalierte, schob sich eine gemeine, graue Wolke vor die güldene Wärmespenderin.

Das veranlasste Caro wieder auf den Hof zu schauen und in der Ferne Nick durch die Szene gehen zu sehen. „Na toll", murmelte sie sich zu. Sie schloss die Augen und atmete tief durch. Dann sah sie Steffen von rechts energisch auf Nick, der nichts ahnte, zugehen. Zuerst meinte Caro, sie bilde sich das ein, ihre Fantasie gehe mit ihr durch, ja, ihre Angst hatte den Weg zurück in den Vordergrund gefunden und verlangte ihre Aufmerksamkeit. Dann aber dämmerte ihr allmählich, dass dem nicht so war. Das war echt. Sie rannte auf Steffens Ziel zu.

Sie war schneller als er und in der Zeitlupengeschwindigkeit, in der sie alles wahrnahm, wirkte es so, als könne sie ihn noch erreichen und aufhalten. Aber nein, als sie noch gut fünf Meter zurück war und ihrem Freund flehen zurief: „Steffen, nicht!", beachtete dieser sie nicht, sondern holte mit seiner gesamten rechten Körperseite zum Schlag aus. Von der Anmut seiner Volleyballfähigkeiten hatte dies nichts.

Nick, der früh bemerkt hatte, dass der wütende Mann in seine Richtung drängte, ging anscheinend nicht davon aus, dass er selbst das Ziel war. Doch als die Faust – wie ein Komet – auf sein Gesicht zukam, sickerte die Info durch. Er riss seine Augen angsterfüllt weit auf, tat sonst aber nichts. Caro fühlte sich machtlos. Sie konnte jeden Zentimeter, den Steffens Hand seinem Opfer näherkam, genau beobachten und registrieren, aber sie war einfach zu weit weg und bewegte sich auch nicht schneller als in Zeitlupe.

Dann kam der Moment, als die Zeit wieder schnell wurde, wie ein Mast, der niederstürzte, nachdem das Band durchtrennt wurde, das ihn gehalten hatte. Steffens Faust traf Nicks Gesicht auf Auge und Wange. Der Geschlagene wurde einen halben Meter nach hinten befördert, Blutspritzer flogen aus seinem Mund, dann fing er sich aber auf seinen Beinen. Schließlich begann er doch noch flugs in dieselbe Richtung weiter zu torkeln, brachte immer weniger die Füße stabil unter seinen Körper und fiel daraufhin hinterrücks auf den Steinboden.

Caro war bereits stehengeblieben und schlug nun die Hände vor den Mund. Ihr gleich taten das einige Schüler, andere stießen Geräusche der Überraschung und Angst aus. Für einige Momente tat sich nichts. Dann ging eine Tür des Hauptgebäudes auf und fast ein halbes Dutzend Lehrer rannte heraus. Zwei packten Steffen jeweils an einem Arm, um ihn daran zu hindern, weitere Gewalt anzuwenden – was er aber nicht mehr vorhatte. Die drei anderen, eine davon eine Lehrerin, kümmerten sich um Nick. Der lag weiter am Boden, nicht ganz reglos, aber sichtlich benommen und womöglich nicht ansprechbar.

Der Lehrer, der Steffens rechten Arm hielt, erkannte, dass die drei die Situation um Nick unter Kontrolle hatten und sagte wütend: „So, Freundchen, du kommst jetzt mit!" Er zog am Arm des Täters, um ihn gegen dessen Widerstand in das Gebäude bringen zu können. Steffen leistete aber keinen. Flankiert von den beiden Männern verschwand Caros Freund durch die Tür, aus der die fünf gekommen waren.

Erst dann sah Caro wieder zu Nick. Sie selbst hatte sich nicht von der Stelle bewegt, hatte aber inzwischen ihren Mund geschlossen, der vor Schock offen gestanden hatte und fast ausgetrocknet war. Nick war ansprechbar und nickte leicht als

Antwort auf eine Frage der Lehrerin, die Caro aus dieser Distanz nicht hörte. Sie hatten ihn aufgesetzt, seine Beine waren noch ausgestreckt und einer der Lehrer stützte seinen Rücken.

Dann drehte sich Caro um, weil ihr ein Gefühl das sagte, und sie erblickte Jana, die gebannt auf Nick schaute. Die merkte, dass sie beobachtet wurde und hob ihren Kopf. Der Blick, den sie dann mit Caro austauschte, sagte eigentlich schon alles. Trotzdem packte sie es noch in Worte: „Krass, es ist doch passiert." Auch sie wurde langsam bleich.

Da fiel Caro auf, dass ihre Angst verschwunden war. Der Racheakt war vorbei und der Schaden hielt sich in Grenzen. Sie atmete ein weiteres Mal tief durch. Dann drehte sie sich wieder zu Nick und sah, wie die beiden Lehrer ihn an den Armen hochzogen und dann jeweils ihre Köpfe unter seinen Armen durchsteckten, um ihn zu stützen. Weil Nick so klein war, musste sich einer dafür enorm bücken und die Lehrerin sprang statt seiner ein. Dann verschwanden auch sie durch die Tür. Von der Szene waren nur Blutspritzer auf dem Boden und Schock in den Gesichtern der Zeugen übrig.

Caro drehte sich um, weil ihr Jana auf die Schulter fasste. Sie sah zuerst die Hand an, dann Janas Gesicht. Die sagte: „Du solltest zu ihm gehen." Für einen Augenblick fragte sich Caro verstört, warum Jana wollte, dass sie zu Nick ging. Doch dann begriff sie, dass Steffen gemeint war. Caro nickte, sah kurz zu Boden, drehte sich um und machte sich schließlich ebenfalls auf den Weg zur und durch die Tür.

Als sie im Gebäude war, ging es eine fünfstufige Steintreppe nach oben. Hier begann der Bereich, in dem sich in der Regel nur Lehrer und Mitarbeiterinnen aufhielten. Der Boden war dort mit Teppich bespannt. Caro hatte die Wahl, ob sie in den linken oder rechten Gang ging, um Steffen zu suchen. Links hing das Rote Kreuz über einer Tür und signalisierte den Krankenraum. Es sprach einiges dafür, dass sich Nick dort befand, Steffen aber nicht.

Als sie sich eigentlich schon entschlossen hatte, nach rechts zu gehen, hörte sie von dort aus einen Mann laut sagen, dass die Polizei bereits unterwegs sei, und Caro sah sich bestätigt. Sie bewegte sich ein paar Meter und erreichte das Zimmer, aus dem die Stimme kam. Die Tür stand offen und das Schild daneben erklärte den Raum zum Büro des Direktors.

Sie kam herein und sah den Schulleiter hinter seinem Schreibtisch in einem ranzigen, schwarzen Ledersessel fläzen. Von hinten sah sie die drei Männer, die aus dem Hof gekommen waren, auf ihrer Seite des Tisches auf schwarzen Stühlen sitzen. Alle drei drehten sich zu ihr, als der Direktor Caro fragend anglotzte. Steffen, der auf dem mittleren Stuhl saß, erkannte sie. „Caro", sagte er mit einer Freude in der Stimme, die der Situation nicht gerecht wurde. Er wollte aufstehen, wahrscheinlich um sie zu umarmen. Doch einer der Lehrer drückte Steffens Knie auf halbem Wege wieder auf den Stuhl und er sackte zurück. Er ließ sich das gefallen. Das war für Caro das eindeutige Zeichen, dass er seine Wut mit dem einen Faustschlag vollständig losgeworden war.

„Wer sind Sie und was wollen Sie hier?", fragte der Schulleiter, mit einem Kratzen in der Stimme. Bevor Caro antwortete, freute sie sich erst mal, dass sie ausgerechnet vom Direktor, der tagtäglich vermutlich Hunderte Schüler aller Altersklassen zu Gesicht bekam, gesiezt wurde und damit für älter, ja, für reifer gehalten wurde, als sie war. Steffens ruhige Ausstrahlung legte ihr den Spruch auf die Lippen, mit dem sie in tief gestellter Stimme verkündete, dass sie ein ganz bestimmter reicher Superheld sei. Doch sie verzichtete.

Von der Schnapsidee blieb ihr ein Lächeln auf den Lippen und sie verkündete: „Ich bin Carola P−", da fuhr der Mann im Sessel dazwischen: „Interessiert mich nicht. Was wollen sie hier?" „Ich bin seine Freundin." Sie zeigte dabei mit dem Finger auf Steffen. „Ja, und?", fuhr der Direktor sie an. „Ich bin Zeugin." Der Direktor sah sie einen Moment lang nur an, neigte schließlich seinen Kopf zur Seite und entschied: „Dann bleiben sie halt da." Er ließ das so stehen und bot ihr keinen Sitzplatz an.

Durch die Tür kamen zwei Beamte in Uniform. Die Polizistin, wie auch der Polizist, hatten durchdringende, tiefblaue Augen, fast wasserstoffblondes Haar und von der Sommersonne geküsste Haut. Da der Mann recht hochgewachsen war und die längeren Wimpern hatte, wirkte er auf Caro wie ein arroganter Schönling. Die Frau dagegen war in etwa so groß wie Caro, vielleicht minimal kleiner, sah zugleich ernst und freundlich drein und strahlte weibliche Souveränität aus. Die beiden Uniformierten hätten Geschwister sein können.

Die Polizistin ergriff das Wort: „Uns wurde eine Gewalttat gemeldet." Sie blickte dabei auf den Direktor. Dadurch, und durch die Kraft in ihrer Stimme, hatte sie jedem im Raum eine klare Rolle zugewiesen und das Prozedere in Gang gesetzt. Der Direktor wirkte auf einmal kleinlaut, als er darauf einging: „Ja." Er räusperte sich. „Der junge Mann", er zeigte auf den vor ihm sitzenden Steffen, „schlug einen Schüler mit der Faust fast tot." Danach mied der Direktor den Blickkontakt zur Polizistin.

Der Polizist hatte unterdessen die Hände hinter dem Rücken ineinandergelegt und las neugierig die Beschriftungen der Aktenschränke auf der Seite des Büros, in dem sich nichts abspielte.

Die Polizistin, deren Namen Caro auf ihrem Schild auf der Brust als „E. Löfgren" ablas, nutzte die kurze Stille rhetorisch und fragte dann, ohne impliziten Unterton: „Fast tot?" Der Lehrer, der Steffen am Aufstehen gehindert hatte, meldete sich zu Wort: „Es war ein Faustschlag ins Gesicht, der Junge fiel zu Boden und es gab einen Spritzer Blut." „Verstehe", meinte die blonde Frau. Sie wartete kurz und fragte dann wieder direkt an den Direktor gerichtet: „Geht noch Gefahr aus?" „Natürlich! Er hat einen Schüler geschlagen."

Die Polizistin atmete kaum merklich etwas tiefer ein als bisher, vielleicht war das ein Seufzer. Unterdessen las ihr Kollege in der Hocke sitzend die unteren Schilder am Schrank.

Dann kam ein dritter Uniformierter herein. „Inspektorin, das Opfer ist wohlauf." Der Mann hatte dunkles, kurzes Haar, helle Haut, dunkle Augen und sah überhaupt sehr unauffällig aus. Direkt darauf folgten die ersthelfende Lehrerin und dahinter Nick. Der Geschlagene hatte eine unübersehbare, blaue Schwellung am linken Auge. Mit dem anderen blickte er finster zum Direktor und setzte zum Sprechen an. Als er im Augenwinkel sah, dass noch jemand im Raum war, drehte er seinen Kopf zu Caro und weitete sofort das vor Wut zugekniffene Auge. Dann wandte er sich direkt an die Polizistin und sagte in schnellem, sich fast überschlagendem Tempo: „Ich verzichte auf eine Anzeige." Dann rutschte es Caro heraus: „Ich auch." Alle sahen sie an, nur der große Blonde studierte weiter den Schrank, er stand aber inzwischen wieder. Die Polizistin lächelte Caro mit einem Mundwinkel sehr kurz zu und meinte dann in ihrem weiterhin neutralen Ton: „Verstehe."

Auch die Herren im Raum begriffen einer nach dem anderen, dass der Vorfall aus mehr bestand als dem Faustschlag. Die Autorität der Polizistin anzuzweifeln, wagte ohnehin keiner. Diese sagte nur: „Dann nehmen wir das so in das Protokoll auf und sind dann hier fertig. Vielen Dank für Ihre Zeit." Die drei Uniformierten gingen zur Tür hinaus. Dann steckte die Frau ihren Kopf noch einmal hinein und sah an Nick vorbei in Caros Gesicht. Sie sprach sie explizit an, aber auch so, dass sich Nick gemeint fühlen konnte: „Wenn Sie ihre Meinung ändern sollten, kommen Sie einfach zu mir aufs Revier." Caro nickte und war dankbar für das Gefühl von Sicherheit, dass die freundliche Gesetzeshüterin hinterlassen hatte.

Der Direktor wirkte genervt davon. Als müsse er sich den Thron zurückerobern, blaffte er in den Raum: „Jetzt alle raus hier!" Alle gingen raus.

„Ich hab noch Unterricht", sagte Caro, als sie neben Steffen über den Hof spazierte. „Und ich muss arbeiten." „Warum hast du das getan?" „Ich weiß es nicht genau. Ich hatte das Gefühl, dass es sein musste." Caros vorherige Angst hatte sich im Nachhinein nicht in Ärger oder Groll verwandelt. Im Gegenteil teilte sie Steffens Gefühl auf die ein oder andere Weise. Sie gingen einige Meter schweigend nebeneinanderher, bis sie die Haltestelle erreichten. „Tu das nie wieder", wünschte sich Caro von ihm. „Tu ich nicht, er tut es ja auch nie wieder." Caro küsste ihn. Er erwiderte ihren Vorstoß, indem er sie fest an sich heranzog, leicht in ihre Unterlippe biss und sie sekundenlang nicht losließ. Dann gab er sie frei, zwinkerte ihr zu und stieg in den Bus, der ihn gerade abzuholen angekommen war.

Caro blieb zurück mit einem aufgeregt klopfenden Herz und tiefer Sehnsucht. Aber jetzt war Mathe.

Sommertag am See

Caro und Steffen verbrachten viele schöne Tage miteinander. Besonders oft waren sie in seiner Wohnung und ihrem Haus. Sie verbrachten viel Zeit in den Küchen, kochten miteinander und aßen gemeinsam. Sie verbrachten auch viel Zeit in den Wohnzimmern, wo sie sich unterhielten, zusammen Filme schauten und romantisch wurden. Sie waren viel auf Terrasse und Balkon, vor allem wenn die Sonne schien, und lauschten dem Leben. Und sie verbrachten viel Zeit in den Schlafzimmern.

Zwei Wochen nach dem ersten Date beim Italiener überlegte Caro, was sie mit ihrem Herzblatt an diesem Samstag unternehmen wollte. Ihr fiel ein, dass die WG-Mädels sie zuletzt mit an den Strand des Sees nehmen wollten. Sie ärgerte sich, dass sie damals abgesagt hatte und brach dann mit Steffen dahin auf.

Er holte sie mit seinem Kleinwagen ab. Da es ihm wichtig gewesen war, die Liegestühle mitzunehmen, die er aufgrund des mangelnden Platzes auf seinem Balkon schon zu lange nicht benutzen konnte, saß Caro die Fahrt über sehr unbequem. Die Sonnenliegen waren natürlich so lang wie ein erwachsener Mensch, weshalb sie nicht quer, sondern nur längs hineinpassten. Mit dem einen Ende lagen sie auf der Kofferraumablage, überbrückten die Rücksitze und das andere Ende hielt die Beifahrerin für die Dauer über ihrem Kopf.

Erst nachdem sie Steffens halben Hausrat bis zum Strand geschleppt hatten, wandelte sich Caros Hass auf die Strecksessel in Verehrung. Sie lag darauf wie eine Königin, fühlte sich wie eine Prinzessin und konnte das blaue Wasser beobachten, ohne ihre Halsmuskeln aktiv anspannen zu müssen, wie es notwendig gewesen wäre, hätte sie lediglich wie geplant auf einem Handtuch gelegen.

Sie ruhte da, im Schatten, und es war warm. Steffen räumte ständig etwas von seinem Kram herum und bestand darauf, das allein zu tun, damit sie es sich gut gehen lassen konnte. Das fiel ihr nicht schwer. Als sie gerade im Halbschlaf angekommen war, stand er plötzlich gebückt neben ihr und schaute sie an. Das bekam sie aber erst mit, als er in Zimmerlautstärke flüsterte: „Caro, du hast da was im Gesicht."

Sie öffnete die Augen, stützte sich dann mit den Ellbogen ab und richtete sich auf, um ihn über den Rand ihrer Sonnenbrille unverdunkelt beäugen zu können. „Ich weiß, ich hab 'ne Sonnenbrille im Gesicht. Und ich hab grad geschlafen." Obwohl sie es verbergen wollte, klang sie genauso genervt, wie sie es im Augenblick war. „Nein, du hast da was anderes, setz mal ab!" Er wirkte aufgeregt und Caro wollte, dass es vorbei war. Insgeheim hoffte sie, dass kein Insekt ihr Gesicht als Liegestuhl nutzte. Sie nahm die Brille mit einer Hand ab und streckte ihren Kopf mit geschlossenen Augen in Steffens Richtung, damit er wegmachen konnte, was er entdeckt hatte.

Plötzlich landete ein Schwall kalten Wassers in ihrem Gesicht und sie schreckte auf. Sie saß erst mal kerzengerade, während sie noch verarbeitete, was geschehen war. Wie bei einer Eisdusche fiel es ihr kurzzeitig schwer zu atmen. Als sich das normalisiert hatte, stellte sie das rechte Bein auf den Kiesboden des Strandes und lehnte den Oberkörper über den Rand der Liege, damit das Wasser hinuntertropfen konnte. Nachdem sie sich den Rest des Gröbsten mit der flachen Tatze nach unten über das Kinn abgewischt hatte, blickte sie Steffen finster an.

Er stand da, mit einer nun halb vollen Wasserflasche in der Hand und strahlte die unschuldige Vergnügtheit eines Kleinkindes aus. Das steckte sie an und sie musste lachen. „Du Arsch!" „Tut mir fast leid, aber jetzt hast du wirklich was im

Gesicht." Er ging in die Hocke und sie wich aus Reflex zurück, um nicht noch ein unfreiwilliges Bad zu nehmen. Als Zeichen der Versöhnung drehte er den Oberkörper und stellte die Flasche auf den Boden, die durch die Unebenheit dessen umkippte und auslief. Demonstrativ streckte er seine Arme in die Richtung der Lache und machte eine abwehrende Geste mit den Handflächen.

Dann drehte er sich wieder zur kritischen Caro und warb mit einem lieben Gesichtsausdruck um Vertrauen. Das kam bei ihr an. „Na gut, was hab ich denn im Gesicht?", fragte sie, weniger genervt als vorher und beugte sich zu ihm. Er küsste sie und als sie einstieg, wurde daraus ein halbminütiger, wilder Kampf ihrer Münder. Als sie sich lösten, antwortete er leise flüsternd auf die Frage: „Mich."

Beide lächelten und Steffen verkündete seine Ungeduld: „Ich will jetzt ins Wasser." Caro vernahm die Aufforderung sich anzuschließen, wehrte aber erst mal ab: „Ich komm gleich nach, lass mich noch etwas ausruhen!" Als wäre es ihm egal, ob sie mitkam, wandte er sich dem Nass zu und joggte hüpfend darauf los, bis er knietief darinstand und nach einem halben Hechtsprung langsam hinauszuschwimmen begann.

Caro beobachtete das und ließ sich dann schlaff zurück auf die Liege fallen, setzte ihre Brille wieder auf und döste weg. Sie erwachte durch einen eigenen Schnarcher und fragte sich, wie viel Zeit wohl vergangen war. Ein bisschen Wegstrecke musste der Minutenzeiger zurückgelegt haben, denn die Sonne war weitergezogen und der Baum zu ihrer Linken spendete dem unteren Teil ihres rechten Beins keinen Schatten mehr. Auch waren um ihren Rastplatz herum nicht wie vorhin nur vereinzelte Menschen gelegen, sondern der Strand hatte sich gefüllt.

Eines ihrer körperlichen Bedürfnisse rückte in ihr Bewusstsein, als ihr Magen knurrte. War schon Mittag? Sie beschloss Steffen zu suchen und überquerte den steinigen Strand bis zum

Wasser, während sich dieser unangenehm in ihre Fußsohlen bohrte. Genau dort tat das kühle Nass besonders gut. Sie visierte eine der haarigen Bojen an, die herumschwammen und die sie für Steffens Kopf hielt. Dann schwamm sie los.

Caro war keine schnelle, aber eine ausdauernde Schwimmerin. Als sie nah genug gekommen war, um zu erkennen, dass die Boje im Antlitz etwas zu haarig war, suchte sie am Horizont nach der nächsten Person mit Dreitagebart. Während sie gedankenverloren ihre Züge machte, traf sie plötzlich etwas Schweres am Hinterkopf und ließ ihr Gesicht in die Wasseroberfläche eintauchen. Erschrocken wandte sie sich um und sah drei junge Leute, zwei Frauen und einen Mann, auf der Stelle schwimmen und sie anstarren.

Die, die ihr am nächsten war, rief zu ihr herüber: „Sorry! Der ist mir ausgekommen." Caro erkannte an ihr nur lange braune Haare und auffällig rote Lippen. Dann kam die Fremde auf sie zu geschwommen. Aber was hatte Caro am Kopf getroffen? Sie drehte sich von der sich nähernden Frau weg und sah einen Ball im Wasser treiben. Dann schwamm sie darauf zu, um ihn zurückwerfen zu können. Als sie ihn erreicht hatte und fühlte, dass es ein Stoffball war, der sich deshalb so hart angefühlt hatte, weil er mit Wasser vollgesogen war, ertönte hinter ihr wieder die Stimme der Rotlippigen: „Willst du mitspielen?", fragte sie lächelnd und Fältchen bildeten sich neben ihren Augen.

Caro wollte jetzt eigentlich mit Steffen etwas essen, aber die Frage aus diesem hübschen Mund zu verneinen fiel ihr schwer, ja, war in dem Augenblick gänzlich unmöglich. „Gerne", gab sie zurück und die beiden begannen in Caros Tempo Richtung Strand, retour zu den beiden anderen, zu schwimmen. „Aurelia", sagte die Frau, die sich nur mit den Beinen fortbewegte und mit den Händen den Ball vor sich festhielt. Caro fragte sich, welches Wort sie da falsch verstanden hatte, oder was das bedeuten sollte. Dann dämmerte ihr, dass sie wohl Aurelia hieß und sich soeben vorgestellt hatte. „Caro", erwiderte sie genauso knapp, aber freundlich.

Als sie ankamen gab Aurelia laut genug, damit die anderen beiden sie verstanden, bekannt: „Caro spielt mit uns." Dann wandte sie sich zur Neuen und sagte in normaler Lautstärke: „Das sind die Robins." „Und ihre Vornamen?" „Die heißen beide mit Vornamen Robin." „Oh", Caro schämte sich etwas vor sich selbst, dass sie gerade so schwer von Begriff war. Aurelia fügte hinzu: „Wenn du ihn Rob und sie Beene nennst, wissen sie auch, wer gemeint ist." Dann zwinkerte sie und schlug das Spielgerät in der Manier einer Volleyballerin in Richtung Rob. Als die Kugel zu ihm flog rief er „Caro!" und Caro wollte sich gerade erkundigen, was er ihr mitteilen wollte, als er den Ball pritschte und dieser auf sie zuflog.

Sie verstand das System und pritschte ebenfalls, während sie „Beene" rief. Das Rund verfehlte sein Ziel um einige Meter, schlug schwer auf dem Wasser auf, hüpfte noch einmal einige Zentimeter nach oben und trieb dann auf der Stelle. Die weibliche Robin schwamm zum Spielgerät und Caro ärgerte sich, dass sich dieser Ball so ganz anders verhielt, als sie es gewohnt war, sodass sie nicht untermalen konnte, dass es sich hier um ihre Königsdisziplin handelte.

Während sie in die Ferne sah und möglicherweise Steffens Kopf ausgemacht hatte, hörte sie von der Seite plötzlich wieder ihren Namen. Sie konnte gerade schnell genug reagieren, um mit dem Arm auszuholen und den Ball in Aurelias Richtung zu schlagen. Leider war der Schlag – dem Überraschungseffekt des Zuspiels geschuldet – zu stark. Der Ball traf Aurelia mitten ins Gesicht und ihr Kopf schnalzte nach hinten. Die Getroffene hielt sich mit der einen Hand die Nase, mit der anderen über Wasser.

Caro fühlte sich schuldig und schwamm sofort zu ihr hin. Währenddessen entschuldigte sie sich nachdrücklich: „Tut mir leid, ich wollte..." und da überlegte sie, was sie eigentlich nicht wollte. Den Ball dorthin spielen wollte sie, beweisen, dass ihre Kraft durchaus straff war, auch. Also vervollständigte sie den Satz nach kurzer Zeit mit: „... das nicht." Sie kam Aurelia langsam näher. Die nahm ihre Hand vom Gesicht und schaute darauf. Vielleicht suchte sie Blut. Dann sah sie von der Hand auf in Caros Gesicht, das näherkam und sagte: „Schon gut, so was passiert dauernd. Man, hast du einen Wumms."

Caro freute sich über die Aussage, denn diese Anerkennung hatte sie gesucht. Allerdings war der Preis zu hoch. Als sie nah genug war, sah sie, dass das einzig Rote in Aurelias Gesicht ihre vollen Lippen waren. Da war kein Blut, nur der gewöhnliche dunkle Braunton der Haut. Und Caro war erleichtert. Aurelia lächelte sie an und meinte, dass es weitergehen und Caro zurück auf ihren Posten schwimmen könne, oder Aurelia selbst könne etwas weiterschwimmen. Aber Caro hatte die Lust verloren. „Ich schwimm wieder raus." Sie merkte, dass man den Ausdruck eher dafür gebrauchte, dass sie hinaus auf die See schwamm, als für das, was sie meinte. Also korrigierte sie sich: „Ich geh wieder raus an Land, ich hab Hunger."

Aurelia, die ihr die Begründung nicht abnahm, resignierte etwas, behielt aber ihren freundlichen Ton. „Okay." Dann schwamm Caro an den Strand. Da sie langsam war, hatte sie etwas Zeit nachzudenken und kam auf halbem Weg zum Schluss, dass ihr Abschied undankbar gewesen war. Also drehte sie kurz um und rief den dreien zu: „Danke, dass ich mitspielen durfte!" und die drei winkten ihr hinterher.

An Land rückte Caro ihre Liege in den Schatten und ließ sich dann darauf entspannt an der Luft trocknen. Gerade als sie nach einigen Minuten trocken war, vernahm sie Steffens Stimme: „Jetzt liegst du da immer noch!" Sie öffnete die Augen und korrigierte ihren Blick nach rechts, weil sie ihn akustisch weiter nördlich verortet hatte, als er war. Er stand grinsend und tropfend da. „Ich war schon drin", erwiderte sie schläfrig.

Er glaubte ihr nicht und lachte hämisch auf: „Das kannst du dem Zwerg mit der Zipfelmütze erzählen." Dann beugte er sich über sie und sie zog sich wie ein Shrimp zusammen, als die kalten Wassertropfen sie trafen. Anschließend nahm er mit seiner Hand ihren Hinterkopf und sie spitzte – bereit für den Kuss – die Lippen. Aber es war eine Falle. Er rutschte mit der Hand weiter, bis ihr Hals in seiner Ellenbeuge lag. Mit dem anderen Arm tat er das unter ihren Knien und hob sie hoch.

Das war ihr Recht, von ihr aus konnte er sie jetzt zum Essen tragen. Sie hatte aber weit gefehlt: Er ging flotten und entschlossenen Schrittes mit ihr auf dem Arm zum Wasser und ließ sich von ihrem Flehen, sie runterzulassen, nicht abhalten. Vielleicht auch, weil sie dabei vor Belustigung lachte und es nicht so ernst meinte wie er. Dann watete er mit ihr hinein, bis von beiden nur noch die Köpfe hinausschauten.

„Ich war wirklich schon drinnen", sagte Caro, während ihr lautes Lachen leiser wurde. Er sah auf ihr Gesicht herab, das aus dem Wasser lugte. „Aber nicht mit mir." Dann küsste er sie. Während sie den Kuss erwiderte, machte er eine Kniebeuge und tauchte mit ihr unter. Als Caro ohne Not in Panik geriet, trat sie sich aus seinem Tragegriff frei und schwamm an die Oberfläche. Dann merkte sie, dass sie auf den Zehenspitzen stehen konnte, um den Kopf über Wasser zu halten.

Als Steffen auftauchte sah sie ihn an, kniff die Augen und das ganze Gesicht zusammen und wusste selbst nicht so Recht, ob das etwas Gutes oder Schlechtes bedeuten sollte. Sie entschied sich für Zweiteres: „Ich hab Hunger", jammerte sie. „Hier gibts jede Menge Fische", meinte er darauf trocken. „Haha." Ihre Laute klangen hämisch, denn ihr Hungergefühl hatte ein unangenehmes Ausmaß angenommen.

Steffen fasste ihr an den Hintern und die Rückseiten der Oberschenkel und hob sie empor, sodass sie ihren Arm um seinen Kopf legen konnte und angelehnt an seine Brust wie auf einem Stuhl saß. Während er auf den Strand zuschritt und von Caro immer mehr an die Luft gelangte, ließ der fehlende Auftrieb des Wassers seine Muskeln ermüden und er setzte sie ab. Als er sie losließ fing sie an vorauszurennen und wickelte sich in ihr Handtuch. Während er wieder tropfend näher auf sie zukam, fragte er, was sie denn essen wolle. Auf ihren Wunsch hin beschlossen sie, das Bistro in Sichtweite aufzusuchen. Während Caro sich ihr Shirt überstreifen wollte, schüttelte sich Steffen neben ihr stehend wie ein Hund und bespritzte sie mit dem Restwasser an seinem Körper. Darauf kniff sie die Augen zusammen und drehte sich von ihm weg, um möglichst wenig davon abzubekommen.

In dem Moment gab sie innerlich vor sich selbst zu, dass sie sich gerne von ihm ärgern ließ. Steffens Art machte Caro glücklich.

Nachdem die beiden auf der Holzterrasse des Bistros jeweils ein Sandwich und eine Limo vertilgt hatten, lag Caro wieder dösend auf ihrem Liegestuhl. Sie erwachte erschrocken, als etwas schwer auf ihre Oberschenkel drückte. Sie traute ihren Augen nicht. Aurelia saß auf ihr und blickte sie neugierig an. Dann fragte sie: „Hast du schon gegessen?" Caro empfand es einerseits als übergriffig, andererseits kam es ihr so vor, als wäre Aurelia dem Verhalten nach eine ältere Version von A-lessia: frech und neugierig.

Sie rang sich zu einer normalen Antwort durch: „Ja, wir waren vorhin essen." „Willst du noch mal mitspielen?" Aurelias smaragdgrüne Augen hypnotisierten Caro geradezu. Sie wollte liebend gerne Zeit mit dieser Person verbringen. Dann sah sie zu Steffen rüber, der wie auch sie gerade noch schlafend auf der Liege lag. Aurelia las Caros Gedanken und machte ein Angebot: „Er kann auch mitmachen."

Sicherlich hatte Steffen Lust mitzuspielen, die hatte er immer, wenn es um Volleyball oder etwas Ähnliches ging. Andererseits war er vorhin auch einfach verschwunden. Also willigte Caro ein: „Ich spiel mit; er ist müde, wir lassen ihn schlafen." Aurelia streckte ihre Hände anbietend nach vorn und Caro griff intuitiv nach ihnen. Dann stellte sich Aurelia mit dem breiten Stand einer Krabbe hin – ein Bein links, eines rechts der Liege – und parkte, wie ein Lastwagen, rückwärts aus, während sie Caro in die Aufrechte zog.

Caro blickte dabei durchgehend fasziniert in die grünen Augen. Dann sah sie, über Aurelias Schulter spähend, die Robins am Ufer auf die beiden warten. Beene hielt den Ball – wie eine Astronautin ihren Helm – unter dem Arm. Aurelia ergriff Caros linke Hand und ging etwas nach vorne zu ihr versetzt auf das Wasser zu. Caro folgte wie ein Hund an der Leine.

Das Wasser war, wie zu erwarten war, immer noch herrlich kühl. Caro nahm sich fest vor, Spielerinnen und Ball diesmal nicht aus den Augen zu lassen und ihre Kraft zu zügeln. Das klappte gut. Im Nu hatte sie sich an das neue Spielgerät gewöhnt und es kamen lange Ballwechsel zustande, auch wenn sich jeder einmal weit strecken oder schnell schwimmen musste, um noch ranzukommen. Im Vergleich zu diesem Spiel fühlte sich das Volleyballtraining wie Arbeit an, fand Caro.

„Caro?" Steffens Stimme ertönte vom Strand aus laut in ihre Richtung. Sie drehte sich um und sah ihn. Auch er war sich erst jetzt sicher, dass sie es war und nickte einmal für sich selbst. Dann begann er auf sie loszuschreiten.

„Ich denke mein Freund würde jetzt mitspielen", stellte Caro laut genug fest, damit die anderen es über die Meter hinweg hörten. „Okay", rief Beene. Die vier warteten und Steffen watete erst einige Meter durch das flache Wasser, begann dann zu schwimmen. Als er Caro erreicht hatte, küsste er sie und grüßte schließlich das Trio: „Hi. Ich bin–" Bevor er seinen Namen aussprechen konnte, grüßte Aurelia zurück: „Hi Steffen!"

Er hielt verdutzt inne, anscheinend, weil er sich wie Caro wunderte, woher diese Frau seinen Namen kannte. Da die Sonne blendete, hielt er sich die Hand salutierend über die

Augen, um erkennen zu können, wen er da vor sich hatte. Er murmelte: „Das ist Aura." „Du kennst sie?", fragte Caro überrascht, ebenfalls in einer Lautstärke, die die anderen nicht vernehmen konnten. „Ich war mal mit ihr zusammen." Zwei Monster lieferten sich einen Kampf in Caros Magengrube. Das eine hieß Freude und war entstanden, da sich zwei Menschen, die Caro mochte, offensichtlich nahestanden. Das andere war die Eifersucht, oder besser gesagt der Neid. Wenn Steffen und Aurelia einmal zusammen waren, dann kam Caro gegen mindestens eine seiner Ex-Freundinnen nicht an.

„Sollen wir gehen?", fragte Caro. „Wenns dir nichts ausmacht, können wir bleiben." Das war ein unfairer Zug von Steffen. Woher sollte Caro ohne Abklärung wissen, ob von der grünäugigen Schönheit eine Bedrohung ausging? Aber ihr fiel ein, wie sie das vielleicht herausfinden konnte: „Wenns dich nicht schmerzt sie sehen zu müssen, ist es für mich okay." „Machst du Witze?" Steffen klang so, als hätte Caro etwas Grundlegendes nicht verstanden. „Ich bin froh sie endlich wieder zu sehen."

Okay, eindeutig Bedrohung. Nur hatte Caro schon ihre Zustimmung gegeben. Caro willigte nickend endgültig ein und die beiden schwammen ein paar Meter auseinander. Beene erkannte, dass es losgehen konnte und spielte den Ball, Aurelias Spitznamen „Aura" rufend, zu dieser. Caro fragte sich, ob Steffen auch wusste, wer die Robins waren. Als Aura den Ball zu ihr weiterleitete, entschied sich Caro, Steffen Hilfe beim Namen-Herausfinden zu leisten. Sie rief „Rob" und spielte nach rechts. Der passte schließlich im selben Stil zu Steffen und dieser wiederum zu Aura, was Caro fuchsig machte.

Wieder kam ein guter Spielfluss zustande, aber Caro fühlte sich bedrückt und das Spiel wirkte dann ebenfalls wie Arbeit. Als Beene einmal den Ball ins Leere zwischen Steffen und Aura setzte, schwammen die beiden gleichzeitig hin. Caro sah, wie sich die beiden gegenseitig anschauten und einsilbig grüßten. Aus Angst, dass Steffen sonst für immer in den grünen Augen gefangen wäre, fiel Caro nichts Besseres ein, als ihm zuzurufen: „Mir ist kalt, gehen wir raus?" Die Aktion war geglückt, denn Steffen drehte sich sofort um und willigte heranschwimmend ein: „Ja, wenn dir kalt ist, sollten wir raus."

Nach einem kollektiven „Ciao" verließen sie die Gruppe und machten sich auf den Weg an Land. An den Liegestühlen angekommen wickelte diesmal Steffen statt ihrer selbst Caro in ein Handtuch und rubbelte sie trocken. „Ist dir wärmer?" „Mir war gar nicht so kalt." Steffen rubbelte weiter und sah ihr fragend ins Gesicht. „Aber du hast gesagt, dass du mit ihr zusammen warst. Ich wollte nicht, dass du noch mehr Zeit mit ihr verbringst." „Ich war im Kindergarten für zwei Tage mit ihr verlobt", sagte er und grinste.

Caro schlupfte aus dem Handtuch und wich zwei Schritte zurück. Verärgert fragte sie ihn: „Wieso hast du's dann nicht so gesagt?" Steffen, der sich der Mimik nach einer Schuld bewusst geworden war, zuckte nach Worten suchend mit den Schultern. Dann erklärte er: „Ich hab nicht darüber nachgedacht." „Und wenn schon. Sie ist trotzdem viel schöner als ich." Dann senkte sie beleidigt den Kopf und verschränkte die Arme. Noch wütender wurde sie, als Steffen nicht widersprach.

Doch dann tauchten seine Füße in ihrem Blickfeld auf und er lupfte mit der Innenseite seines rechten Zeigefingers ihr Kinn an. Unter schmelzendem Widerwillen ließ sie ihr Gesicht anheben und blickte ihn an. Dann nahm er ihren Kopf in beide Hände, die Finger weit gespreizt, sodass er unter ihrem Ohr ihren Kieferknochen greifen konnte, während er gleichzeitig mit den Daumen über die Sommersprossen unter ihren Augen streichelte.

„Ich glaub es ist deine Stärke und gleichzeitig deine Schwäche, dass du nicht weißt, wie schön du bist." Seine Worte brachten Caro noch mehr durcheinander. Er bemerkte ihre verwirrt gerunzelte Stirn. Und erklärte es ihr: „Du stolzierst nicht herum, wie eine arrogante Pute, und die Gefahr besteht auch nicht, weil du nicht merkst, dass die Männer auf dich fliegen." Nicht nur die Männer, dachte sich Caro. Dabei kam ihr der Nachmittag mit Jana vor dem ersten Date mit Steffen in den Sinn. Ihr fiel auf, dass es unwiderlegbar mehr als nur eine Person auf der Welt gab, die sie, Caro, attraktiv fand.

Steffen beleuchtete noch die andere Seite seiner Feststellung: „Gleichzeitig bist du manchmal so unsicher und sorgst dich, ob dich Fremde leiden mögen, ob dich überhaupt jemand wahrnimmt." Das traf den Nagel auf den Kopf. Darüber standen inzwischen ganze Absätze in ihrem Tagebuch. Mit seiner abschließenden Aussage brachte Steffen die Sonne zurück in ihr Herz: „Ich hab dich schon immer gesehen, seit ich das Team trainiere, in dem du spielst. Ich war von Anfang an neugierig, was sich hinter deiner geheimnisvollen Ausstrahlung verbirgt."

Caro sank gerührt auf die Knie und umarmte Steffen, der die Knie ein Stück weit beugte, um ihr Gesicht noch halten zu können, auf Bauchhöhe. Dann merkte er, dass ihr das so nah gegangen war, dass sie leise, aber mit strömenden Tränen, weinte, und setzte sich vor sie auf den Boden. Daraufhin legte sie ihren Kopf auf seinem Oberschenkel und den restlichen Körper längs auf der Erde ab und genoss die Geborgenheit.

Da es nach einer Zeit doch ungemütlich wurde, legten sich die beiden wieder auf ihre Liegen. Viel Zeit war vergangen, seit sie am See angekommen waren und die Sonne kündigte mit ihrem zunehmend orangenen Teint die Abenddämmerung an.

Nach einer Weile trat das Trio um Aura an derselben Stelle aus dem Wasser, wie zuvor Steffen und Caro. Die drei kamen auf die Liegestelle zu und blieben stehen, als sie einen langen Schatten auf die Gesichter des Paares warfen. Mit dieser Hintergrundbeleuchtung und ihren starken, sportlichen Körpern, sahen sie aus wie eine Gang, die Streit suchte. Aber im Gegenteil: Aura kam weitere Schritte auf sie zu und fragte: „Habt ihr Lust auf ein Lagerfeuer? Wir bleiben noch etwas und haben auch genug zu essen für alle dabei." Steffen sah Caro fragend an, was meinte, dass er es von ihren Wünschen abhängig machte. Sie nickte ihm fröhlich zu. Dann sagten sie im Chor „ja" zu Aura. Diese kniff daraufhin lächelnd die Augen zusammen und kam noch einen Schritt näher. Sie musterte Caro genau und fragte dann: „Hast du geweint?"

Caro fuhr ein Schrecken durch die Glieder, als ihr der Gedanke kam, dass es womöglich so aussah, dass Steffen sie durch etwas Böses zum Weinen gebracht hatte. Deshalb verzichtete sie auf die knappe Aussage, dass er der Grund gewesen war. Stattdessen wurde sie ausführlicher: „Wir sind erst seit Kurzem ein Paar. Und vorhin hat er mir etwas so Schönes gesagt, dass ich mich wie die Frau in einem Liebesfilm gefühlt hab."

Auras grüne Augen leuchteten. Es war fast, als schien die Sonne durch ihren Hinterkopf. Beene hatte offenbar zugehört, denn sie sagte, lang gezogen und in sanfter Stimme: „Schöön." „Wo machen wir das Feuer?", fragte Steffen und nahm der Situation etwas von ihrer Romantik. Rob hatte die Idee: „Gleich hier?" Steffen stand auf, ging weiter weg vom Wasser, wo mehr Bäume waren und begann unmittelbar mit dem Sammeln von Holz.

Caro betrachtete verträumt Aura, die noch an derselben Stelle verweilte und ihren Blick in die Weite schweifen ließ. Während sie die Dame so ansah, fiel ihr auf, dass sie schöne Frauen in Steffens Gegenwart immer sofort als Bedrohung wahrnahm. Zum Beispiel seine Schwester, nachdem diese ihn zum Training gefahren hatte. Oder die attraktive Kellnerin Amalia, die sie erst für aufdringlich, dann für liebenswert hielt. Und jetzt Aura, die Caro sich selbst vorziehen würde, wenn sie

Steffen wäre. Noch fiel es ihr schwer, sich auf die Worte ihres Freundes zu verlassen und sich keine Sorgen zu machen.

Caro schreckte aus ihren Gedanken auf, als Aurelia plötzlich, ohne den Blick aus der Ferne abzuziehen, laut und deutlich nach ihrem „Schatz" verlangte. Erst hatte Caro ein warmes Gefühl, weil sie dachte, dass womöglich sie gemeint war. Dann wurde sie kurzzeitig wütend, weil Aura vielleicht gerade Steffen beim Sammeln beobachtete und nach ihm rief. Gelassenheit fand Caro erst, als sie mit Überraschung feststellte, dass sich Beene angesprochen fühlte und antwortete: „Wenn du denkst, was ich denke, dann sollten wir unsere Klamotten holen. Mir wird grad auch kalt." Dann drehte sich Aura endlich um und nickte Beene zu.

Steffen schleppte einige Äste an, die er nahe dem Wasser aufeinanderstapelte. Dann begann er, große Steine darum zu legen. Rob tat unterdessen getrocknetes Gras darauf und ließ – zwei Steine aufeinanderschlagend – funken darauf fliegen. Die Frauen waren bereits geräuschlos verschwunden.

Auch Caro zog sich jetzt ihre Kleidung wieder an. Zusätzlich zu dem, was sie in der Früh bereits trug, warf sie sich eine Jacke über, die sie mitgebracht hatte, denn ihre noch feuchten Haare ließen sie frieren. Als sie fertig damit war, brannte das Gras lichterloh, das Holz gar nicht. Rob sah aus, als sei er in seinem Element. Steffen stand, die Hände in den Hosentaschen seiner Badeshorts, aufrecht daneben und blickte stumm auf die Flammen. Dann kamen die Damen wieder, in Sommerkleider gehüllt, deren Farben Caro in dem immer schwächer werdenden Licht nicht auszumachen vermochte, mit Rucksäcken auf den Rücken.

„Hey Rob, kannst du noch das Essen holen?", fragte Aura. Der Stand auf und ging einfach. Vermutlich im Einverständnis, aber auf Caro wirkte sein Verhalten unfreundlich. Dann lehnte sich Aura über das Feuer und pustete etwas Sauerstoff hinein. Auf einmal fraßen die lodernden Flammen auch das Holz.

Dann sah sie zu den Liegestühlen und sprach, ohne den Blick abzuwenden, gleichzeitig zu Steffen und Caro: „Wenn wir die neben das Feuer stellen, können wir alle darauf sitzen."

Keiner hatte etwas dagegen und jetzt tat Caro, was sie an Rob komisch gefunden hatte und zog ihren Liegestuhl, ohne zuvor eine Antwort zu geben, an das Feuer. Steffen ebenfalls. Dann legte auch er seine Klamotten an, nachdem er zuvor unter dem Schutz des Handtuchs seine Shorts gewechselt hatte. Caro beneidete ihn um seine trockene Unterwäsche. Sie hatte seit morgens den Bikini drunter getragen und litt jetzt an der Kälte, die dieser beim Trocknen auf der Haut verursachte.

Sie fragte sich, ob es Beene und Aura auch so ging, weil sie die Badesachen anbehalten hatten, oder ob sie auf Unterwäsche umgeschwenkt waren. Als Caro begann sich das bildhaft vorzustellen, stellte sie diese aus ihrer Sicht ungeziemenden Gedanken ab, indem sie ein Gespräch begann: „Was habt ihr denn zu Essen dabei?" Just in dem Moment kam Rob in knielange Shorts und ein Hawaiihemd gekleidet mit einem Rucksack auf dem Rücken und einer großen Tasche in der Hand zurück. Darin war wohl das Essen.

Beene antwortete: „Hauptsächlich Grillkäse, aber auch Salate und Gemüse zum Braten." Caro lief das Wasser im Munde zusammen. Sie beobachtete genau, was Rob aus der Tasche holte und auf den Boden stellte. Aura bemerkte Caros Blicke und betonte noch einmal: „Es ist genug für alle da." Caro blickte auf zu ihr und schmunzelte. „Sieht man mir meinen Hunger etwa an?" Auch Aura lächelte dann.

Caro hatte das Gefühl, in Aurelia in Rekordzeit eine Freundin gefunden zu haben. Sie fühlte sich ihr nah.

Während die fünf die Speisen am Feuer brutzelten und sie dann mit den Beilagen verspeisten, erfuhr Caro viel über das Trio, aber auch über Steffen. Denn als Aura ihn fragte: „Bist du Feuerwehrmann geworden, wie du's damals vorhattest?", da holte er aus und berichtete ausführlich, was sich bei ihm seit dem Kindergarten getan hatte.

In der Schule war er gut, aber kein Überflieger. Er hatte einen kleinen Freundeskreis, ungefähr hälftig aus dem Volleyballverein, hälftig aus der Schule und seiner Nachbarschaft. Irgendwann haben sich seine Eltern getrennt, sein Vater ist abgehauen und er kümmerte sich von da an fast väterlich um seine Schwester, die nicht mal ein Jahr jünger war als er. Die übrigens war schon einmal verheiratet, hatte sich von dem Mann nach kurzer Zeit und einer Fehlgeburt wieder geschieden.

Steffen arbeitete nach der Schule ein Jahr freiwillig in einer Senioreneinrichtung, um danach eigentlich auf Basis des Schlagzeugs Musik zu studieren. Nach einer fiesen Schulterverletzung konnte er zwar noch Volleyball spielen, aber die Drums nicht mehr auf dem hohen Niveau schlagen wie zuvor. Also blieb er in der Einrichtung und kümmerte sich nun darum, dass Senioren und Kranke die beste Pflege bekamen.

Als Aura zwischenzeitlich gebannt und mit offenem Mund an seinen Lippen hing, blitzte in Caro abermals die wütende Eifersucht auf. Damit sie Steffen nicht wieder etwas fragen konnte, erkundigte sich Caro bei Rob, was er im Alltag machte. Sie erfuhr, wenn auch nicht besonders ausführlich, dass er Sanitäter war und im Schichtdienst Leben und Gesundheit rettete. Über Beene fand Caro an diesem Abend lediglich heraus, dass sie einen sehr allgemein gehaltenen Musikgeschmack hatte und gerne Mais aß.

Caro genoss das Tagesende, das warme Lagerfeuer, das Kuscheln in Steffens Armen. Es war schön, mit neuen Freunden ungezwungen Zeit zu verbringen. Sie alle drei strahlten eine Lebensfreude und Gelassenheit aus, wie sie Caro der ganzen Welt wünschte. Für sich selbst nahm sie mit, dass sie ihren Freund Schlagzeug spielen hören wollte.

Als Steffen Caro bei ihr zu Hause absetzte, bedankte sie sich bei ihm: „Das war ein schöner Tag, lass uns das öfter machen." „Was fandest du am besten?" „Dass du mich immer wieder nassgemacht hast." Sie küssten sich, aber Steffen hielt Caro sanft am Handgelenk fest, als sie aussteigen wollte, um Nachschlag zu bekommen. „Willst du heute wirklich allein übernachten?", fragte er mit einem Flehen in der Stimme.

Ja. Caro brauchte diesen Freiraum, selbst wenn sie der Gedanke, statt allein mit Steffen zu schlafen, nicht abstieß. Sie gab ihm Trost, der auch ihr half: „Morgen Abend komm ich zu dir geradelt." Dann drückte sie ein letztes Mal ihr Gesicht auf seine Lippen und verließ das Auto. Steffen fuhr leise in die Nacht, Caro putzte Zähne und versank in ihr Kissen.

Ein Grobian

Caro benötigte jede Menge Shampoo und drei Waschgänge, bevor sie den rauchigen Geruch des Lagerfeuers so weit aus ihrer Mähne bekommen hatte, dass sie davon ausgehen konnte, dass es niemanden in der Nase beißen würde. Für einen kurzen Moment dachte sie sogar daran, wie praktisch es wäre, die Haare einfach abzurasieren. Das tat sie überall, dann aber doch nicht am Kopf.

Sie war zufrieden. In ihrem Bauch flatterten die Schmetterlinge und sie hatte keine Verpflichtungen. Es war noch früh am Morgen, sie vernahm an diesem Tag zum ersten Mal bewusst das Glockengeläut der christlichen Kirche. Sie beschloss, ihre Familie zu besuchen.

Noch vor dem Frühstück brach sie auf; ihre Sehnsucht war größer als ihr Hunger. Sie hatte das starke Bedürfnis, ihre Mama und ihre Schwester Alessia an ihrem Glück teilhaben zu lassen. Ihr roter Flitzer brachte sie zuverlässig bis an die Friedhofsmauer, auch wenn ihre Beine vom vielen Schwimmen am Vortag einigermaßen lahm waren.

Das schwere Gatter unter dem unüberhörbaren, grellen Quietschen zu öffnen, fühlte sich an wie Nachhausekommen. Während das Tor von selbst zufiel, ging sie den gewohnten Weg an den Grabsteinen entlang, die ihr schon allzu bekannt waren. Da lagen die Millers; sie nickte den Blumen zu, die sie vertraten. Unter all den Namen, die sie auf dem Weg las und die ihr vorkamen wie die Klingelschilder der Nachbarschaft, hatten sich vor allem das Ehepaar de Jong, Frau Peters, Herr Horváth und Herr Papadopoulos eingeprägt.

Caro wusste nicht, ob Leute weiter alterten, bei dem, was nach dem Leben kam. Aber wenn nicht, dann waren sie alle rüstige Senioren, die freundlich blickend aus den Küchenfenstern und von ihren Balkonen winkten. Ansonsten hätten sie in ihrem dreistelligen Alter wohl auf Steffens vollbetreuter Station gelegen.

Zum ersten Mal bemerkte sie den Stein der jungen Anna Fehr, die im späten Teen-Alter verstorben war. Bereits fünfzehn Jahre war das her. Das Grab war insgesamt ungepflegt. Eine mehrzeilige Inschrift war vor Dreck nicht lesbar. An ihrem Fußende allerdings befand sich eine schwere Vase mit frischen Rosen. Caro blieb stehen, trotz eines kalten Schauers, der ihr über den Rücken fuhr. Sie sah sich um, um sich zu vergewissern, dass sonst niemand da war.

In Sichtweite besuchten aber mehrere Personen, vor allem im fortgeschrittenen Alter, ihre Liebsten. Sie beobachtete die Leute aufmerksam und fühlte sich sicher, nachdem sie davon ausgehen konnte, dass niemand sie misstrauisch beäugte. Dann machte sie einen großen Ausfallschritt und platzierte ihren rechten Fuß zwischen Annas Grab und dem des Nachbarn, damit sie mit dem unteren Ende ihres Pulli-Ärmels, den sie wie einen Handschuh über die Hand gezogen hatte, die Inschrift freiwischen konnte.

Als sie wieder zurückgetreten war und den Text als Ganzes beäugte, musste sie feststellen, dass er nicht in der Landessprache verfasst war. Sie versuchte sich konzentrierterweise trotzdem einen Reim darauf zu machen. Wenn ihre Interpretation richtig war, dann stand da etwas davon, dass Anna den Krebs besiegt hatte. Die letzten Zeilen enthielten Worte, die „Feuer" und „Haus" bedeuten konnten. Hatte Anna den Tod besiegt, um dann doch viel zu früh zu gehen? Caro gruselte sich und zog weiter.

Vor Alessias Ruheplatz kniete sie sich hin. Ihr Erzähldrang war verflogen. Stattdessen war sie traurig und ihre Augen feucht von Tränen. Obwohl die Luft noch kalt von der Nacht war, weshalb Caro auch ihren Hoodie anhatte, erfasste sie eine warme Windböe von der Seite. Als die vorbei war, blickte sie in die Richtung, aus der die Bö gekommen war. Da war nichts; nur Gräber und nach einer zweistelligen Zahl an Metern ein Baum.

Dann begann sie trotzdem: „Ich war mit Steffen am See und wir haben wundervolle neue Freunde gefunden." Vor ihrem geistigen Auge blitzen Bilder von blauem Wasser, dem vollgesaugten Ball und grünen Augen auf. „Ich möchte ihm sagen, dass ich ihn liebe." Caro erschrak durch das Geräusch von Schritten hinter ihr. Sie drehte sich um und blickte mit weit geöffneten Augen in das Gesicht einer alten Dame, die sich tippelnd und auf ihren Rollator gestützt fortbewegte. Die Seniorin lächelte zu Caro und fragte: „Ist die Liebe nicht was Schönes?"

Caro achtete nicht auf die Verärgerung in ihr, die sich darüber echauffierte, dass die Dame dem privaten Gespräch gelauscht hatte. Stattdessen lächelte sie zurück. Dann drehte sie sich erneut zu ihrer Schwester. „Ja, die Liebe ist was Schönes." Caro war leiser geworden. „Du hättest bestimmt irgendwann einen ganz tollen Menschen gefunden, mit dem du dein Leben verbracht hättest." Weil Caro weder Alessias Wange streicheln noch ihre Hand halten konnte, nahm sie eine Prise Erde vom Grab und zerrieb sie zwischen Daumen und Zeigefinger.

Sie sah zu ihrer Mutter und seufzte tief. Sie stellte sich vor, wie diese danach fragte, wie es in der Schule lief. „Schule macht Spaß", antwortete sie. „Aber letztens war die Polizei da, weil–"; sie unterbrach sich. Bestimmt hießen es ihre Eltern nicht gut, wenn sie mit einem Schläger zusammen war. Also bekam sie die Kurve so: „Es gab eine Schlägerei." Und mit Blick auf ihres Vaters Stein, ohne dabei den Kopf zu ihm zu wenden, sagte sie: „Die Noten sind weiterhin gut."

Das Gespräch war ihr unangenehm geworden. Sie stand auf, küsste ihre Handfläche und pustete das Bussi auf Alessias

Grab. Dann winkte sie ihrer Mutter zum Abschied, indem sie ihre Hand mehrmals zur Faust ballte und wieder öffnete.

Als sie ihr Fahrrad aufsperrte und ein weiteres Mal die Kirchenglocken vernahm, wurde ihr bewusst, dass heute ein Sonntag war. Wenn sie wollte, dass der gemeinsame Brunch eine Regelmäßigkeit wurde, musste er heute stattfinden. Und wenn sie wollte, dass er selbstverständlich wurde, kam sie nicht umhin ohne Ankündigung in der WG aufzutauchen.

Sie kam mit wild zerzaustem Haar vor dem Wohnhaus an, denn sie war sehr schnell gefahren. Sie klingelte. Es dauerte auffällig lang, bis sich etwas tat, sodass Caro sehr verunsichert war, ob sie das Richtige machte. Denn es wirkte, als wohnte hier niemand, der auf Besuch eingestellt war. Zum ersten Mal ging die Gegensprechanlage an: „Ja?" Caro begann zögerlich zu sprechen. „Ja, hi, hier ist Caro... Ich wollt fragen, ob heute wieder Brunch ist, oder ob das vielleicht ungünstig ist?" Caro war von ihrer eigenen Unsicherheit genervt.

Am oberen Ende der Leitung nuschelten sich zwei Stimmen in hektischen, für Caro akustisch nicht verständlichen Worten, an. Schließlich summte die Tür, dass sie zu öffnen sei. Caro drückte sie einen Spalt weit auf und überlegte für einen Moment, ob sie nicht einfach unerkannt abhauen sollte. Dann fragte sie sich, ob sie nicht ihren Namen in den Apparat gesagt hatte. Sie befürchtete, dass dem so war. Also ging sie hinein und zügig die Treppe hinauf. Auf dem Weg kämmte sie sich ihr Haar mit den Fingern. Erde rieselte herunter. Die war wohl noch vom Grab übrig gewesen.

Na toll, dachte sich Caro. Und dann: egal. Die Tür stand offen, ein Mann und eine Frau stritten, Caro fühlte sich unwohl. Sie lehnte den Kopf durch den Türspalt und fragte laut in die Wohnung hinein: „Hallo?" Der Streit wurde nicht unterbrochen. „Soll ich später noch mal kommen?" „Was ist denn los?" Giulia kam die Treppe hinauf, den Haustürschlüssel in der einen, eine Einkaufstüte in der anderen Hand – oder besser:

auf dem anderen Arm. „Die streiten sich", antwortete Caro, ohne mit Sicherheit zu wissen, dass es Morten und Biggi waren.

Giulia pustete genervt aus. Mehr zu sich selbst sagte sie im Vorbeigehen: „Das geht andauernd so." Und als sie in der Wohnung war, rief sie sehr laut, sang beinahe: „Ich habe Futter und genug gute Laune für alle dabei!" Caro lauschte, immer noch im Hausflur stehend, ob sich die Lage beruhigt hatte. „Caro, komm rein!", rief Giulia. Sie wollte gerade durch die Tür gehen, als ihr aus dem Nichts Morten entgegenkam und sie heftig mit der Schulter anrempelte. Sie knallte mit dem Rücken gegen den Türstock und rutschte unter dem Nachgeben ihrer Beine daran herunter.

Sie saß da und bekam kaum Luft, Tränen schossen ihr in die Augen, aber nicht aus bewusstem Schmerz. Im Augenwinkel bemerkte sie ihn die Treppe hinuntereilen. Während gerade noch seine Augen zu sehen waren, blieb er stehen. Er zog traurig die Augenbrauen Richtung Mitte seiner Stirn und sagte, mit echt klingender Reue in der Stimme: „Tut mir leid." Dann war er weg.

Caro saß auf dem kalten Boden und versuchte wieder normal atmen zu können, was ihr nicht gelang. Giulia trat in den Durchgang von Garderobe und Aufenthaltsraum und suchte Caro auf ihrer Augenhöhe im Flur stehen. Erst durch ein Hecheln wurde sie auf den Boden aufmerksam und war schockiert: „Was hat er dir getan?" Sie kniete sich nieder und fasste Caro erst an der Schulter, dann am Bauch an. Sie wusste nicht so recht, wie sie helfen sollte.

Caro fand unterdessen ihre Antwort auf die Frage und sagte abgehackt, jedes Wort dann, wenn sie genug Luft in die Lunge gezogen hatte: „Ich... stand... im... Weg." Giulia starrte in ihr Gesicht und schüttelte energisch den Kopf, was auch ein Zittern sein konnte. „Das war doch nicht deine Schuld."

Caro fasste sich ebenfalls an den Bauch und hielt sich an Giulias warmer Hand fest. So langsam ging es wieder, ihr Atem normalisierte sich. Als sie endlich das Gefühl hatte, normal sprechen zu können, sagte sie: „Lass uns was essen." Giulia lachte, es klang verzweifelt und sie schüttelte noch einmal ihren Kopf über Mortens unentschuldbares Verhalten. Dann stand sie auf, ließ Caros Hand nicht los, reichte ihr die andere dazu.

Nachdem sie ihr aufgeholfen hatte, stützte sie sie von der Seite, sodass Caro gebückt in die Wohnung gehen konnte. Biggi blickte finster aus der Küche, sah dann Caro leiden und kam herangeeilt. „Hattest du 'nen Unfall?" Giulia wollte antworten und begann: „Dein Freund–" und Caro beendete ihren Satz, ohne zu lügen, aber sie verbarg die Wahrheit: „...ist abgehauen. Und ich bin doof gestürzt." Biggi schien die beiden Aussagen nicht in Verbindung zu bringen und sagte: „Setz dich erst mal."

Es klingelte an der Tür. Giulia eilte zum Hörer und sprach hinein: „Bleib gefälligst weg!" Dann hörte sie kurz zu, was aus dem Hörer drang und entschuldigte sich: „'tschuldige Schatz, ich habe dich verwechselt." Sie drückte den Knopf und kam dann zurück zu Caro. „Geht es wieder?" „Ja, ist schon wieder gut." Caro zwang sich zu lächeln. Giulia antwortete mimisch, indem sie eine Augenbraue hob.

Biggi, die schon wieder in der Küche stand, hackte mit einem großen Messer aggressiv auf Obst herum. Von der anderen Seite kam Stephenie herein und fragte belustigt: „Dachtest du ich wäre der Sensenmann? Oh, hi Caro." Sie sah zu ihr und legte den Kopf schief, weil sie nicht einzuordnen wusste, warum Caro so gequält lächelte. Giulia beantwortete die Frage: „Nein, aber Mo hat sich wieder eine Aktion geleistet." „Spacko", fuhr es aus Stephenie heraus. „Aber echt", pflichtete Biggi ihr aus der Küche rufend bei.

Erst im Laufe des Essens wandelte sich die Gesamtstimmung zum Positiven. Caro genoss Biggis zusammengemetzelten Obstsalat und erzählte von Steffens Fausthieb, sowie vom Tag am Strand.

Biggi resümierte erst über Steffen („Ein Mann, viele Gesichter"), dann über Caros Erzählweise: „Und diese Aurelia kennst du erst seit gestern?" Caro nickte, da sie für eine verbale Antwort den flüssigen Teil des Obstsalates aussabbern hätte müssen. Biggi: „Für mich klingt das so, als wärst du mehr in *sie* verliebt als in Steffen." Caro war entsetzt und suchte hektisch nach Gegenargumenten.

Doch Stephenie ging dazwischen: „Von Steffen hat sie die letzten Male immer geschwärmt. Bestimmt willst du uns nur nicht langweilen, oder?" Und Giulia fügte an: „Oder eifersüchtig machen" und zwinkerte Caro zu. Caro nickte verlegen, senkte ihren Kopf und hoffte, dass man die Wärme in ihrem Gesicht nicht als rotes Anlaufen sehen konnte.

Die Gefühle in ihrem Inneren verwirrten Caro. Sie war sich sicher, dass sie in Steffen verliebt war. Aber wie sehr durfte sie andere Menschen mögen, damit er seinen Status in ihrem Herzen behalten konnte? Stephenie bemerkte Caros Verlegenheit. Anders als sonst, popelte sie diesmal aber mit dem Finger in der Wunde: „Ist es mit Steff noch aufregend genug?"

Um nicht unfreundlich zu wirken, sprach Caro ihre Gedanken laut aus und teilte ihn mit ihren Freundinnen: „Es war bisher nicht so schön, wie ich's mir immer ausgemalt hatte." Alle drei, Stephenie, Biggi und Giulia, reagierten mit einem sehr enttäuschten Gesichtsausdruck, der sich allmählich in Mitleid wandelte. Giulia sagte: „Das kann noch kommen. Du hast ja auch sonst viel um die Ohren. Sobald ihr so richtig Zeit für euch habt, kannst du dich in das Abenteuer stürzen."

Caro hatte wieder nur ein gequältes Lächeln übrig. Diesmal lag es aber auch am Rücken, der ihr schmerzte. Giulia durchschaute das und machte ein Angebot: „Soll ich mir deinen Rücken einmal ansehen?" Als sie sah, dass Caro zögerte, sagte Biggi: „Sie ist Krankenschwester." Krankenschwester, wie Caros Mama. Caro nickte eifrig, wie ein Kind, das ja zu einem Eis sagte. „Komm mit", forderte Giulia und ging in Richtung ihres Schlafzimmers. Sie öffnete die Tür und schlüpfte hinein, Caro folgte. Giulia räumte ihre sorgfältig zusammengelegte Decke vom Bett und lud Caro erst ein, sich zu legen, half dann mit sanftem Druck nach.

Auch Biggi kam ins Zimmer, nur Stephenie blieb am Tisch sitzen, konnte durch die Tür aber direkt auf die Szene schauen. Giulia drückte an verschiedene Stellen des Rückens und fragte jedes Mal, ob es wehtat. Caro sagte jedes Mal „ja", ohne sich anmerken zu lassen, dass sie das in die Matratze gedrückte Gesicht verzog. „Magst du dich frei machen?", fragte die Krankenschwester. Caro antwortete, indem sie es tat. Sie drückte sich mit einem Liegestütz hoch, bis sie kniete, zog dann den Hoodie und anschließend ihr Shirt aus. Danach legte sie sich wieder hin.

„Worauf bist du gefallen?", fragte Biggi entsetzt. Caro schloss daraus, dass etwas sichtbar war. Giulia öffnete, ohne zu fragen, Caros BH, was diese in Panik versetzte. Sie wedelte mit ihren Armen hinter ihrem Rücken, um alles von sich zu schlagen. Zwei Hände nahmen behutsam die ihren, zwei weitere legten sich sanft auf ihr Kreuz und tasteten es weiter ab. Caro beruhigte sich.

Giulia schockte Caro, als sie ihren Schluss zog: „Wir sollten mit dir in das Krankenhaus fahren. Es kann gut sein, dass Wirbelsäule oder Lunge etwas abbekommen haben." Caro wälzte ihr Gesicht auf der Matratze, was als Kopfschütteln zu verstehen war. Biggi sagte: „Das wär wirklich vernünftig", aber Caro bewegte den Kopf nur schneller. „Na gut", meinte Giulia, „aber wenn es schlimmer wird, frage ich erst gar nicht."

Caro drehte sich zur Seite, sodass sie aus der Tür sehen konnte, stützte sich auf den Unterarm und hielt mit dem anderen Arm ihre Körbchen an der Brust. Sie erschrak erneut, als Giulia sie am Rücken berührte. Die machte aber lediglich wieder zu. Caro zog das T-Shirt über und schaute die beiden abwechselnd an, die wie besorgte Mütter auf den beiden Bettseiten auf der Kante saßen und sie mitleidig beäugten.

Stephenie rief in das Zimmer: „Haben wir noch Kaffee?" Das lockerte die Stimmung und verhalf der Gruppe, sich in gemütlicherer Atmosphäre wieder an den Tisch zu setzen und neue Themen zu besprechen. Schließlich beendeten sie den Brunch einige Stunden später, ohne Caros Rücken erneut auf die Tagesordnung zu nehmen. Caro fühlte sich erleichtert, als sie wieder zu Hause angekommen war und der Schmerz durch das Radfahren nachgelassen hatte.

Steffen rief gegen fünfzehn Uhr an und Caro lud ihn für eine Stunde später zu sich ein. Mit etwas Verspätung rollte er an. Erstmals war auch er die Strecke zwischen ihren Wohnungen mit dem Fahrrad gefahren. Seine Motivation wurde schnell klar, denn ständig begann er damit, sie zu küssen und zu versuchen, sie stetig horizontaler zu legen. Mit dem im Hinterkopf, was Biggi und Giulia vermutlich an ihrem Rücken gesehen hatten, vermied Caro, dass es zum Äußersten kam. Wer weiß, ob Steffen nicht Rachegelüste gegen Morten entwickelt hätte.

Stattdessen verbrachten die beiden den Nachmittag auf der Terrasse und den Abend im Wohnzimmer vor dem Fernseher auf der Couch. Dort schliefen sie ein.

Die Mehrzahl von Stress

„Scheiße, du musst zur Schule!" Caro schreckte aus dem Schlaf, als Steffen das rief. Sie lag nach wie vor auf der Couch, wo sie am Vorabend in seinen Armen liegend eingeschlafen war, und sah auf der Wanduhr, wie knapp es tatsächlich schon um das rechtzeitige Erreichen des Klassenraums stand. Sie hatte noch fünfundzwanzig Minuten.

Das Adrenalin in ihrem Blut half, dass sie ohne Zögern aufstehen und die Treppe hinauflaufen konnte. Während sie sich die Zahnbürste in den Mund steckte, überlegte sie, auf was sie verzichten müsse. Zehn Minuten brauchte sie allein für die Fahrt, mindestens drei weitere für den Weg auf ihren Sitzplatz. Duschen war nur noch drin, wenn sie sofort begann.

Sie entkleidete sich. Als sie untenrum schon fertig war, blieb sie mit ihrem T-Shirt an der Zahnbürste, die sie beißend im Mund hielt, hängen. Als sie mit den Zähnen nachgeben musste, weil sie sich aus der Verhedderung sonst nicht hätte befreien können, schnalzte die Zahnbürste davon und donnerte diagonal durch den Raum gegen den Spiegel über dem anderen Waschbecken. „Scheiße!" war an diesem Morgen ihr Lieblingsausdruck.

Nur mit dem BH bekleidet griff sie nach der Bürste und hielt sie unter das laufende Wasser, um neue Zahnpasta auftragen zu können. Dann begann sie erneut zu putzen und schritt in die Dusche, schloss die Kabine und stellte das Wasser an. Sie zuckte aus zwei Gründen zusammen: Das Wasser war schweinekalt; und sie bemerkte entsetzt, dass sie den BH vergessen hatte auszuziehen. Blitzschnell drehte sie den Hahn wieder zu.

Sie machte den BH auf und warf ihn über die Glastüre aus der Dusche. Dann drehte sie das Wasser auf warm, nahm den Duschkopf aus der Halterung und zielte auf ihre Füße. So hielt sie das kalte Nass aus, bis es sich aufwärmte. Musste ihr Körper ausgerechnet in dieser Situation derart empfindlich auf Temperaturen reagieren? Dann machte sie sich einmal von oben bis unten nass, nahm irgendeine Flasche und trug sich was da rauskam auf die Haare auf.

Sie hörte die Tür aufgehen und Steffen etwas sagen, verstand es aber nicht. Um die Akustik zu verbessern, öffnete sie die Tür der Duschkabine und fragte laut: „Was?", während sie die Augen zukniff, um zu verhindern, dass Shampoo hineinlief. „Ob ich dir bei irgendwas helfen kann, damit du rechtzeitig fertig wirst, hab ich gefragt", sagte Steffen scheinbar genervt. Auch er war auf unangenehme Weise gezwungen, schnell fit zu werden.

In der Hektik fiel es Caro schwer ihre Gedanken zu sortieren. Also beim Duschen kann er schon mal nicht helfen, dachte sie sich. Er konnte ihr dabei zwar etwas Gutes tun, aber das würde länger dauern. „Nein, passt schon", war ihre Schlussfolgerung. Ohne Antwort verließ Steffen das Badezimmer und schloss die Tür. Dann erst fiel es Caro ein. Sie stellte das Wasser ab, hüpfte hinaus, rutschte fast auf dem BH aus, öffnete die Tür und rief Steffen, während dieser gerade die Treppe hinunterging, hinterher: „Kannst du mir eine Brotzeit vorbereiten?"

Diesmal konnte er sie nicht verstehen, weil sie ihre Zahnbürste im Mund hatte. „Was?", fragte er, weiterhin genervt. Sie nahm die Zahnbürste aus dem Mund, tropfte neben Wasser jetzt auch Zahnpasta auf den Boden und wiederholte, kaum besser verständlich, aber lauter: „Pausenbrot!" Ohne eine Reaktion ging Steffen weiter nach unten und Caro lief gutgläubig zurück ins Bad. Wieder lag ihr BH im Weg. Sie fuhr mit den Zehen des rechten Fußes unter dem Verbindungsteil hindurch und lupfte ihn durch den Raum, sodass er emporflog und an der Lampe hängen blieb. Gerne hätte sie dieses Kunststück jemandem gezeigt.

Darum ging es jetzt aber nicht. Mittlerweile hatte sich das Shampoo seinen Weg in ihren Mund gebahnt, trotzdem steckte sie sich geistesabwesend wieder die Zahnbürste, die sie bis dahin in der Hand gehalten hatte, in diesen. Als sie zu schrubben begann und in die Kabine stieg, bemerkte sie den bittergiftigen Geschmack und musste würgen. Sie stellte das Wasser an und ließ es sich in den Mund laufen, um auszuspülen. Das allerdings war keine gute Idee, denn dadurch kam nur weiteres Shampoo über ihr Gesicht hereingelaufen. Sie spuckte aus und fluchte erneut laut. Dann stellte sie das Wasser wiederholt ab und schritt aus der Dusche, um sich den Mund am Waschbecken mit ebensolchem auszuspülen und sofort Mundwasser nachzulegen, das den ekligen Geschmack überdecken sollte.

Mit der türkisenen Flüssigkeit im Rachen ging sie schon wieder in die Kabine und wusch sich endlich das Shampoo aus den Haaren. Sie spuckte das Mundwasser aus und stellte das Wasser ab. Für Seife auf ihrer Haut war vermutlich keine Zeit mehr. Sie ging wieder aus der Dusche und ohne sich abzutrocknen in ihr Zimmer. Dort zog sie willkürlich geloste Klamotten aus dem Schrank an und sah sich für einen Moment enttäuscht im Spiegel. Nicht nur, dass ihre Kleidung relativ nass war. Nein, man sah die Unterwäsche durch und die grellen Farben von Hose und Shirt bissen sich. Aber Zuspätkommen kam nicht infrage.

Sie rannte die Treppe hinunter und fand Steffen, der doch eigentlich ihr Essen vorbereiten sollte, nicht in der Küche vor. Sie ging durch in das Wohnzimmer, wo er entspannt und mit hinter dem Kopf verschränkten Armen längs auf der Couch lag – und sie angrinste. „Was?", fragte sie, etwas Fieses ahnend. „Ich hab die Uhr vorgestellt, du hast noch fast 'ne Stunde."

Caro starrte ihn mit weit geöffnetem Mund an. Das konnte nicht wahr sein, weil es nicht wahr sein *durfte*. Weil sie das Gefühl hatte, dass es die Situation verlangte, formte sie ihren

Mund zu einem Lächeln, lachen ging nicht. Doch dann brach sie zusammen, sackte erst auf die Knie, stützte sich mit den Unterarmen auf den Boden, vergrub ihr Gesicht in den Händen und begann bitterlich zu weinen.

Steffen hielt das für einen Scherz, für einen Konter auf seinen Streich. Als Caro aber immer lauter vor sich hin schluchzte und zwischendurch nach Luft rang, dabei mehrfach hintereinander schnell einatmete, merkte er, dass er sich irrte. Er stand langsam von der Couch auf und schlich zu seiner Freundin, als würde er es verschlimmern, wenn er schneller käme. Dann kniete er sich vor sie, legte seine rechte Hand flach auf ihren Rücken und streichelte.

„Weinst du wegen des Scherzes?", fragte er, sehr verunsichert. Sie aber weinte einfach weiter. Es war nicht zu erkennen, ob sie ihn überhaupt gehört hatte. Er sah sich die heulende Caro noch einige Momente lang an, setzte sich dann aber neben sie auf den Boden, Griff ihr seitlich von hinten unter die Arme und hob sie in seine. Sie lehnte sich an seine Brust und weinte immer weiter.

Er sah – und wusste nun endgültig – dass sie das nicht spielte. Rotz und Wasser flossen ihr Gesicht hinunter. Sichtlich schockiert wiegte er sie in seiner Umarmung, um sie zu beruhigen. Das dauerte lange, aber irgendwann war Caro vom Weinen so erschöpft, dass sie leise wurde und apathisch auf seinem Schoß kauerte.

Reuevoll begann Steffen zu sprechen: „Ich bin dumm. Ich hätte mir so was nicht einfallen lassen dürfen. Das ging zu weit, es tut mir leid." Caro ließ seine Worte auf sich wirken, doch um eine Entschuldigung seinerseits ging es ihr nicht. Sie nahm es ihm nicht übel, nein, sie liebte seine scherzhafte, freche Seite. Sie musste selbst erst überlegen, wie sie ihre Reaktion verständlich erklären konnte.

„Ich hatte Angst zu spät zu kommen", begann sie. Steffen verstand überhaupt nicht, wie diese Angst mit einer solch heftigen Reaktion zusammenhing. Da er ihr aber nicht den Eindruck vermitteln wollte, dass er ihr Verhalten falsch fand oder etwas dergleichen, sagte er nichts. Sie fuhr fort: „Dann hätt ich am Klassenzimmer an die Tür geklopft und–" sie vergrub ihr Gesicht in seinem T-Shirt, machte eine längere Sprechpause und schluchzte einige weitere Male. Steffen streichelte unterdessen ihren Hinterkopf.

Als Caro wieder einigermaßen sortiert war, sprach sie weiter: „…dann hätte jemand aufgemacht und sie alle hätten mich wieder angestarrt, als wär ich eine Aussätzige." Steffen konnte seine Reaktion nicht zurückhalten und fragte laut, fast wütend klingend: „Warum?" Er merkte aber, dass er einen unpassenden Ton benutzt hatte und formulierte seine Frage in sanfterer Stimme um: „Warum halten sie dich für eine Aussätzige, wenn du zu spät kommst?"

Caro erinnerte sich an etliche Momente, in denen die volle Aufmerksamkeit der Schulklasse und der Lehrkraft auf sie gerichtet waren. Wie die Situationen sie damals gelähmt hatten, so lähmten sie sie auch jetzt, während sie sich besann. Sie fand keine Worte, die das Gefühl erklären konnten, aber diese: „Wenn alle auf mich schauen, dann fühl ich mich hilflos, dann kommts mir vor, als hinge von mir alles ab, oder als würden alle erwarten, dass ich mich in Luft auflöse."

„Das versteh ich nicht", gab Steffen zu. Sein Gesicht aber zeigte, dass er es zumindest versuchte. Caro, deren Kopf er die ganze Zeit gestreichelt hatte, blickte vom Schoß aus zu ihm auf. Mit großen Augen sah sie ihn an und sie kam sich klein vor. Klein, wie ein junges Kind. Klein, wie ein unreifes Mädchen, das allein nichts war und auf Hilfe angewiesen war. Sie fühlte sich mit Steffen nicht auf Augenhöhe.

Steffen hatte das starke Bedürfnis, Caro klarzumachen, dass sie nicht der einzige Mensch mit Ängsten war, dass sogar *jeder* Mensch vor irgendetwas Angst hatte. Nur fiel ihm kein Beispiel ein, wo er Angst in einer sozialen Situation hatte, außer wenn er vor einer größeren Menschenmenge sprechen musste. Dann kam ihm Folgendes in Erinnerung:

„Ich hab Angst vor Spinnen." Caro runzelte die Stirn und zog eine Augenbraue hoch. „Nein wirklich", antwortete er auf ihren Blick. „Fast jeder ekelt sich vor Spinnen", meinte sie nur. „Ja, aber ich hab Angst. Ich bin dann auch gelähmt und brauch Hilfe." Caro setzte sich auf und sah ihren Freund ungläubig an. Ihren starken Steffen, der ihres Wissens nach keine Makel hatte, außer dass er gefährliche Frauen magnetisch anzog.

„Wenn ich im Büro eine Spinne seh, geh ich aus dem Raum und hol jemanden. Manchmal ruf ich auf einer Station an und lass eine Pflegerin kommen, damit sie die Spinne ins Freie bringt." Caro musste lachen. „Ach hör doch auf", sagte sie. Dann sah sie in seinen Augen, dass auch er sich an zumindest eine unerträgliche Situation erinnerte und glaubte ihm. Und schließlich fragte sie: „Warum erzählst du mir das jetzt?"

„Weil du wissen sollst, dass jeder Mensch Schwächen hat. Weil du nicht erklären musst, warum du Angst vor etwas hast, du darfst dir einfach Hilfe holen oder die Situation meiden." Caro sah auf die Wanduhr, die Steffen wieder auf die richtige Zeit gestellt hatte, während sie im Bad zugange war. „Dann lass uns die Situation meiden", sagte sie. „Sonst wirds langsam *wirklich* knapp."

„Oh", sagte Steffen, stand und half ihr auf. „Dann lass uns was essen." „Ich hatte schon Mundwasser", erklärte sie. Steffen sah schuldig zu Boden, hatte dann die Idee: „Dann mach ich dir jetzt das Pausenbrot des Jahres." „Einverstanden." Caro war erleichtert, denn der Morgen fühlte sich wieder erträglich an.

Steffen begleitete Caro mit dem Rad bis zur Schule. Da er ein schlichtes Stadtfahrrad fuhr, sie aber ihr Mountainbike, kam er ganz schön außer Puste, weil er mit ihr mithalten musste. Sie redeten nicht. Caro genoss die warme Luft an ihrem Kopf und die Anwesenheit ihres Freundes; Steffen hatte genug Mühe damit, zu atmen.

Kurz vor dem Schulgelände hielt sie an. Steffen reagierte erst spät darauf und kam ein paar Meter weiter zum Stehen. Sie schob sich zu ihm vor und erklärte ihm: „Ich denke, dass wir uns hier verabschieden sollten. Wenn dich die Leute sehen und an Nicks blaues Auge denken, ist das nicht so gut." Steffen blickte etwas enttäuscht drein, verstand aber ihr Anliegen und nickte. „Mach's gut", sagte Caro zu ihm. Er beugte sich vor, um sie zu küssen. Sie überlegte, wie sie ihm jetzt noch schnell einen Streich spielen konnte, um zumindest ein bisschen Rache zu nehmen. Als ihr nichts einfiel, machte sie den Moment zu einem intensiven und genoss die Zweisamkeit.

Zu Beginn der zweiten Stunde kam Herr Kriger herein, um den Geografie-Unterricht zu halten. Er packte sein Klemmbrett und sein Stifte-Mäppchen aus, legte es auf den Tisch und zählte dann die Schülerinnen, mit dem Finger auf eine nach dem anderen zeigend. Als er fertig war, machte er einen Haken auf seinem Brett und sagte mit auf das Blatt konzentriertem Blick: „Carola, du sollst zum Direktor!"

Caro schrak auf, sah Herrn Kriger an und als dieser sich nicht rührte, blickte sie zu Jana, die ihre Überraschung teilte. Beide verstanden sich blind und wussten sofort, dass Steffens Faustschlag doch noch Nachwehen haben würde. „Ich hab zumindest keine Polizei gehört", sagte Jana und versuchte Caro damit zu beruhigen. Das funktionierte nicht. Herr Kriger bewegte seinen Kopf nicht, blickte aber auf und zu Caro. „Weißt du nicht, wo das Direktorat ist?"

Als Antwort stand Caro auf und ging zur Tür hinaus. Sie brauchte eine Weile, bis sie am entsprechenden Zimmer ankam, denn der Weg war lang. Zwischendurch begann sie immer wieder zu joggen, um nicht noch per Durchsage ausgerufen zu werden. Dann klopfte sie an die offenstehende Tür und wurde hereingebeten. Da saß nicht nur der Direktor in seinem Sessel, da stand außerdem Frau Genova, die Physiklehrerin, zwei weitere Lehrer, mit denen Caro noch nie etwas zu tun gehabt hatte und ein schnittiger junger Mann im Maßanzug, mit glatt rasiertem Gesicht, blauen Augen und farblich passender Krawatte. Er lächelte Caro mit seinen blendend weißen Zähnen an.

„Da ist ja die Schülerin. Komm herein, komm herein!", sagte der Direktor, in ganz anderer Manier als beim Vorfall zuletzt. Wahrscheinlich erkannte er Caro nicht. Dann trug er zur Aufklärung der Situation bei: „Das ist Herr Jørgensen-Pereira aus dem Bildungsministerium." Das machte den aalglatten Typen für Caro nicht interessanter, war aber ein Anzeichen dafür, dass es nicht um eine nachträglich erstattete Strafanzeige ging.

Der Anzugträger übernahm die Regie: „Vielen Dank, dass ich hier sein darf. Es ist mir eine außerordentliche Freude, nein, eine Ehre, die Schule besuchen zu dürfen, die im landesweiten Test das beste Durchschnittsergebnis erzielt hat." Caro war überrascht das zu hören, denn ihre Mitschülerinnen hatten auf den Test keinen so großen Wert gelegt wie sie selbst. Vielleicht war das aber auch ein an anderen Schulen verbreitetes Phänomen.

Sie hörte sich weiter an, was Blau-Schlips zu sagen hatte: „Des Weiteren bin ich von tiefster Dankbarkeit erfüllt, dass ich zwei der Urkunden für herausragende Ergebnisse an dieser schulischen Einrichtung persönlich übergeben darf." Den Direktor schienen die Worte zu berühren, er sah Herrn Jørgensen-Pereira verträumt an. Vermutlich war dieser Moment ein Höhepunkt seiner beruflichen Laufbahn.

Caro sah zu Frau Genova, die mit vor dem Bauch gefalteten Händen schulterbreit dastand, entspannt und ungeduldig blickte. Sie bemerkte Caros Blick und nahm Kontakt auf. Ihre Augen sagten, dass Caro einfach mitspielen solle.

„Sie sind Carola", stellte Herr Jørgensen-Pereira fest; er hatte nicht gefragt, sah sie aber fragend an. „Ich bin Carola", antwortete sie wahrheitsgemäß und überfordert von der formalen Situation. Der Ministeriumsmitarbeiter reichte ihr eine Liste

mit Namen darauf. „Schau mal, ob du dich darauf findest."
Caro nahm das lettergroße Blatt in beide Hände und fand auf
Platz fünf ihren Vornamen, daneben ein P, der Rest war von
einem Post-it bedeckt, auf dem „Top 20: Schüler" stand. Da auf
der Liste keine weitere Carola aufgeführt war, hatte sie her-
ausgefunden, dass sie auf Platz fünf lag.

Dann blickte sie wieder auf und fragte sich, wer das andere
gute Ergebnis erzielt hatte. Jørgensen-Pereira wandte sich an
Frau Genova: „Frau Genova, Sie haben das zweitbeste Resultat
unter allen Lehrern erzielt, meinen herzlichen Glückwunsch
an Sie!" Die Lehrerin setzte an sich zu bedanken, wurde aber
davon überrascht, dass der Gratulant nah auf sie zuging, sie an
den Oberarmen packte und ihr abwechselnd links und rechts
Bisous auf die Wange gab. Insgesamt waren es fünf und Frau
Genova sah über die Schultern des Mannes überrascht und mit
vor Ekel gerümpfter Nase zu Caro. Caro empfand Mitleid.

Dann kam der Herr auf Caro zu und sie hatte Mühe, ihren
Fluchtreflex zu unterdrücken. Doch er streckte ihr nur die
Flosse entgegen und beglückwünschte sie nicht, sondern
machte eine erneute, sehr verwirrende Feststellung: „Eine
Minderjährige." Als Caro seine Hand betrachtete und zögerlich
nach ihr Griff, fügte er hinzu: „Bei so jungen Damen ist ein
Handschlag angebracht, alles andere würde als übergriffig
interpretiert."

Der Direktor nickte zustimmend, Frau Genova kommentier-
te sarkastisch: „Ja, am *Alter* liegt das." Sowohl der Direktor als
auch der Krawattenträger drehten ihre Köpfe halb zu Frau
Genova und hielten kurz inne. Dann sagte Jørgensen-Pereira:
„Hast du dich auf der Liste gefunden, Carola?" „Ja, ich steh auf
Platz fünf." Auf das Ergebnis war sie sehr stolz, sie freute sich
innerlich. Im Vordergrund stand aber die Absurdität der Situation, die ihre Stimme gequält klingen ließ.

„Platz fünf!", platzte er laut und nicht weniger quietschend
als zuvor heraus. „Meinen herzlichen Glückwunsch auch an

dich. Mit einem solch hervorragenden Ergebnis stehen dir viele Türen offen. Du kannst es weit bringen. Wer weiß, vielleicht schaffst du es sogar einmal in das Bildungsministerium." Dann schauten er und der Direktor sie erwartungsvoll an. Offenbar war auch diese simple Feststellung eine geschickt getarnte Frage.

Caro fiel lange keine Antwort ein. Nichts an dem euphorisch vorgetragenen Szenario reizte sie. Doch dann kam ihr ein Gedanke, den sie aussprach: „Nope." Sie sagte es so nüchtern wie möglich. Direktor und Schlipsträger schauten sie mit großen Augen an, Frau Genova presste ihre Lippen zusammen, um nicht loszuprusten. Ein Grunzgeräusch konnte sie nicht verhindern, als sich das Lachen beinahe Bahn brach.

Dann sagte Herr Jørgensen-Pereira: „Sie beliebt zu scherzen! Eine wichtige Eigenschaft in der sonst so ernsten Welt." Caro schloss die Augen und schüttelte innerlich den Kopf. Dann spürte sie die Hand des Mannes an ihrer Schulter, der sie drehte und sich zwischen sie und Frau Genova stellte. „So, die Ladys, es wird Zeit für das Foto." Erst jetzt erhielten die beiden ihre Urkunden und es zeigte sich, dass die zwei übrigen Lehrer keine Dekoration waren, sondern eine Funktion erfüllten. Während der eine die Papiere aushändigte und ihnen erklärte, wie sie diese am besten in die Linse hielten, packte der andere den Fotoapparat aus und brachte sich in Stellung.

Nachdem der Blitz mehrmals aufgeleuchtet war, sah sich der Fotograf das Ergebnis auf dem Bildschirm der Kamera an. Er sagte: „Corinna, du siehst auf jedem Bild auf die Hand von Herrn Jørgensen." „Jørgensen-Pereira!", funkte dieser dazwischen. „Ja", fuhr der Lehrer fort, „bitte lächle in die Kamera und zeige deinen Stolz." Caro zwang sich – auch den Namen nicht zu korrigieren, denn sie wollte mit dem Mann im Anzug nichts gemeinsam haben – und der Fotograf war zufrieden. Dann wuselte der Schulleiter hinter dem Schreibtisch hervor und stellte sich hinter den Herrn vom Ministerium und Caro, schob seinen Bauch raus, um sich zwischen sie zu drängen. Beide machten Platz, sie widerwillig, er überrascht, und der Direktor sagte: „Noch eins für unsere Schule!"

Auf der ersten Hälfte des Weges zurück zum Klassenzimmer begleitete Frau Genova Caro. Von sich aus begann sie ein Gespräch: „Normalerweise kommen solche Urkunden per Post." „Wir sind öfter unter den Besten?" „Wir machen seit einer Weile einen guten Job. Wir haben alle ein oder zwei Jahre einen Schüler auf der Liste, das steht auch immer in der Lokalzeitung. Den besten Schnitt hatten wir noch nicht." „Und warum war der Typ dann da?" „Der lässt sich jedes Jahr mit Leuten von der Liste ablichten, deren Schule in der Nähe des Ministeriums ist, so scheint mir. Aber diesmal waren viele Erfolge auf einem Haufen. Glückwunsch übrigens."

Caro freute sich über die Gratulation, weil sie spürte, dass sie ernst gemeint war. Sie gab das zurück: „Danke, Ihnen auch."

Caro wartete auf dem Gang vor dem Klassenzimmer, bis die Stunde vorbei war. Als Herr Kriger aufmachte und herauskam, eilte sie auf die Türe zu und tat so, als komme sie gerade erst an und bedaure es, den Unterricht verpasst zu haben. In der Unruhe des Lehrerwechsels konnte sie sich aber unbemerkt zurück auf ihren Platz mogeln. Jana fragte per Blick, warum Caro zum Direktor musste. Sie setzte sich hin und erklärte: „Unsere Schule hat bei dem Wissenstest ganz gut abgeschnitten." „Und was wollten sie da von *dir*?" Caro versuchte aus Bescheidenheit ihren Erfolg zu verbergen und zuckte mit den Achseln. „Die haben irgendeine Schülerin fürs Foto gebraucht."

Sie versuchte die Urkunde in ihrem Rucksack verschwinden zu lassen, aber Jana griff danach und las, was darauf stand. „Alter, die fünftbeste überhaupt?" Sie schaute verblüfft und las weiter. Caro beschwichtigte. „Ja, aber auch Frau Genova war unter den Besten, sogar auf Platz zwei bei den Lehrern." Das sollte ihre Leistung relativieren. Das bewirkte bei Jana nichts. „Die ist doch auch ein Super-Brain", stellte sie nur fest.

Caro kam keine weitere Idee mehr und sie senkte unzufrieden ihren Blick. Jana redete auf sie ein: „Caro, es ist doch in Ordnung, wenn du gut bist. Du musst dich doch nicht verstecken." Caro blickte zu ihr auf. Jana fuhr fort: „Wann verstehst du, dass du doch jemand Besonderes sein darfst?"

Caro sah der Rothaarigen einige Sekunden lang in die Augen und ihr kamen Tränen. Dann umarmte Jana sie. Das tat gut. Und Caro bemerkte, dass sich ein Muster abzeichnete: Am Strand sagte ihr Steffen, dass sie anerkennen dürfe, dass sie eine attraktive Frau war. Heute Morgen erklärte er ihr, dass ihre Ängste nichts waren, wofür sie sich schämen musste und dass sie keine Angst davor haben musste, Angst zu bekommen. Und jetzt sagte ihr Jana, dass sie auch selbstbewusst mit ihren Talenten auftreten durfte.

Im abendlichen Training kam Caro aus dem Lächeln nicht heraus. Sie fühlte sich durch all den Rückenwind gelöst und frei. Für das Wochenende stand wieder ein Spiel an, weshalb Steffen ein hartes Programm gestaltete. Die geänderten Verhältnisse untereinander hatten keinen Einfluss auf das Training. Weder mit ihrem Freund Steffen, noch ihren neuen, engen Freundinnen Biggi und Stephenie, tauschte Caro andere Inhalte aus, als sie es ein halbes Jahr zuvor getan hätte.

Nach dem Training war das etwas anderes. „Ich fahr heut allein heim, ich brauch etwas Raum", verkündete Caro an Steffen, als sich die Trainingsgruppe verstreute. Er nickte und blickte etwas enttäuscht drein, umarmte sie dann aber fest und küsste sanft ihren Mund.

Der Heimweg war ungemütlich. Viel schneller als sonst wurde es kalt und Caro fror, denn mehr als ihren dünnen Pullover hatte sie nicht dabei, um es sich über das Trainingsshirt zu ziehen. Da sie nicht geduscht (und danach ihre Haare geföhnt) hatte, wurde auch ihr Kopf kalt. Das warme Wasser hatte sie für zu Hause geplant, um damit den gemütlichen Abend einzuleiten.

Als sie endlich ihre Haustür erreichte, stieg sie bibbernd von ihrem roten Gefährt und schloss es ab. Dann kramte sie in der Sporttasche nach ihrer Hose, mit der sie zum Training aufgebrochen war, um den Hausschlüssel aus deren rechter Vordertasche zu ziehen. Schockiert stellte sie fest, dass der da nicht war. Es fühlte sich an, als würde eine Hand ihr Herz umklammern und fest zudrücken, als sie sich vorstellte, dass sie den Schlüssel in der Umkleide oder woanders verloren hatte.

Die Sonne war schon hinter den Hausdächern verschwunden, dementsprechend wenig sah sie, als sie ihre Nase, suchend von oben, in die Tasche hängte. Sie ließ diese vor dem Haus stehen und ging zur Tür. Neben dem Klingelschild betätigte sie den Lichtschalter, der eine Lampe erhellte, die den Hof schwach ausleuchtete. Dann ging sie zurück zur Tasche und kniete sich hin. Selbst unter den direkten Lichtstrahlen der funzeligen Leuchte schimmerte darin nichts, das wie ein Schlüsselbund aussah.

Wieso konnte das Haus nicht wie ihr Fahrrad mit einem Zahlenschloss gesichert sein? Dann hob sie die Tasche an, hielt ihr Ohr daran und schüttelte kräftig, während sie noch immer auf dem Asphalt kniete. Es klapperte, aber nur schwach, und das könnten auch die metallenen Knöpfe und Reißverschlüsse sein. Caro hatte nach der unangenehm eisigen Fahrt und den Kopfschmerzen, die durch die kalten Haare gerade begannen, keinen Nerv mehr für eine langwierige Suchaktion.

Kurzerhand drehte sie die Tasche um und schüttelte aus ihr heraus, was nicht von selbst den Weg auf den Boden fand. Schlüssel waren nicht dabei. Ein letztes Mal sah sie hinein und entdeckte die Gesuchten erleichtert in der Ecke. Sie hatten sich an der Naht festgebissen. Caro wollte sie herausnehmen, aber der Haustürschlüssel ließ den Faden nicht los.

Plötzlich hörte sie Schritte. Da sie direkt im Lichtkegel saß, konnte sie in der Dunkelheit um sie herum nichts sehen. Sie hielt ihre Hand vor die Lichtquelle und kniff die Augen zusammen. Langsam ergaben sich die Umrisse eines Mannes, der wenige Meter von ihr entfernt stand. Als sich ihre Augen noch mehr an die neuen Verhältnisse gewöhnten, erkannte sie den älteren Herrn, einen Nachbarn. Der schaute offenbar auf sie und schüttelte dabei abwertend den Kopf.

Caro senkte die Hand wieder ab und griff direkt den Schlüsselbund, riss daran und nahm das dadurch entstehende Loch in der Tasche in Kauf. Die Sachen ließ sie erst mal liegen, als sie aufstand und hektisch das Türschloss öffnete. Der Mann hatte ihr mehr Angst gemacht, als es ihr lieb war. Sie schloss die Tür auf. Dann atmete sie tief durch und legte die Schlüssel in die Schale auf dem kleinen Schränkchen.

Ohne ihre Schuhe auszuziehen, ging sie in die Küche und schaute aus dem Fenster, um herauszufinden, ob der alte Nachbar noch im Hof stand. Sie konnte ihn nicht mehr sehen. Also ging sie erneut zur Haustür, öffnete sie und eilte zu ihrer Tasche, in die sie schnell alles stopfte, was sie auf dem Boden finden konnte. Mit gelegentlichem Anheben des Kopfes vergewisserte sie sich immer wieder, dass keine weiteren Gestalten durch die Nacht irrten.

Bei einem dieser prüfenden Blicke sah sie, dass der schwache Windhauch, der ihr gerade das Haar ins Gesicht blies, stark genug war, um die Haustür zu bewegen; sie drohte zuzufallen. Caro stellte sich auf den Knall ein, den sie machte, wenn sie in das Schloss fiel. Erst im letzten Moment realisierte sie, dass sie die Schlüssel schon hineingelegt hatte, ergriff einen Riemen der weiterhin offenen Tasche und hastete gerade noch rechtzeitig zur Tür, um ihren Fuß in den Spalt zu stampfen.

Leider hatte sie durch das Kippen der Tasche wieder den halben Inhalt über den Grund vor dem Haus verteilt. Genervt und wütend griff sie sich den Schlüssel und warf die Tasche unsanft zu Boden. Dann machte sie die Tür bis zum Anschlag auf und schob mit dem Fuß die Tasche davor. Sie ging hinaus, bis sie hinter dem am weitesten entfernten Teil stand, drehte sich zum Haus und versuchte die Hose hineinzukicken. Die Shorts flogen bis auf Hüfthöhe empor und etwa genauso weit und landeten dann wieder schlaff auf dem Boden.

Trotzig wiederholte sie die Tritte, immer gegen das am nächsten liegende Teil: die Hose, ihr Shirt, erneut die Hose, eine Socke. Als ihr das zu lange dauerte, klaubte sie die Sachen energisch auf und warf sie in das Haus. Dann schoss sie die Tasche mit dem Fuß den Flur entlang und schmiss die Tür hinter sich zu. Den Schlüssel legte sie unsanft in die Schale.

Sie schrie lang gezogen durch das ganze Haus: „Fuuck!" Das tat gut. Nachdem sie ihrem Ärger etwas Luft gemacht hatte und ihr die Hygiene von Klamotten und Boden jetzt auch schon egal waren, ging sie, immer noch in Schuhen, die Treppe hinauf und ins Bad. Sie schritt zur Badewanne, die neben der Duschkabine längs an der Wand stand und drehte das Wasser auf maximaler Temperatur voll auf.

Im Anschluss daran ging sie in ihr Zimmer und setzte sich erst einmal auf das Bett, das Gesicht in den Händen vergraben. In dieser Pose verbleibend streifte sie mithilfe des linken Fußes den Schuh des rechten ab und wiederholte das dann umgekehrt. Der unangenehme Schweißgeruch ihrer Volleyballstrümpfe, die in den Sportschuhen nicht atmen konnten, dünstete zu ihr hoch und biss sie in der Nase. Sie rümpfte diese, nahm die Hände vom Gesicht, steckte jeweils den Zeigefinger an den Waden in die Strümpfe und zog sie in einer zusammenhängenden Bewegung ab.

Um die Luft im Zimmer zu entseuchen, stand sie auf, warf die Socken in den Flur und knallte auch diese Türe zu, ehe sie sich auf das Bett fallen ließ. Wieder lang gezogen, aber nicht ganz so laut, brüllte sie die Zimmerdecke an: „Maan!" Mit ihren Fäusten schlug sie wild neben sich wiederholt auf die Matratze. Sie begann ein Selbstgespräch: „Was war *das* denn?" Sie überlegte, was genau sie mit der Frage meinte. Dann antwortete sie sich: „Eine sehr unangenehme Heimfahrt und eine Suchaktion nach einem Arsch-Schlüssel." Sie blieb dabei ruhig und meinte mit dem vulgären Ausdruck der Beleidigung nicht das, was man mit dem Schlüssel aufsperren konnte.

Caro schloss die Augen und atmete tief durch. Sie erkannte anhand ihrer Antwort, dass die letzten etwa dreißig Minuten nicht so schlimm gewesen waren, wie es sich gerade anfühlte. Gegen die Kälte würde jetzt das Bad helfen, was der Nachbar sich dachte und vielleicht als Gerücht in Umlauf brachte war ohnehin schon lange egal gewesen und das Loch in der Tasche konnte man flicken.

Caro setzte sich auf und lobte sich mit einem Lächeln dafür, dass sie sich selbst beruhigt hatte. Dann fiel ihr ein, dass das Wasser lief und die Wanne nicht überlaufen durfte. Sie streifte sich auf dem Weg ins Bad auch die übrigen, durchgeschwitzten Sachen vom Laib und ließ sie ebenfalls im Flur liegen. Zu ihrer Enttäuschung war die Badewanne erst knapp über Knöchelhöhe vollgelaufen. Sie stellte den linken Fuß hinein und zog ihn sofort wieder hinaus. Das Wasser war brühend heiß.

Sie stellte den Hahn auf das andere Extrem und steckte immer wieder kurz die Hand hinein, um das Wasser in Bewegung zu bringen, damit es sich schneller durchmischte. Nach einigen Versuchen konnte sie die Finger darin lassen, ohne sich zu verbrennen. Sie nahm die andere Hand dazu und ruderte zwei entgegengesetzte liegende Achten in die Wanne. Als sie mit der Temperatur zufrieden war, stieg sie wieder mit den Füßen hinein und setzte sich.

Ihr Hintern war von der kalten Luft noch ganz kühl, dementsprechend wärmer fühlte sich das Badewasser dort an. Das galt auch für ihre Oberschenkel und ihren Rücken. Sie legte sich flach hinein und stellte mit der linken Hand eine Wohlfühltemperatur ein. Dann tauchte sie den Hinterkopf ins Wasser und ließ sich vom Rauschen entspannen.

Sie war zwar nicht eingeschlafen, nachdem sie die Augen geschlossen hatte, hatte sich aber so sehr abgeschaltet, dass sie erst bemerkte, dass das Wasser überlief, als das entsprechende Geräusch die Monotonie der Kulisse störte. Sofort drückte sie den Wasserhahn runter und lehnte sich zur Seite, um zu sehen, wie groß die Pfütze auf den orangenen Fliesen war. Durch ihre Bewegungen wuchs diese zwar an, hielt sich aber in vertretbaren Grenzen. Zumindest so sehr, dass Caro das Trockenwischen beruhigt auf nach dem Baden verschieben konnte.

Inzwischen war sie derart aufgewärmt, dass sich ihr Kopf anfühlte, als wäre er rot. Vermutlich schwitzte sie auch wieder, was im Wasser aber schwer auszumachen war. Sie tauchte ihren Hinterkopf von Neuem hinein und ließ ihre Gedanken treiben.

Erinnerungsfetzen von all den vielen Erlebnissen, die sie in den wenigen letzten Wochen gesammelt hatte, erschienen in willkürlicher Reihenfolge auf der Innenseite ihrer Augenlider und flogen dann wie Seifenblasen davon. Sie bemerkte, dass sie echt viel erlebt hatte. Und auch, dass sie sich schon zu lange keine aktive Auszeit wie diese mehr gegönnt hatte.

Dann fragte sie sich, wie es wohl weitergehen könnte. Nach kurzem Grübeln fiel ihr nicht viel ein. Mit dem Team aufzusteigen war ein Ziel, aber das war fast schon ein Selbstläufer. Steffens feste Freundin war sie ebenfalls, eine höhere Ebene konnte ihr Liebesleben kaum erreichen. Auch in der Schule ging sie ihren Weg, mit den derzeitigen Noten im Rücken konnte sie sich sehr frei aussuchen, was sie später machen wollte. Caro inhalierte viel der warmen Luft und kam beim Ausatmen zu dem Schluss, dass ihr Leben nicht mehr viel besser werden konnte.

Sie lag noch einige Minuten in der Wanne. Als sie beim Zu-
sammenreiben von Zeigefinger und Daumen merkte, dass ihre
Kuppen begannen zu schrumpeln, drehte sie mit den Füßen
den Mechanismus zum Abfließen auf. Allmählich sank der
Wasserspiegel und als die nach ihrem Gesicht höchsten Punkte ihres Körpers an der Luft waren, stand sie auf und stieg
hinaus. Sie öffnete die Tür zum Flur, damit die Spiegel ent-
schlugen und sah ihre Sportklamotten auf dem Boden liegen.

Das Bad hat wirklich geholfen, dachte sie und meinte damit,
wie entspannt sie im Vergleich zu vorher war. Als ihre Haut
trocken war, holte sie sich aus dem Schrank ihrer Mutter einen
hellgelben, fast weißen Bademantel. Sie wickelte sich ein und
zog den Gürtel fest zu. Ohne die Pfütze im Bad aufzuwischen,
ging sie nach unten ins Wohnzimmer und legte Scheiten in
den Kamin.

Darin sah sie etwas Metallisches aufblitzen und erinnerte
sich an ihre Schlüsselsuche von vorhin. Dann griff sie danach
und holte ihren silbernen Ring aus der Asche, der – anders als
sie es in Erinnerung hatte – kein Bisschen geschmolzen war.
Sie hielt ihn nah vor ihre Augen und beäugte ihn genau. Das
Ding hatte seine Faszination verloren, ihre emotionale Bin-
dung zu ihm war nicht mehr spürbar. Sie legte ihn neben den
Kamin in das Regal, wo er verstauben sollte.

Dann stellte sie sich den Sessel und den Fußhocker zurecht,
zündete ein Feuer an. Aus einem Regal zog sie das Fotoalbum:
„Urlaub zu sechst" und legte es auf den Hocker. Dann ging sie
in die Küche, um sich eine heiße Schokolade zu machen und
kehrte mit dieser und einem belegten Brötchen zurück. Sie
platzierte das Zeug auf das kleine Tischchen, das sie neben den
Sessel stellte und versank in diesem. Sie nahm das Album in
die Hand, legte ihre nackten Füße auf den Hocker und genoss
den weichen Stoff an ihren Fersen. Dann schlug sie auf.

Sehnsüchtig betrachtete sie die Fotos vom ersten Urlaub ihrer Familie, seit Alessia geboren war. Es gab Bilder von Besu-

chen am Strand, der feinsten Sand und glasklares Wasser bot. Caro erinnerte sich an den salzigen Duft des Meeres und Alessias Lachen beim Sandburgbauen. Die Jungs hatten beim Besuch eines Dinosaurier-Museums und der Aufführung eines Kindermusicals leuchtende Augen. Caros Mutter sah aus wie sie heute, was die romantischen Bilder mit ihrem Vater etwas eigenartig wirken ließ.

Dann legte sie das Buch weg und tauschte es mit dem Teller, den sie sich auf den Bauch stellte. Mit der Tasse in der Hand spürte sie, wie das mittlerweile wärmeausstrahlende Feuer ihre Sohlen heizte. Bei dem Bissen, der in etwa die Hälfte des Abendessens markierte, kratzte es sie am Rücken. Sie stellte die Sachen auf das Tischchen, die Tasse dabei auf das Buch, nahm die Füße herab und setzte sich auf. Dann griff sie mit der Hand von vorne in den Mantel und rutschte nach hinten durch, bis ihre Finger die Stelle ihres Rückens erreichten, die versuchte, Caro zu quälen.

Als das Jucken vorüber war, verharrte sie in der Position und stutzte. Ihr Rücken hatte in den letzten Tagen keine Schmerzen mehr verursacht. Sie zog sich den Mantel über die Schultern und ließ ihn bis zur Hüfte heruntergleiten. Dann verdrehte sie Oberkörper und Hals so, dass sie aus den Augenwinkeln einen verschwommenen Blick darauf werfen konnte. Ihr fiel auf, dass es nicht schlimm war, dass sie ihn nicht genau betrachten konnte, denn sie hatte bisher nicht gesehen (und konnte nicht vergleichen), was von der Verletzung dort abgezeichnet war. Sie schlüpfte zurück in den Mantel und lehnte sich wieder nach hinten.

Nachdem Caro aufgegessen und ausgetrunken hatte, döste sie etwas. Sie erwachte, als von dem Feuer nur noch Glut übrig war und ihre Füße wieder abzukühlen begannen. Dann schleppte sie sich müde die Treppe hinauf und drehte sich nach links. Sie starrte einige Augenblicke lang in ihr stockdunkles Zimmer. Dann schlich sie hinein, nur um ihren Pyjama zu holen. Sie ging ins Bad, legte den Bademantel ab, hängte ihn über die Stange und zog sich bettfertig an.

Dann holte sie aus dem Flur ihr Trainingsshirt, das getrocknet war und noch streng roch und wischte damit die Pfütze vor der Wanne auf. Sie wrang das Wasser ins Waschbecken und hing das Teil anschließend zum Trocknen über eine andere Stange.

Daraufhin ging sie in Alessias Zimmer und machte auch dort nicht das Licht an. Der Mond schimmerte und die Umrisse der Gegenstände waren gut erkennbar. Caro legte sich in das Bett und versuchte, obwohl es hoffnungslos war, sich an ihre Schwester zu kuscheln. Mit einem Stechen im Herzen griff sie als Ersatz nach dem Plüschkänguru. Sie wickelte sich eng in die Decke und schlief ohne Verzögerung ein.

Der richtige Bus

Am Dienstagmorgen klingelte der Wecker in Carolas Schlafzimmer. Sie hörte ihn durch den Flur hallen, weil beide Türen auf dem Weg zu ihren Ohren offen waren. Doch Carola war schon seit geraumer Zeit wach. Sie lag in Alessias Bett und Tränen flossen in einem zusammenhängenden Strom aus beiden ihrer Augen auf das Känguru Gunnar.

Ihr Blick ging ins Leere und so waren auch ihre Gedanken. Erst als der Wecker nach sechzig Sekunden pausierte und nach fünf Minuten von Neuem begann, regte sie sich: Sie drehte sich mit Gunnar in der Hand auf ihre andere Seite und zog sich die Decke über den Kopf. Sie war jetzt sechs Jahre alt und wartete, dass Mama kam, um sie aus der Koje zu schälen.

Mama kam nicht. Mama kam nie wieder. Auch Carola war eigentlich nicht die, die sie vorgab zu sein, aber das kurze Spiel ohne Realität war ein schwacher Trost. Carola drehte sich auf den Rücken und strampelte die Bettdecke von sich herab an das Fußende. Dann schwang sie ihre Beine hinaus und stellte sie auf den Boden, während sie sich aufsetzte. Sie blickte nach links auf das Kopfkissen, strich es mit der Hand einigermaßen glatt und platzierte anschließend Gunnar darauf. Er sollte darauf aufpassen.

Carola zog ihre Morgenroutine im Bad durch und fand sich anschließend vor dem Kleiderschrank ihrer Mutter wieder. Erstmals nahm sie daraus auch Unterwäsche. Oben und unten kleidete sie sich rot ein, vor allem obenrum saß es etwas zu locker, aber das ging schon. Dann zog sie das rote Kleid – Mamas Lieblingskleid – an. Zusätzlich gab es roten Lippenstift aus der eingestaubten Schminkschatulle. Carola wischte ihn mit einem Taschentuch noch einmal weg, da die Konturen nicht perfekt waren. Der zweite Anlauf dann war erfolgreich.

Als sie die Treppe hinabschritt, fühlte sie sich wie eine Ballkönigin, der die Gäste unter aufgeregtem Getuschel zusahen. In der Küche schnappte sie sich einen frischen grünen Apfel, den sie Ende letzter Woche eingekauft hatte. Sie biss genüsslich ein kleines, knackiges Stück ab und betrachtete wohlfallend den roten Abdruck, den sie hinterlassen hatte. Mehr brauchte sie nicht. Sie schritt in das Wohnzimmer und legte den Apfel auf das Fotoalbum, um dann das benutzte Geschirr in die Küche zu bringen und säuberlich in der Maschine zu verstauen.

Sie ging wieder nach oben und noch einmal in das Schlafzimmer ihrer Eltern. Sie setzte sich auf das Bett und kämmte sich sorgfältig die Haare, während sie sich im Spiegel an der Tür des Schrankes ansah. Sie lächelte sich entgegen, wohlwissend, wie schön sie aussah. Dann neigte sie den Kopf zur Seite und begann sich einen Zopf zu flechten. Das konnte sie gut, auch wenn sie etwas außer Übung war, weil dieses Handwerk bisher nur bei Mutter und Schwester gefragt gewesen war.

Das Resultat konnte sich sehen lassen. Trotzdem steckte sie sich den Zopf mithilfe einiger Klammern noch als Krone auf den Kopf. So war es perfekt. Sie holte die schwarzen Tanzschuhe ihrer Mama aus dem Schrank, die mit den halbhohen Absätzen. Mit ihnen in den Händen ging sie wieder die Treppe hinunter und genoss noch einmal die Show. Dann setzte sie sich auf die Garderobenbank und schlüpfte in die Schuhe, die anders als die Unterwäsche knapp zu eng statt zu weit waren. Aber das ging schon.

Dann drückte sie die Klinke und öffnete die Tür. Beim Hinausgehen sah sie zurück und lächelte in den Flur. Dann zog sie zu und drehte das Geburtsjahr ihrer Schwester in das Fahrradschloss ein; es ließ sich lösen.

Sie setzte sich vorsichtig auf und zog das Kleid etwas nach oben, um den lockeren Stoff unter sich auf den Sattel zu klemmen. Dann brach sie auf. Sie fuhr zügig, aber nicht so schnell wie sonst. Viele Menschen jeder Fortbewegungsart sahen ihr hinterher, als sie als rote Frau auf rotem Rad zur Schule fuhr.

Es war noch kalt, kälter sogar als auf dem Nachhauseweg am Vorabend und Carola hatte Gänsehaut. Die Sonne blitzte immer wieder zwischen den Bäumen hindurch und die himmlischen Grüße wärmten ihr Gesicht. An einer Stelle, an der die Gewächse, die die Grenze zu den Autos markierten, lichter waren, fuhr sie durch das Gras und dann auf der Hauptstraße weiter.

Viele Fahrerinnen der entgegenkommenden Vehikel sahen sie neugierig an. Carola meinte sogar, dass manche abbremsten, um länger hinsehen zu können. Nach einigen Minuten erreichte sie das Getümmel der Schule. Sie wechselte auf den Fußgängerweg, um das Ein- und Ausfahren der Autos von Parkplätzen und Einfahrten zu umfahren. Vor der großen Busbucht blieb sie stehen. Viele Leute bemerkten ihr rotes Strahlen schon aus der Ferne, schauten neugierig herüber und tuschelten teilweise miteinander.

Carola vernahm das Brummen des großen Gefährts hinter sich, das die nächste Ladung Schüler im Gepäck hatte. Als es immer lauter wurde, setzte sie sich in Bewegung. Erst rollte sie langsam, dann trat sie kräftig in die Pedale und legte einige Meter zurück. Sie gelangte versehentlich in das Gras zwischen Gehweg und Straße und verlor fast das Gleichgewicht. Stattdessen konnte sie sich stabilisieren und den Asphalt erreichen, während der Bus schon so nah war, dass er seinen vorauseilenden, von der noch tief stehenden Sonne verursachten Schatten auf sie warf.

Allen Beobachtern der Szene wurde die Bedrohlichkeit der Situation klar. Die Kulisse war geprägt von lauten Rufen, die Carola galten: „Vorsicht!" und „Pass auf!", waren zwei der Häufigsten. Carola bremste und blieb stehen, als sie all das hörte. Auch der Busfahrer stieg ins Eisen. Der Bus war noch zu schnell und schon zu nah.

In ihrem roten Kleid, mit dem Fahrrad auf der Straße stehend, sah sie dem Busfahrer mit weit geöffneten Augen tief in die seinen. Sie hörte das dramatische Konzert der Panik um sie herum nicht mehr. Was sie vernahm, war das Rauschen des Blutes durch ihren Kopf. Das heftige Klopfen ihres Herzens klang wie das Trommeln eines Ureinwohner-Rituals. Und ihren eigentlich panischen Atem hörte sie als langsames Ein- und Auspumpen einer medizinischen Beatmungsmaschine.

Der Busfahrer kniff die Augen und biss die Zähne zusammen. Die Reifen quietschten, während die Umstehenden in heller Aufregung waren. Jana, die alles aus einigen Dutzend Metern Entfernung mitansehen musste, stieß einen schrecklichen, markerschütternden Hilfeschrei aus. Doch niemand konnte etwas für ihre allerbeste Freundin auf der ganzen Welt tun.

Diesmal war es der richtige Bus.

Abschied

Timo, der jüngere von Carolas großen Brüdern, stand vor dem Haus der Familie. Es nieselte und sein dunkles Haar wurde feucht, sodass sich seine Locken noch etwas stärker kräuselten. Mit verspannter Stirn blickte er hinauf zum Fenster seines ehemaligen Kinderzimmers. Wenn ihm ein Regentropfen zu nah an ein Auge kam, drückte er beide kurz zu und sah dann wieder hoch.

An diesem Nachmittag verdüsterten die schweren grauen Wolken die Atmosphäre. Der scharfe, kalte Wind verstärkte die Stimmung. Timo steckte seine rechte Hand in seine vordere Hosentasche, um nach dem Hausschlüssel zu kramen, den er am Morgen nach langer Zeit wieder aus der untersten Schublade seiner Kommode geholt hatte.

Zuvor hatte ihn Biggi angerufen, die er sporadisch aus der Schule kannte – er war im Jahrgang unter ihr gewesen. Seine Schwester habe die verzweifelten Versuche, Kontakt mit ihm aufzunehmen, nie mit voller Willensstärke verfolgt, sagte sie. Trotzdem sei sie enttäuscht gewesen, dass er kein Interesse an einer Verbindung gehabt hatte. Zumindest habe die Tatsache, dass er keine Spur gelegt hatte, diesen Eindruck bei Carola hinterlassen.

Timo hatte den Schlüssel bereits ergriffen, er hielt ihn mit dem Zeigefinger an der Handfläche. Sein Daumen glitt unter Druck an den Zacken auf und ab. Der leichte Schmerz bewies ihm, dass das alles echt war. Im Augenwinkel sah er den alten Nachbarn, der Carola zuletzt verurteilt hatte, als sie an derselben Stelle nach ihrem Schlüssel suchte. Dem Mann war es nicht genug, Timo vom Küchenfenster aus zu begaffen. Mit dem Alibi, in den Briefkasten zu sehen, obwohl er die Post schon am Morgen in Empfang genommen hatte, stellte er sich vor seine Haustür und vergewisserte sich, dass sich der Nachbarsjunge in seinen Augen nicht richtig verhielt.

Timo reagierte nicht auf den Mann, der seinen Kopf schüttelte und wieder in seinem Anwesen verschwand. Stattdessen wartete er darauf, dass der Himmel aufging, so wie das Fenster auch und sich ein jüngerer Timo hinauslehnte, der ungeduldig zuwartete, dass seine Schwester von der Schule nach Hause kam. Er hatte ein Video vorbereitet, das er ihr unbedingt zeigen musste.

Das geschah in der Vergangenheit – und in seinem Kopf; aber nicht hier und heute. Die Haut an seinem Daumen hatte bereits Risse bekommen, was er nicht sah und bloß schwach spürte. Birgiths Aussagen am Telefon hatten einen schweren, dunklen Vorhang über sein Haupt geworfen, durch den nur die stärksten Reize drangen.

Die Schnur zu seiner Familie, die er vor über zwei Jahren durchtrennt hatte, konnte er jetzt auch nicht mehr zusammenbinden. Birgith hatte erzählt, dass das gesamte Volleyballteam und sogar einige Schulfreunde mitgeholfen hatten, ihn ausfindig zu machen. Carola und viele Schulfreunde – das war derart abwegig, dass er daraus die Hoffnung geschöpft hatte, dass es alles doch nicht wahr war.

Das war einer der Gründe, weshalb er so lange zögerte, die Tür aufzusperren. Wenn er hineinginge, würde alles nur realer werden. Wegzugehen traute er sich aber auch nicht. Als es stärker zu regnen begann, bewegte er sich dann doch.

Der Schlüssel passte noch – nach all der Zeit. Natürlich, dachte er, aber es fühlte sich auch fremd an. Als er ihn bewegte, bemerkte er, dass die Tür nicht verschlossen war. Eine halbe Drehung reichte, sie sprang auf. Er zog den Schlüssel ab und wollte ihn wie von früher eingeprägt in die Schale legen – und sah den Bund seiner Schwester.

Das Gefühl in seinem Bauch wurde noch schwerer. Er behielt den Schlüssel in der Hand und rieb wieder den Daumen daran. Flur und Eingangsbereich waren sauber, nirgendwo lag Staub. Auch das war wie früher, passte aber nicht in seinen Kopf. Carola war dafür nicht ordentlich genug gewesen.

In der Küche dasselbe Bild: Alles ordentlich, sogar frisches Essen. Im Kühlschrank stand Angebrochenes, es war nicht verdorben. Wer hatte hier mit seiner Schwester gewohnt? War es dieser Steffen, der Trainer, von dem Birgith etwas erwähnt hatte?

Auch das Wohnzimmer war gepflegt und aufgeräumt. Nur der Kamin war noch nicht wieder gereinigt. Als er sich abwandte, bemerkte er etwas Grelles im Regal liegen. Er wandte sich halb zurück und nahm den silbernen Ring in die linke Hand. Zwischen Zeigefinger und Daumen drehte er ihn hin und her. Hatte Carola nicht immer darauf bestanden, ihn tragen zu müssen, selbst im Sportunterricht? Den Grund kannte Timo nicht, denn das ging ihn – wie sie stets betonte – „überhaupt nix an".

Nachdem er den Ring zurückgelegt hatte, öffnete er die Tür zum Flur und schlich langsam die Treppe hinauf. Verbotenerweise, ohne vorher die Schuhe ausgezogen zu haben. Erst recht behielt er sie jetzt an, damit seine Mutter gleich aus dem Nichts auftauchen und ihn belehren konnte.

Die Türen standen allesamt offen. Als Erstes zog es ihn in das Zimmer, das er von draußen so lang beobachtet hatte, nämlich seines. Nichts hatte sich darin verändert. Bis auf eine Staubschicht, die sich gleichmäßig über alles gelegt hatte. Carolas Haushälter hatte hier nicht gewirkt und auch davor hatten seine Eltern nichts daran getan. War das eine Einladung gewesen, dass er jederzeit hatte zurückkommen können und es wäre so weiter gegangen wie zuvor?

Er schritt hinaus. Thomas' Zimmer, das nur wenige Wochen nach seinem verlassen wurde, zeichnete dasselbe Bild: exakt wie in Timos Erinnerung – plus Staub. Bei der kleinen Prinzessin Alessia war das ganz anders. Der ganze Raum war gepflegt und die bunten Farben der Einrichtung strahlten. Im Bett hatte vor Kurzem noch jemand gelegen und das Känguru, dessen Name Timo entfallen war, wartete auf die Rückkehr.

Timos Herz schlug schneller, denn er hatte das Gefühl, dass Alessia hier irgendwo war. Er bewegte sich nicht und bemühte sich, ganz langsam und flach zu atmen. Dann horchte er in den Flur, ob er ein Geraschel, ein Klopfen oder ein anderes Zeichen vernehmen konnte, das seine Hoffnung nährte. Doch leider war da nichts. Lediglich gedämpftes Vogelgezwitscher drang durch das Fenster herein.

Carolas Zimmer sah nun überhaupt nicht mehr so aus wie früher: All das Grau und Schwarz waren verschwunden. Stattdessen moderne Farben und fein geordnete Schulsachen auf und neben dem Schreibtisch. Ganz oben auf den Heften lag das Tagebuch, das Thomas ihr vor Jahren mal zum Geburtstag geschenkt hatte.

Timo trat näher und sah, dass auf der aufgeschlagenen Seite etwas stand. Er traute sich nicht, das Geschriebene zu lesen. Immerhin waren es die intimen Gedanken seiner Schwester, deren Privatsphäre er respektierte. Er sah sich noch einmal um und ging zurück in den Flur.

Das Schlafzimmer der Eltern war ebenfalls sauber. Alles machte den Anschein, als hätte Mama es wie gewohnt am Morgen zurechtgemacht, bevor sie zur Frühschicht ins Krankenhaus ging. Nur am Fußende des Bettes konnte er erkennen, dass nach dem Zurechtmachen noch jemand dort gesessen hatte. Der angedeutete Abdruck passte zu Mama.

Wieder steckte er den Kopf zurück in den Flur, vermied jedes Eigengeräusch und horchte. Doch auch Timos Mutter machte keine Zeichen. Er verstand das alles nicht. Wie passte das zusammen? Birgiths Geschichte zeichnete dieses Bild nicht. Sie hatte behauptet, Carola hätte hier noch viele Monate allein gelebt. Stattdessen waren es aber Mama und Alessia;

und eine unbekannte, die den Platz der älteren Schwester eingenommen hatte.

Jetzt überwog die Neugier. Timo ging zurück in Carolas Raum und stützte sich mit den Händen auf die Rückenlehne ihres Schreibtischstuhls. Dann las er den aktuellen Eintrag des Tagebuchs:

Lieber Thomas, lieber Timo,

ich habe Papa verloren, ich habe Mama verloren. Und ich war dabei allein. Ich habe Alessia verloren, und ich war dabei ganz allein.

Wieso sollte ich euch verzeihen, was sollte ich euch verzeihen? Ihr habt euch nicht um das gekümmert, was euch lieb und teuer sein sollte: um eure kleine Schwester.

Ich möchte euch ein Vorbild sein. Ich habe euch gezeigt, dass man auch allein ein Leben neu anfangen und aufbauen kann. Jetzt habt ihr mich verloren und seid nicht allein, ihr seid ganz allein.

Jetzt müsst ihr versuchen, euer Leben neu aufzubauen und weiterzuleben. Ob das ganz allein auf Dauer möglich ist, weiß ich nicht. Aber ich wünsche es euch.

Endlich kommt der richtige Bus. Er bringt mich dorthin, wo ich aus der Ferne immer hinschaute. Jetzt sind wir hier wieder vereint. Und wir warten auf euch.

In Liebe
Caro, Alessia, Mama & Papa

Ein klarer Tropfen fiel geräuschlos auf die Seite, traf auf die Stelle mit „kleine Schwester" und sickerte in das Papier. Die Tinte verschwamm und machte das Wort „Schwester" schwer leserlich.

Timo sank zu Boden, zog die Knie an, umklammerte sie mit den Unterarmen und vergrub sein Gesicht. Zwanzig lange Minuten saß er so da, bewegte sich nicht und machte bis auf wenige leise Schluchzer kein Geräusch. Allmählich starb die letzte Hoffnung in ihm, dass Mama oder Alessia doch noch zur Tür hereinkamen und ihn trösteten.

Er hob den Kopf und atmete tief ein. Dann löste er die rechte Hand von den Beinen, rieb sich mit der Handfläche die Augen trocken und wischte sich mit dem Ärmel seines Pullovers die Nase ab. Danach stützte er sich mit derselben Hand auf den Boden auf und drückte sich auf die Füße, um anschließend mit einer Kniebeuge langsam aufzustehen.

Da stand er nun und blickte auf das Tagebuch. Dann machte er einen Schritt vor den Schreibtischstuhl und setzte sich darauf. Er griff die Sitzfläche mit beiden Händen und rückte sich näher heran. Dann nahm er Carolas Füller in seine zitternde Klaue und schraubte mit Links die Kappe ab. Er zog das Buch zurecht, um auf die rechte Hälfte der Doppelseite schreiben zu können. In verwackelten Buchstaben notierte er folgende Worte:

Liebe Caro, liebste kleine Schwester,

heute habe ich alles erfahren: von deinem Unfall und all dem Leid, das du bis dahin schwer mit dir herumtragen musstest.

*Ich habe als großer Bruder versagt. Ich hätte
nie verschwinden dürfen. Ich hätte für dich
da sein müssen. Ich werde mir das immer
vorwerfen.*

*Gleichzeitig bin ich sehr stolz auf dich. Du
hast einen Weg gefunden, weiterzumachen.
Du hast Freunde gefunden, die mit dir einen
Teil des Weges gegangen sind. Sie alle waren
bessere große Brüder als ich.*

Ich bitte dich um eine Sache:

An dieser Stelle brach die Trauer ohne Rückhalt aus Timo heraus und er musste das Schreiben unterbrechen. Er schrie und flehte, seine Tränen strömten sein Gesicht hinab. Immer wieder rief er laut „Nein!", aber das änderte den Zeitverlauf nicht. Dann stützte er die Ellbogen auf die Tischplatte, drückte die Augen auf die Handflächen und warf sich vor: „Was hab ich getan?"

Als er aufhörte zu schluchzen, tat ihm der Hals weh. Er nahm den Füller zurück in seine Hand, atmete zweimal tief ein und aus und ergänzte die Seite:

*Bitte, kleine Schwester, verzeih mir irgend-
wann. Sei mir nicht für immer böse. Ich werde es von mir aus nie wieder gutmachen
können.*

Da er keine Kraft mehr hatte, beendete er den Text mit der Formel:

Timo, Ende

Dann ging er aus dem Zimmer, aus dem Haus, aus der Stadt; und kam nie mehr wieder.